民國文化與文學_{研究文叢}

研究
文叢

七 編

第 27 冊

時代重構與經典再造（晚清與民國卷·1872～1949）
——國際青年學者專題學術論集（第四冊）

李浴洋編

國家圖書館出版品預行編目資料

時代重構與經典再造（晚清與民國卷・1872～1949）——國際
青年學者專題學術論集（第四冊）／李浴洋 編 -- 初版 -- 新
北市：花木蘭文化事業有限公司，2017〔民106〕
目 4+198 面；19×26 公分
（民國文化與文學研究文叢 七編；第 27 冊）
ISBN 978-986-485-067-9（精裝）
1. 中國當代文學 2. 文學評論 3. 文集
820.8　　　　　　　　　　　　　　　106013226

ISBN-978-986-485-067-9

9 789864 850679

民國文化與文學研究文叢
七 編　第二七冊　　　　　ISBN：978-986-485-067-9

時代重構與經典再造（晚清與民國卷・1872～1949）
——國際青年學者專題學術論集（第四冊）

編　　者　李浴洋
總 編 輯　杜潔祥
副總編輯　楊嘉樂
編　　輯　許郁翎、王　筑　美術編輯　陳逸婷
出　　版　花木蘭文化事業有限公司
社　　長　高小娟
聯絡地址　235 新北市中和區中安街七二號十三樓
　　　　　電話：02-2923-1455／傳眞：02-2923-1452
網　　址　http://www.huamulan.tw 信箱 hml 810518@gmail.com
印　　刷　普羅文化出版廣告事業
初　　版　2017 年 9 月
全書字數　885921 字
定　　價　七編 31 冊（精裝）新台幣 58,000 元

時代重構與經典再造（晚清與民國卷・1872～1949）
——國際青年學者專題學術論集（第四冊）

李浴洋 編

時代重構與經典再造

陳平原

目

次

第四冊

專題四・重審周氏兄弟

專題五・詞章與說部

第五冊

專題四・重審周氏兄弟

周作人譯《俠女奴》考略

宋聲泉

（北京郵電大學民族教育學院）

　　《俠女奴》是周作人翻譯的首篇小說，具有重要的原點意義。歷來研究周作人翻譯道路的生成或其早期思想與文學活動的著述，皆要對《俠女奴》予以討論。然而，就研究現狀來看，除個別學者對《俠女奴》做過精細的討論之外〔註1〕，既有成果主要依據的是譯本的「小序」與周作人日後的追述，缺乏對譯本自身的探究，致使目前關於《俠女奴》的分析空疏無當、遊談無根。本文擬對周作人的相關回憶加以辨析，去僞存眞之後，結合得以確定的源語文本對照細讀，試圖對周作人的翻譯原點重新估量，藉以打開更爲廣闊的視野，特別是重新理解其新體白話經驗的生成。

一、《俠女奴》底本考

　　《俠女奴》譯自今人耳熟能詳的《天方夜譚》中的《阿里巴巴和四十大盜》。作爲阿拉伯古代民間故事集，《天方夜譚》流傳成書的過程十分漫長，形成了多種手抄本；雖然它們基本框架相近，但其中篇什的數量、內容或次序卻不盡相同。1704 至 1717 年間，法國人加蘭首次在歐洲翻譯出版了《天方夜譚》，立即引起轟動。許多其他歐洲語言的譯本都是在這個版本的基礎上再譯的。直至 19 世紀，英語譯者才開始直面阿拉伯文本，並認眞思考「面對一個又一個不同的中世紀手抄本，一個又一個增加了新故事的許多現代文本，究竟該用哪個文

〔註1〕〔日〕樽本照雄「周作人漢譯アリ・ババ『俠女奴』物語」、『清末小説』第 26 號、第 27 號，2003 年、2004 年。另，樽本照雄教授在「周作人漢譯アリ・ババの英文原本」（『清末小説』第 30 號，2007 年）中亦有考述。

本？」1839 年，阿拉伯人愛德華‧威廉‧雷恩推出了維多利亞標準本，適宜地刪除了原作中「有傷風化」的部分，使其譯本迅速廣爲流傳。因不滿於雷恩譯本的樸實乏味特別是對性問題的迴避，理查德‧佛朗西斯‧伯頓爵士於 1885 年，出版了較爲完備也更顯風情的新譯本，號稱「以其所有的詩情、以其壯觀的東方特性、以其直白的性描寫來揭示《天方夜譚》眞實的內容」。〔註2〕

由於故事引人入勝且彌漫魔幻神秘的異域氣息，《天方夜譚》在英語世界中一直甚爲暢銷。至 1903 年前後——周作人讀到其英文版時，至少有數十家出版社發行過上百種的《天方夜譚》。它們在篇幅大小、句式使用、詞語選擇和插畫配置等方面，有著顯著差異。故而討論《俠女奴》，首要問題是確定其所據底本。

目前對《俠女奴》底本的認定，研究者大都採信於周作人的三次自述：

> 我在印度讀本以外所看見的新書，第一種是從日本得來的一本《天方夜談》，這是倫敦紐恩士公司發行三先令半的插畫本，其中有亞拉廷拿著神燈，和亞利巴巴的女奴拿了短刀跳舞的圖，我還約略記得。〔註3〕

> 我的這一冊《天方夜談》乃是倫敦紐恩士公司發行的三先令六便士的插畫本，原本是贈送小孩的書，所以裝訂頗是華麗，其中有阿拉廷拿著神燈，和阿利巴巴的女奴揮著短刀跳舞的圖，我都還約略記得。〔註4〕

> 那時我所得到的恐怕只是極普通的雷恩的譯本罷了，但也盡夠使得我們嚮往，哪裏夢想到有理查自敦勳爵的完全譯注本呢⋯⋯這《阿利巴巴與四十個強盜》是誰也知道的有名的故事，但是有名的不只是阿利巴巴，此外還有那水手辛八和得著神燈的阿拉廷，可是辛八的旅行述異既有譯本，阿拉廷的故事也著實奇怪可喜，我願意譯它出來，卻被一幅畫弄壞了。這畫裏阿拉廷拿著神燈，神氣活現，但是不幸在他的腦袋瓜兒上拖著一根小辮子，故事裏說他是支那

〔註2〕關於《天方夜譚》的版本，參見仲躋昆：《阿拉伯文學通史（上）》（南京：譯林出版社，2010），頁 553～556；〔美〕大衛‧達姆羅什著、李慶本譯：〈世界文學是跨文化理解之橋〉，《山東社會科學》2012 年第 3 期。

〔註3〕作人：〈學校生活的一葉〉，鍾叔河編訂：《周作人散文全集 2》（南寧：廣西師範大學出版社，2009），頁 825。下文引自《周作人散文全集》者，皆出自此版本。

〔註4〕周作人：〈老師一〉，見《周作人散文全集 13》，頁 256～258。

人，那麼豈能沒有辮子呢……〔註5〕

據其自述，《俠女奴》底本即倫敦紐恩士公司發行的插畫本，但事實並非如此。
1903 年之前，倫敦紐恩士公司（George Newnes）僅於 1899 年出版過一部《天
方夜譚》（*The Arabian Nights' Entertainments*），共 472 頁，配有插圖 551 張。
然而，在該插畫本中並沒有「阿利巴巴的女奴揮著短刀跳舞的圖」，也找不到
「拖著一根小辮子」的阿拉廷的圖，且紐恩士版也不是「贈送小孩的書」。

筆者翻閱了近百部出版於 1903 年之前的各類英文版《天方夜譚》，其中
與周作人的回憶最相符的，是勞特利奇出版社（George Routledge and Sons）
發行的。19 世紀 30 年代，該出版社由喬治・勞特利奇創建於倫敦，後於 1849
年開始發行面向公眾閱讀的廉價通俗讀物，獲得了巨大的商業成功；至 1860
年代，將工作重心延伸至出版裝幀精美且價格低廉的兒童書籍，特別是增加
了彩色印刷的插圖，頗受好評。〔註6〕

在勞特利奇出版的兒童圖書中，*The Arabian Nights' Entertainments* 可謂暢
銷不衰；僅就筆者所見，1903 年之前，勞特利奇至少發行過 7 個版本，即 1863、
1875、1882、1885、1889、1890、1895 諸版。在後四個版本中，皆有符合周
作人所言之插圖；但 1885 年版在紐約發行，不是倫敦，價格 1.5 美元，而非
「三先令六便士」，可先排除。其他三個版本除封面、廣告頁等有少量細節差
異外，正文完全相同，內中所插圖畫與周作人的描述也很一致，如下：

圖一　　　　　　　　圖二　　　　　　　　圖三

〔註5〕周作人：〈我的新書一〉，見《周作人散文全集13》，頁 290～291。
〔註6〕參見高鵬：《英國維多利亞時期彩色印刷及圖書設計研究（1837～1890）》（北
　　　京：中央美術學院博士學位論文，2012），頁 93、107、121。

　　圖一顯然就是周作人記憶中的「畫裏阿拉廷拿著神燈，神氣活現，但是不幸在他的腦袋瓜兒上拖著一根小辮子」，圖二圖三則爲「阿利巴巴的女奴揮著短刀跳舞的圖」。圖一圖二在後三個版本中皆可見，圖三僅見於 1889 年版與 1890 年版。在周作人的追述中，還有兩個信息點可參照——「三先令六便士」和「贈送小孩的書」。在 1890 年版的廣告頁中，有兩個「BOOKS FOR BOYS」（給男孩子的書）的頁面，並注明內裏所有圖書皆「3s.6d.each」（三先令六便士）。1889 年版則無此，而 1895 年版裏雖有標明「Price 3s.6d.each」的廣告頁，*The Arabian Nights' Entertainments* 也列在其中，但沒有信息可以指向「贈送小孩的書」。

　　在文獻考索後，擬從譯文內部加以確認。筆者認真比照了勞特利奇與紐恩士的兩部英文版《天方夜譚》，發現它們中的阿里巴巴的故事在文字組織方面存在相當大的差異。勞特利奇版敘事詳實、細節清晰，而紐恩士版較爲簡省疏略。且可明顯看出，周作人的譯文與勞特利奇版十分契合。譬如，故事開端即是一例：

　　　　In a certain town of Persia, sire, situated on the very confines of your majesty's dominions, there lived two brothers, one of whom was called Cassim, and the other Ali Baba. Their father, at his death, left them but a very moderate fortune, which they divided equally between them. It might, therefore, be naturally conjectured, that their riches would be the same; chance, however, ordered it otherwise.

　　　　Cassim married a woman who, very soon after her nuptials, became heiress to a very well-fnrnished shop, a warehouse filled with good merchandize, and some considerable property in land; he thus found himself on a sudden quite at his ease, and became one of the richest merchants in the whole town.（勞特利奇版）

　　　　IN a town in Persia, there lived two brothers, one named Cassim, the other Ali Baba. Their father left them scarcely anything; but Cassim married a wealthy wife and prospered in life, becoming a famous merchant.（紐恩士版）

前十世紀之時，波斯某街有兄弟二人，一名慨星 Cassim，一名
埃梨醅伯 Ali Baqa。其父在時，家僅小康，死後平分以給二人。其
所得產業各相等，析居而處，尚可拮据以度日，及後景遇不同，而
二人生計上之狀態遂亦各異。

慨星娶一少婦，當未結婚之前，爲一富貫之繼女，承襲其產，
有土地上之不動產甚多，且有倉庫一所，滿貯商品，其值不貲。及
歸慨，攜之與俱。慨星以妻之花蔭，於是一洗其昔日之窮愁，突然
一躍而爲富家兒，財名甲於一鎮。（《俠女奴》）

顯而易見，勞特利奇版開頭的兩段話，紐恩士版僅以一段高度概括，而《俠
女奴》基本上是依據前者逐句翻譯而得。另外，勞特利奇版中有而紐恩士版
所無之故事細節至少有數十處，這些基本上也存在於《俠女奴》中，如關於
阿里巴巴哥哥死後安葬的情況，紐恩士版只是用了三句話略加敘述，而勞特
利奇版多出了葬禮的宗教儀式，《俠女奴》的譯文亦與後者逐句相應。此亦可
證勞特利奇版、紐恩士版與《俠女奴》關係之近遠。至此似可推定《俠女奴》
的底本就是勞特利奇發行的英文版《天方夜譚》，可能性最大的是 1890 年版。

二、《俠女奴》的翻譯方法

確定底本，爲深入探討周作人的翻譯原點提供了新的可能。周作人自言
《俠女奴》「帶著許多誤譯與刪節」〔註 7〕，後世學者多結合周作人對題目的
更改，判斷《俠女奴》是梁啓超式的「豪傑譯」，甚至將之視作改寫，但實際
情況並非如此。

首先可以確定的是，《俠女奴》的翻譯既不是隨性而爲、漫不經心的「亂
譯」，亦非魯迅《斯巴達之魂》一類參以己意、縱情發揮的「編譯」或「譯述」。
從整體上看，周作人是非常認眞地在翻譯《俠女奴》——基本受制於原文的敘
述，對譯的比重明顯多於擅改，例如寫阿里巴巴初次從藏寶洞歸家時的一段：

Ali Baba took the road to the town; and when he got to his own
house, he drove his asses into a small court, and shut the gate with great
care. He threw down the small quantity of wood that covered the bags;
and carried the latter into his house, where he laid them down in a
regular manner before his wife, who was sitting upon a sofa.

〔註 7〕周作人：〈老師一〉，見《周作人散文全集 13》，頁 256～258。

乃驅驢疾行，取道歸鎮。埃梨既至其家，推户而入，引驢至一
小天井中，鄭重著意而閉其户。遂取去覆袋之薪，而攜其袋至内室，
置於其妻之前。其妻方倚睡椅而坐。

可以看到，除了筆者所標劃線句為周氏所增補之外，其餘皆為逐句譯；甚至
在「took the road to the town」、「shut the gate with great care」等分句中，每一
個詞都做到了對應。

《俠女奴》的譯文甚至有相當大的比重是逐詞翻譯的。如記敘盜賊們發
現藏寶洞外異象時的一段，引文中幾乎每一個詞或詞組都可以在譯文中找到
對應：

The robbers returned to their cave towards noon; and when they
were within a short distance of it, and saw the mules belonging to
Cassim, laden with hampers, standing about the rock, they were a good
deal surprised at such a novelty. They immediately advanced full speed,
and drove away the ten mules,

日將午，眾盜皆返。行漸近，忽見有驢負大筐，鵠立於岩石之
下，皆甚訝異。因即疾馳而前，遂去此十驢。

儘管個別地方做了更符合漢語習慣的承前省略，但在晚清時，如此忠實的譯
文已屬十分難得。不過，總體上看，段落式的逐詞譯在《俠女奴》中並不常
見，卻可以找到許多這種類型的單句，如下：

1. giving it to the wife of Ali Baba, apologized for having made her
   wait so long
   以升與埃梨之妻，並謝使之久待之罪

2. Far from feeling any satisfaction at the good fortune which his
   brother had met with to relieve him from poverty
   不以為埃梨得此，可以救其窮困為埃梨喜

3. but I desire to know also the precise spot where this treasure lies
   concealed; the marks and signs which may lead to it
   然予欲知此財物所藏之精確場所，有何符號，以為指導

4. their chief object was to discover him to whom they belonged
   其主要之目的，即在根求主有此驢之人

5. Ali Baba <u>did not wait for</u> his sister's <u>entreaties</u> to <u>go and seek for</u> Cassim.

<u>埃黎不俟其嫂之懇乞，即立時許可往尋其兄</u>

6. <u>At length</u> he <u>drew his purse</u> <u>from his bosom</u>, and <u>putting them in it</u>

<u>至終則自懷中取夾袋納入之</u>

7. "<u>I cannot conceive</u>," added he, " <u>who can have imitated</u> my mark with <u>so much exactness</u>"

<u>予不解其何以模擬能如是之酷肖</u>

8. <u>not only by</u> <u>looking at</u> it attentively, <u>but</u> by <u>passing before it</u> <u>several times</u>

<u>不斤斤注視，而僅於其前周行數過</u>

9. <u>This act</u>, <u>so worthy</u> of the intrepidity of <u>Morgiana</u>, <u>being performed without noise</u> or disturbance to any one

<u>曼作此事，殊有價值。伊一人爲此，不作一聲，亦不驚擾眾人</u>

10. <u>Morgiana</u> had <u>scarcely waited</u> a <u>quarter of an hour</u>, when <u>the captain of the robbers awoke</u>. He <u>got up</u>, and <u>opening the window</u>, <u>looked out</u>

<u>曼窺俟約十五分鐘，盜首醒，由床上起，開窗四顧</u>

在標明了原文與譯文之間的詞語對應關係後，逐詞譯的直譯特點便清晰可見。這便打開了我們考察周作人翻譯道路之生成的新視野。

在以往研究中，一般認爲要到《域外小說集》的出版，周作人才開始直譯。事實上，其翻譯行爲內在的連續性被嚴重忽視，也正由此導致難以對《域外小說集》有更爲深入的理解。

除了逐詞譯之外，還有其他表明《俠女奴》存在直譯特徵的痕跡。一是儘量保留人物說話的口吻，特別是語氣詞。如「麥聞言有難色，既而曰：『啊！啊！汝所言，予知之矣。汝殆欲予爲一違心之事，如是則必有關於予之良知與節操。』」（Baba Mustapha began to make difficulties "Oh, oh" said he, "you want me to do something against my conscience or my honor"）。「麥曰：『否，否。予記之甚清。』」（ "No, no"said Baba Mustapha, "I know what I say"）。有時爲能準確傳達原文中的人物語言，甚至嘗試借助新式標點來幫助表達。盜賊第一次僞裝至裁縫店而聽到老者爲人縫碎屍時，意欲套話，「因放作爲詫容曰：『死

體！何謂。』」這是首次出現在周作人譯文中的感歎號，即用來烘託人物故作詫異的語氣。有時爲了達到直譯效果，周作人還運用省略號。如阿里巴巴的妻子懷疑丈夫盜竊而發問，被阿里巴巴打斷，即「is it possible that you should-」，這在周作人的譯文中也同樣表現爲未盡之語——「予思汝必……」。不過，要想理解周作人的新嘗試，必須翻看《女子世界》的原刊，在今人的整理本中是無法體會到的。

二是保留譯文明顯的異域文化色彩。雖涉及伊斯蘭地區的宗教與風俗，亦不加刪改，如「慨星之妻留於家中，與三五鄰婦相向而哭，是蓋彼時之習俗使然」，另如阿里巴巴兄長下葬時的情節等。且譯者沒有將人名、地名等直接改爲方便讀者記憶的中國化的名字，這已經接近於《域外小說集》的「人地名悉如原音，不加省節」。《俠女奴》中，主要人物首次出現，名字標注英文：曼綺那（Morgiana）、慨星（Cassim）、埃梨醅伯（Ali Baqa〔註8〕）、苛琪亞（Cogia），其他人物如裁縫譯爲麥斯塔夫，男僕譯爲藹代拉〔註9〕；「mosque」（清眞寺）音譯爲「墨思克」，爲避免讀者不解其意，自注「回教徒之禮拜堂」。另有「essence」（香精）一詞，被音譯爲「安笙思」，以之爲一種藥名，猜測其「殆參苓之類」。此外，爲世人所熟知的「芝麻開門」——Open Sesame，周作人把它譯爲「西剗姆，啓戶」，並標注「意譯爲胡麻」，可見，這裡不採取意譯的方式是周作人有意的選擇。

雖然《俠女奴》中存在譯者所謂的「許多誤譯與刪節」，但需要辨析的是，這些改動是否佔據主導地位？首先，最容易說明的是刪節的問題。周作人自言：「第一是阿利巴巴死後，他的兄弟凱辛娶了他的寡婦，這本是古代傳下來的閃姆族的習慣，卻認爲不合禮教，所以把它刪除了。其次是那個女奴，本來凱辛將她作爲兒媳，譯文裏卻故意的改變得行蹤奇異，說是『不知所終』。」〔註10〕這裡，周作人或爲一時筆誤，將「阿利巴巴」與「凱辛」結局弄反；應該是兄長「凱辛」死後，「阿利巴巴」取了寡嫂。此處其實只刪去了幾句話。

至於女奴曼綺那去向的部分，主要刪了三段：阿里巴巴勸其子接納、其子同意、婚禮情況。不過，這也是譯文唯一一處整段刪除的地方。其他刪節尚有若干，如阿里巴巴躲在樹上時想下去抓兩匹盜賊的馬逃走、阿里巴巴的

〔註 8〕英文爲「Ali Baba」，此處疑爲排印有誤。
〔註 9〕該男僕在《女子世界》第十一期上初登場時，被譯爲「藹臺籟」，至第十二期，始改譯爲「藹代拉」。
〔註10〕周作人：〈老師一〉，見《周作人散文全集13》，頁 256～258。

嫂子問他妻子是借大升還是小升等,但大體上是以句子爲單位進行刪除的;就內容而言,多刪去原文過於枝蔓或無足輕重的細節。全文所有刪節的比重僅在百分之二左右。晚清時期,小說翻譯家的角色意識尚未完全建立,譯文刪去「無關緊要」的閒文和「不合國情」的情節反而成爲時代風尚。當時譯者常常只摘譯域外小說的梗概或主要情節,大刀闊斧地刪減自然景物與人物心理、社會環境等描寫。通行的多半是縮寫版的翻譯小說。像《俠女奴》這樣,全其大體、細部微減地完整譯出原文的作品,已屬難能可貴。

討論了刪節的情形之後,有必要對譯者「添油加醋」的狀況加以說明。在周作人譯《俠女奴》的時代,譯者普遍對西洋小說持有一種根深蒂固的偏見,甚至聲稱竄改處優於原作;於是常常技癢難忍,大加增補原作中沒有的情節和議論,如包天笑即在《馨兒就學記》中插入數節自己的家事,而方慶周、吳趼人竟將原譯六回的《電術奇談》衍成二十四回。〔註 11〕相較而言,周作人對《俠女奴》的翻譯安分得多,除了說曼綺那「不知所終」外,沒有增加任何情節,且未大段地發表原文所無的議論,僅偶而加上一兩句評點,使讀者更易理解故事的情理或增添些許趣味,如對盜首處死偵查失敗之同夥的解釋,稱「斯蓋雖暴客之舉動,未脫野蠻之習俗,然彼欲保一群之安全與幸福,勢不得不以嚴酷立法。彼有志復仇,而事機屢失,一誤再誤,因以償事者,直盜道之不如矣」。此聊聊數語已經是周作人擅自增加最多的一處文字。確切地說,周作人對原文添飾的方式主要體現在句內的詞組或句子之間的鏈接處。不過,總的來看,周作人具有比較清晰的譯者意識,能夠剋制翻譯過程中的創作衝動,與其所處時代的譯衍風尚拉開距離。

至於周作人所謂的「許多誤譯」,不可一概而論。因爲這涉及到是否有意改動的問題。像寡嫂未再嫁阿里巴巴、女奴拒婚兩處,確爲有意而爲的誤譯,是受制於譯者所持意識形態而不忠實原著的表現。但譯文中有的誤譯並非如此。如寫曼綺那遵主人之命籌備諸事時:

> Morgiana did not forget Ali Baba's orders; she prepared his linen
> for the bath, and gave it Abdalla, <u>who was not yet gone to bed</u>; put the
> pot on the fire to make the broth, but while she was skimming it the
> lamp went out.

〔註11〕 陳平原:《中國現代小說的起點——清末民初小說研究》(北京:北京大學出版社,2010),頁 38~40、50。

> 曼不敢忘主人之命，爲之預備浴巾，以與藹代拉，又生火支鍋，爲煮肉羹，卒卒鮮暇。因不復就睡，倚窗而坐。未幾夜闌燈炬，盞中之油已涸。

劃線句本是修飾「Abdalla」的，意思是藹代拉尚未就寢，但是周作人誤譯爲曼綺那。再如曾將「very soon after her nuptials」譯爲「當未結婚之前」，實際上是婚後不久。這或爲周作人的英文能力不足所致。然而，這些事後看來的改動，在其翻譯時仍是抱著忠實的態度譯出的，與故意的誤譯不可同日而語。

簡言之，《俠女奴》譯法的底色是逐句逐詞譯，從篇章層面來著眼，直譯部分佔有較大的比例；相較於同時代盛行於世的「豪傑譯」產出的作品，其增刪、修飾、誤譯等弊病並不嚴重；《俠女奴》雖未做到完全的忠實，但周作人在當時已經算得上是相當尊重原文的小說譯者了。只因歷來缺乏對他所據底本的瞭解，故此前僅依據周氏的追述而加以想像性的闡釋發揮，使周作人的重要原點被誤解，也在某種程度上制約著對晚清時期周作人的理解有突破性的認識。

三、《俠女奴》的語體與周作人白話經驗的起點

值得展開論述的還有《俠女奴》的語體問題。周作人自言《俠女奴》是「用古文」，但此類「古文」也頗可玩味。周作人在紹興生長，曾在杭州侍奉入獄的祖父，兩地皆爲浙方言區；自幼接受傳統的私塾教育，以科舉考試爲目標，擅寫古文，雖然也讀《鏡花緣》一類的白話小說，卻難於運用白話寫作。「對於從小讀古書作古文的這一代作家來說，很可能如《〈小說海〉發刊詞》所表白的，『吾儕執筆爲文，非深之難，而淺之難；非雅之難，而俗之難』。採用文言簡捷便當，一揮而就；採用白話反而勞神費心，『下筆之難，百倍於文話』。」〔註12〕

周作人最初的白話寫作經驗，大概起始於南京求學時期，此少爲人所注意。1902 年 7 月 18 日，周作人收到了魯迅寄自日本的信，「盡二紙，盡白話」，原本「擬即答」，未能；後於第二日，「作日本信，得五張亦白話，至午始竟」。〔註13〕周作人特意在日記中記載用白話寫信，可見對於他和魯迅而言，都是新鮮事。「至午始竟」，也能看出於白話有生疏之感。那麼，周作人的白話經

〔註12〕陳平原：《中國現代小說的起點──清末民初小說研究》，頁 158。
〔註13〕《周作人日記（上）》（鄭州：大象出版社，1996），頁 340。

驗，除了讀古代長篇章回小說之外，還有其他來源嗎？答案便是周作人在江南水師學堂讀書期間所學的英語教科書。

關於江南水師學堂的英文課本，周作人曾自言讀的是「印度讀本」，「發到第四集為止」，「英語讀本《英文初階》的第一課第一句說：『這裡是我的一本新書，我想我將喜歡它』」。所謂「印度讀本」，也就是周氏提到的《英文初階》，但周作人將名字記錯了，應為《華英初階》（English and Chinese Primer），原是英國人編給印度小學生學英語用的初級教材，名為 Primer，意為入門書、啟蒙讀本。周作人日記所載的「洋文啟蒙書」——「潑賴買」，即是 Primer 的音譯漢字。1898 年，商務印書館委託謝洪賚為 Primer 配中文注釋，並與英文本對照編排，非常便於英語初學者的使用，故深受好評。《華英初階》熱賣後，商務印書館又請謝洪賚把高一級的課本以同樣的形式翻譯出版，名為《華英進階》。《華英進階・初集》課本的譯文便皆是白話。譬如周作人二十年未曾忘懷的那篇《我的新書》，如下：

> 這是我的新書。我想我應該喜歡這書。有好幾個難字在這中間
> 就是我所不知道的。我若然每日學些，則他們不致久難於我。

> 我應該善用我的光陰。日一過了，不再回來。我應該每日勉力
> 學些新事，並且每日勉力求勝於前。

全書中，盡是這種略顯拗口的白話，如「我們決不能捉得的，是已經出我們口中的言語」、「昔有一小孩見一瓶盛滿的是硬殼果，故他去伸入他的手要拿些出來」、「前有一支燕子作他的巢在窗角里」、「這樹就是他的父親曾經禁止他不許觸動」……雖然詞句矯揉造作，甚至以今人眼光觀之，不乏語法錯誤；但反倒因此，讀著感覺與文學革命後的新體白話很相近，而本質上與章回小說體的那類流暢的俗語白話頗為不同。這便是由翻譯導致的。江南水師學堂將「背書」作為考試科目，要求學生將課文記下。周作人二十年後仍可大致寫出，可見當年記憶之深。洋文館是 1902 年 5 月初開始教授《華英進階・初集》，兩個月後，周作人寫白話書信給魯迅；該書信今日雖不得見，但不難想見很有可能是翻譯體的新式白話。

嚴復曾批評按字面直譯的弊端，提出「西文句中名物字，多隨舉隨釋，如中文之旁支，後乃遙接前文，足意成句。故西文句法，少者二三字，多者數十百言。假令仿此為譯，則恐必不可通」。〔註 14〕不幸的是，「華英進階」

〔註 14〕嚴復：〈譯例言〉，《天演論》（上海：商務印書館，1933），頁 1。

系列的教材即可稱嚴復所指謫的樣例，差別在於《華英進階・初集》以白話譯出，至「貳集」、「三集」譯文改爲文言，而蹩腳之譏則難免。嚴復在《英文漢詁》中舉過一個例子，頗能說明如何翻譯可以更加接近漢語文章：

「Having ridden up to the spot，the enraged officer struck the unfortunate man dead with a single blow of his sword」，「既馳至其地，此盛怒之軍官，以其劍之一揮，擊死此不幸之人」，依中文法，或譯云「軍官仗劍怒馳，抵此不幸之人擊殺之。」〔註15〕

在嚴復看來，好的翻譯應該「取明深義，故詞句之間，時有所顛到附益，不斤斤於字比句次」；故而符合「中文法」的是後者，前者的譯法是一種完全照字面操作的翻譯腔，是「信」有餘而「達」不足，更談不到「雅」了，亦即華英進階「貳集」「三集」文言譯語的類型。事實上，周作人所譯《俠女奴》同樣如此。

由於直譯成分的存在，《俠女奴》的譯文開始帶有歐化語體的色彩。王力曾指出，漢語的句子結構在「五四」以後發生了重要變化，主語盡可能不省略〔註16〕；這種嚴密化的句子關係，已經可以在《俠女奴》中看到，如：

但其以何方法而得入此門，則此問題終不能解決。

麥聞言搖首曰:「否。汝不知我。我年雖老，然眼力尚佳。我尚憶數日前有人招我至一處」

顧謂盜曰:我業告汝，知之不詳，即使予往，所得恐亦不能如汝之望也。惟當日出門時之事，予尚記憶之，餘則忘矣。去去！我行將爲汝思索之。」

在傳統漢語中，「凡主語顯然可知的時候，以不用爲常」〔註17〕；而例文中，筆者所標可省略之主語皆未去，這便與翻譯相關。

此外，《俠女奴》中還存在很多「信而不順」的句子，具有「無從索解」、「讀者幾莫名其妙」的直譯味道。究其原因，有的是十足的逐詞譯造成的，如「其主要之目的，則在訪有無被殺而死之人，於通常談話間」、「於是即取堊筆仿其式，作記號於上下兩旁之鄰屋，與埃梨之居相似者」，儘管文言語法可以有後置成分，但由於譯不出英語從句的引導詞，限制了句意的呈現；有

〔註15〕嚴復：《英文漢詁》（上海：商務印書館，1907），頁199。
〔註16〕王力：《漢語史稿（中冊)》（北京：中華書局，1980），頁479。
〔註17〕王力：《王力文集（第1卷)》（濟南：山東教育出版社，1984），頁52。

的是詞彙已經據前後語境補譯出來，但譯到後面，爲了不丟原文，又譯了一次，使句子顯得囉嗦或雜糅，如「以恐嚇大膽之人，有仿之而爲此危險事業者，使之驚走」、「如貴君以予之請求，爲無不便於貴君」……另如「其所用之規則，亦無與人以可根究之痕跡」、「因戶間已加鍵二道之鐵門，頗不易出也」等一些讀來頗感生澀、不合於全文語體風格的句子，均與過於死板的譯法相關。

關於中西語法的差異，王力曾言：「西洋語的結構好像連環，雖則環與環都聯絡起來，畢竟有聯絡的痕跡；中國語的結構好像無縫天衣，只是一塊一塊的硬湊，湊起來還不讓它有痕跡。西洋語法是硬的，沒有彈性的；中國語法是軟的，富於彈性的。惟其是硬的，所以西洋語法有許多呆板的要求，如每一個 clause 裏必須有一個主語；惟其是軟的，所以中國語法只以達意爲主，如初系的目的位可兼次系的主語，又如相關的兩件事可以硬湊在一起，不用任何的 connective word。」〔註 18〕具體來說，英語以形顯意，多運用形態來表達語法關係，句子各成分（包括單詞、短語、分句）之間的邏輯關係靠關聯詞等顯性連接手段來直接表示，故而語序十分靈活，且以主謂核心協調控制全句結構，環扣相嵌，盤根錯節，句中有句，可以使冗長的句子不致流散，從而形成一個中心明確、邏輯清晰、層次顯豁的語法結構；然而，漢語因爲缺少豐富的形態變化，在組合上它很難疊床架屋,實現句子的立體結合〔註 19〕。故而，周作人在翻譯時，倘若不擅拆解騰挪而沿用其句序，則難免給人以佶屈聱牙之感。不過，值得肯定的是，借由翻譯實踐，周作人的漢語寫作習慣開始發生著改變。對於其日後的語體轉向而言，亦具有起點意義。

《俠女奴》雖然看似是「古文」，但因過於死板地依照原文進行對譯，使句法的邏輯性和嚴密性大大加強，本質上已經成爲了「古文」的變體。以今人之眼觀之，甚至不乏白話之感。當然，說是白話，並非口語意義上的，而是偏於書面語的傾向。譬如「盜住數日後，以種種秘密方法，或明或暗，或朝或暮，駕一馬自穴中搬運許多美好之織物，錦繡布帛之類，至旅店中，而轉售之於一商店」；「埃梨聞言甚感動，答曰：『汝之恩沒世不敢忘，予之餘年，皆汝所賜，予必相報以明予志。自今以後，予當還汝自由』」。文言的色彩基

〔註 18〕同上，頁 140～141。
〔註 19〕參見連淑能：《英漢對比研究》（北京：高等教育出版社，1993），頁 65。

本只體現在詞法上，至於句子內以及句子間的關聯方式已經與桐城古文及八股時文頗爲相異。我們很容易將這些句子實現從文言到白話的轉換。

《俠女奴》的譯文與新體白話的相像之處還體現在詞彙方面。周作人在談翻譯時曾說：「中國話多孤立單音的字，沒有文法的變化，沒有經過文藝的淘煉和學術的編製，缺少細緻的文詞，這都是極大的障礙。」〔註 20〕然而，在《俠女奴》中，周作人已經使用了諸多複音詞來翻譯，且多半是採用日本人的新譯語。這一方面是受時代風潮的影響，但還有更直接的原因。周作人自言最初譯書時，「於我們讀英文有點用處的，只是一冊商務印書館的《華英字典》」〔註 21〕，而「當時中國爲西洋語言（主要是英語）編寫詞典的人由於貪圖便利，就照抄了日本人所編寫的西洋語言詞典的譯名」〔註 22〕。筆者所見壬寅年（1902）三次重印版的《商務書館華英字典》，確實多爲複音詞譯語；更何況，魯迅還從日本寄給過周作人一冊《英和辭典》，方便周作人繞開漢譯徑直借日語詞彙來翻譯。〔註 23〕王力曾指出，「複音詞的創造」是「歐化的語法」的重要表現，「中國本來是有複音詞的，近代更多，但是不像現代歐化文章裏的複音詞那樣多」。〔註 24〕《俠女奴》譯文中大量複音詞的出現，亦帶有撐破既有古文規範的效應，從而初具新型書面語言的面貌。

關於其最初階段的翻譯，周作人自言道：「那時還夠不上學林琴南，雖然《茶花女》與《黑奴籲天錄》已經刊行，社會上頂流行的是《新民叢報》那一路筆調，所以多少受了這影響，上邊還加上一點冷血氣，現在自己看了也覺得有點可笑。」〔註 25〕這裡「夠不上學林琴南」，就是指過於求「信」，做不到以地道的漢語文章表達出來；而《新民叢報》的筆調，即爲梁啓超的「新文體」。不過因爲翻譯不似創作，要受到原文限制，特別是周作人還力爭相對的忠實，故而《俠女奴》的譯文不大具備「雜以俚語」、「雜以韻語」、「縱筆所至不檢束」、「筆鋒常帶情感」等「新文體」的特點，最稱得上筆調相似的其實是「平易暢達」和「雜以外國語法」。尤其是「仿傚日本文體」的後者，

〔註 20〕仲密：〈譯詩的困難〉，見《周作人散文全集 2》，頁 257～258。
〔註 21〕周作人：〈老師一〉，見《周作人散文全集 13》，頁 256～258。
〔註 22〕王力：《漢語史稿（下冊）》（北京：中華書局，1980），頁 528。
〔註 23〕據周作人日記可知：壬寅年六月初八日，洋文館發《華英字典》；同年十一月廿五日，收到魯迅寄給的「辭典」。周作人曾說「當時用的是日本的《英和辭典》」，見〈我的新書二〉，載《周作人散文全集 13》，頁 293。
〔註 24〕王力：《中國現代語法》（上海：商務印書館，1985），頁 334～335。
〔註 25〕周作人：〈丁初我〉，《周作人散文全集 11》，頁 448。

是「新文體」最爲特異之處。對此影響梁啓超最大的兩位是日本的矢野文雄和德富蘇峰，而恰巧兩人都是「歐文直譯體」的代表。有趣的是，梁啓超的翻譯本身是與之大相徑庭的「譯意不譯詞」，自家的散文創作卻巧妙地雜用了「漢文調、歐文脈」的翻譯體。然而，周作人的譯文反倒是直接接續「新文體」的日本之源，達到了「以西文體爲骨」的效果，甚至在這一方面超前於他所模仿的「新文體」。〔註26〕以往的研究偏於強調梁啓超的單向影響，但當我們描述了學堂教育的向度之後，不妨認爲，受直譯教育的周作人所形成的翻譯觀念及語體實踐自身便與「新文體」接近，也更容易促使他將其作爲言語資源之一種。

至此也可清晰地看到，周作人日後新體白話的創制既不是源自舊有的章回小說，也不是簡單地淵源於梁啓超的「新文體」，更絕非開民智之類報刊用於下層啓蒙的口語白話，而是肇始於翻譯實踐對歐西文脈的吸納和對古文體制的變形。這正如王風指出的那樣，「在周氏兄弟手裏，對漢語書寫語言的改造在文言時期就已經進行，因而進入白話時期，這種改造被照搬過來，或者可以說，改造過了的文言被『轉寫』成白話。……周氏兄弟的白話確實已經到了『最高限度』，這是通過一條特殊路徑而達成的。在其書寫系統內部，晚清民初的文言實踐在文學革命時期被『直譯』爲白話，並成爲現代漢語書寫語言的重要——或者說主要源頭。因爲，並不藉重現成的口語和白話，而是在書寫語言內部進行毫不妥協的改造，由此最大限度地抻開了漢語書寫的可能性。」〔註27〕

（原刊《中國現代文學研究叢刊》2016 年第 5 期，係「中央高校基本科研業務費專項資金」資助項目「魯迅文言翻譯研究」階段性成果）

〔註26〕關於梁啓超的新文體與矢野文雄、德富蘇峰之間的關係，參見夏曉虹：《覺世與傳世——梁啓超的文學道路》（北京：中華書局，2006），頁 225～259。
〔註27〕王風：《世運推移與文章興替——中國近代文學論集》（北京：北京大學出版社，2015），頁 167～168。

從《紅星佚史》看周作人
早期翻譯與林紓的離合

周　旻

（北京大學中文系）

1920 年，周作人在〈《點滴》序〉中回憶自己從事「翻譯勝業」的歷史：

> 我從前翻譯小說，很受林琴南先生的影響：一九〇六年往東京
> 以後，聽章太炎先生的講論，又發生多少變化，一九〇九年出版的
> 《域外小說集》，正是那一時期的結果。一九一七年在《新青年》上
> 做文章，才用口語體……〔註1〕

1917 年前的這條以古文譯西方小說的路子，被周作人自己稱爲「復古的第一
支路」〔註2〕。他在這條路上最重要的兩位老師，一位是開啓他與魯迅晚清文
學革命思路的章太炎，其在翻譯層面給予周氏兄弟「趨古」的提示造就了《域
外小說集》「詞質樸訥」〔註3〕的面貌；而另一位則是林紓。與新文化運動中
的同人錢玄同以「桐城謬種」貶斥林紓不同，在周作人的很多敘述中，林譯
小說一直承擔著「吾師」的角色。1901 年 8 月，周作人到南京進入水師學堂，
與哥哥魯迅一起讀書〔註4〕。此時，他的書單中出現了新式書報和譯作的身

〔註1〕周作人，〈《點滴》序〉，收於鍾叔河編，《周作人文類編・希臘之餘光》（長沙：
　　　湖南文藝出版社，1998 年），第 585 頁。

〔註2〕周作人，〈我的復古經驗〉，收於止菴編，《周作人自編文集・雨天的書》（石
　　　家莊：河北教育出版社，2002 年），第 96 頁。

〔註3〕魯迅，〈《域外小說集》序言〉，收於止菴、王世家編，《魯迅著譯編年全集》
　　　第 1 卷（北京：人民出版社，2009 年），第 313 頁。

〔註4〕魯迅 1902 年離開南京前往日本留學。據周作人 1902 年 4 月 9 日日記，他第
　　　一次收到魯迅從日本寄來的信，發信時間是 2 月 26 日，此時魯迅初到橫濱。
　　　周作人，《周作人日記（上）》（鄭州：大象出版社，1996 年），第 332 頁。

影。據他自己的說法，他對當時翻譯界的三派——「嚴幾道的《天演論》，林琴南的《茶花女》，梁任公的《十五小豪傑》」，皆有所涉獵〔註5〕。在梁啓超、嚴復的譯作之外，兄弟二人關於西洋小說的閱讀絕大部分來自林紓的翻譯。1906 年周作人赴日以後，只要林紓小說印出一部，他和魯迅就會特地跑去神田的中國書林購買，閱完後還要小心地「改裝硬紙板書面」，用「青灰洋布」重裝書脊〔註6〕，珍重程度可見一斑。大約到 1910 年前後，以《黑太子南征錄》爲標誌，林譯小說開始逐漸退出了對周作人的「壟斷」。而 1906 年底開始翻譯、1907 年出版的《紅星佚史》，正是在一個特殊的時間節點上產生的一部近乎模仿林譯的作品。

　　1906 年夏，魯迅回國完婚後，與周作人一同赴日。他放棄自己已經完成的醫學校前期功課，「改而爲從事改造思想的文藝運動」〔註7〕，打算以創辦雜誌《新生》爲起點。因資金與同志的短缺，這個計劃最終落空，隨後兄弟二人轉而開始介紹泰西新文藝。在這一年的年末，周作人與魯迅完成了第一次的合作翻譯。這部譯作原名 *The World's Desire*（《世界欲》），由英國小說家哈葛德（H.Rider Haggard）和神話學家安特路朗（Andrew Lang）合寫而成，周氏兄弟改題爲《紅星佚史》。此書在光緒三十三年（1907）十月由商務印書館出版，作爲該社「說部叢書」系列第八集第八種，每冊定價大洋五角。這部雜糅了希臘史詩、神話素材和埃及異域歷史、風俗的羅曼司小說（romance），分爲三篇，主要講述了希臘英雄阿壘修斯（即奧德修斯）在埃及尋找海倫的故事。阿壘修斯以遊子身份覲見埃及法老猛納達、皇后美理曼，得到王朝的重用，卻被皇后錯認成眞愛所在。皇后美理曼使用妖術，變幻成海倫的樣子，騙阿壘修斯成婚，使他不僅違背了對法老許下的承諾，也背叛了與海倫定下的誓言。阿壘修斯爲洗刷自己叛國的罪名，主動請求帶兵與九弓蠻族決戰，雖然神勇地以少勝多，卻被親生兒子所傷。最終，阿壘修斯應神示死在了海倫的懷中，皇后美理曼自殺殉情。小說延續了荷馬史詩《奧德修紀》的思路，想像奧德修斯在希臘以外異域世界的最後冒險，將他死於兒子之手的傳說作爲結局。

〔註5〕周作人，〈我學國文的經驗〉，收於止菴編，《周作人自編文集・談虎集》（石家莊：河北教育出版社，2002 年），第 259 頁。

〔註6〕周作人，〈魯迅與清末文壇〉，收於止菴編，《周作人自編文集・魯迅的青年時代》（石家莊：河北教育出版社，2002 年），第 74 頁。

〔註7〕周作人，〈往日本去〉，收入周作人，《知堂回想錄》（香港：三育文具圖書公司，1980 年），第 173 頁。

　　與《河南》上獨樹一幟的文學論文同時生產的《紅星佚史》，理論上佔據著一個重要的時間節點，卻因翻譯動機與趣味上與林譯小說的曖昧關係，似乎很難毫無疑義地納入新生乙編的範疇中。〔註8〕但從另一個方面考慮，它的尷尬處境，卻正為討論周作人的早期翻譯與林紓的「合」與「離」提供了絕好的個案。

　　目前學界關於《紅星佚史》的正面研究為數不多。與《紅星佚史》同一英文底本的還有另一個譯本，即1919年林紓與陳家麟合譯的《金梭神女再生緣》，鄒瑞玥〔註9〕和張治〔註10〕皆有專門論文通過這兩個譯本討論周作人與林紓的譯述特點。不過，如果從一種更為歷史化的角度來看，1919年的林紓譯本，並不能與周作人1906年的《紅星佚史》構成有效的對話關係。本文擬將《紅星佚史》置於周作人所身處的晚清林譯哈葛德小說的熱潮中〔註11〕通過辨析周作人與林紓在閱讀趣味、文學觀念上的細微差別，來勘探他這一時期的小說翻譯與林紓的「貌合神離」。

一、林紓譯筆下的哈葛德

　　1904到1906年〔註12〕，憑著林紓的翻譯而進入大眾閱讀視野的哈葛德小說，是晚清翻譯小說風潮中頗有意味的現象。哈葛德的言情冒險小說與柯南道爾的偵探小說、凡爾納的科幻小說都是第一批進入中文語境的西洋小說的代表。與後兩者「眾人拾柴火焰高」的翻譯狀況不同，哈葛德在中文語境的流行與譯者林紓有分不開的關係，加之商務印書館的商業運作——短時間內

〔註8〕王風在〈周氏兄弟早期著譯與漢語現代書寫語言〉（《魯迅研究月刊》，2009年第12期、2010年第2期）一文中，根據周作人在《紅星佚史》序言中的論述，將這一譯作放置在「《新生》乙編」的延長線上。

〔註9〕鄒瑞玥，〈林紓與周作人兩代翻譯家的譯述特點——從哈葛德小說 The World's Desire 說起〉，《中國現代文學研究叢刊》第2期（2009年2月）。

〔註10〕張治：〈《紅星佚史》與《金梭神女再生緣》〉，收入《蝸耕集》（杭州：浙江大學出版社，2012年），第58～74頁。

〔註11〕李歐梵的〈林紓和哈葛德——翻譯的文化政治〉（《東嶽論叢》，2013年10月，第34卷第10期）具體而微地闡釋了晚清的林譯哈葛德風潮，為本文討論周作人早期翻譯與林紓的離合提供了重要的背景。

〔註12〕在〈《迦茵小傳》序〉中，林紓回憶了1905年前對哈葛德小說的翻譯，《埃司蘭情俠傳》和《埃及金塔剖屍記》是在甲辰年間譯成。實則《埃司蘭情俠傳》中序言所署時間是癸卯（1903年）嘉平月，出版於1904年。故將時間上限定在1904年。見林紓，〈《迦茵小傳》序〉，收入阿英編，《晚清文學叢鈔·小說戲曲研究卷》（北京：中華書局，1960年），第210頁。

一再重印林譯小說叢書，形成了一股林譯哈葛德的熱潮。與此同時，閱讀林譯哈葛德也成為一種風尚，1932 年，周作人在〈習俗與神話〉中回憶自己當初翻譯《紅星佚史》的因緣，就說道：「一九〇七年即清光緒丁未在日本，始翻譯英國哈葛德安度闌二人合著小說，原名《世界欲》（*The World's Desire*）。改題曰《紅星佚史》，在上海出版。那時哈葛德的神怪冒險各小說經侯官林氏譯出，風行一世，我的選擇也就逃不出這個範圍」〔註 13〕。

哈葛德小說最早的中文譯本可以追溯到 1898 年曾廣銓在《時務報》第六十冊上開始連載的翻譯小說《長生術》。同一年，這本譯作與丁楊社所譯《新譯包探案》、林紓所譯《巴黎茶花女遺事》一起，以合訂本的形式由素隱書屋刊刻發行〔註 14〕。《長生術》所署原作者「解佳」，即哈葛德，其底本是 1886 年哈葛德出版的冒險小說 *She*。這部譯作因《時務報》的影響力和合訂本的暢銷而流傳頗廣。它也是周作人接觸到的第一部哈葛德小說，曾出現在他辛丑年（1901）的日記書單中〔註 15〕。

真正使小說家哈葛德成為話題的是 1903 年和 1905 年的「一書多譯」事件，即先後出現兩種版本的《迦茵小傳》（*Joan Harte*）〔註 16〕，並引發了一些爭論。在 1903 年版中，蟠溪子和包天笑只合譯了英文小說的上半本。據魯迅回憶，譯本作為言情小說，「很打動了才子佳人們的芳心，流行得很廣很廣。後來還至於打動了林琴南先生，將全部譯出。」〔註 17〕林紓看到這一版的翻

〔註 13〕 周作人，〈習俗與神話〉，收入止菴編，《周作人自編文集・夜讀抄》（石家莊：河北教育出版社，2002 年），第 15 頁。

〔註 14〕 合訂本由汪康年在 1899 年刻印。當年《中外日報》中登出售書廣告，有「《茶花女》、《新譯包探案》、《長生術》合冊」一說。參見阿英，〈關於《巴黎茶花女遺事》〉，錢鍾書等著，《林紓的翻譯》（上海：商務印書館，1981 年），第 55 頁。據阿英的考證，因為《巴黎茶花女遺事》之原版木刻線裝不甚經濟，以至於流傳頗少，真正大量印刷發售的正是三書合訂的鉛印本。1908 年，林紓在《歇洛克奇案開場》中也談到了此合刻本的情況：「當日汪穰卿舍人為余刊《茶花女遺事》，即附入《華生包探案》，風行一時。」參見林紓：〈《歇洛克奇案開場》序〉，收入阿英編，《晚清文學叢鈔・小說戲曲研究卷》，第 242 頁。

〔註 15〕 周作人，《周作人日記（上）》，第 276 頁。

〔註 16〕 蟠溪子節譯、包天笑潤飾的《迦因小傳》，1901 年在《勵學譯編》雜誌上連載，1903 年由文明書局出版單行本。參考韓洪舉，〈林譯《迦茵小傳》的文學價值及其影響〉一文，陳錦谷編，《林紓研究資料選編》（福州：福建省文史研究館，2008 年），第 513 頁。

〔註 17〕 魯迅，〈上海文藝之一瞥——八月十二日在社會科學研究會講〉，《魯迅全集》第 4 卷（北京：人民文學出版社，2005 年），第 298 頁。

譯，遺憾於下半部之不見，於是託人找到全本，開始進行自己的翻譯。他將迦茵未婚生子的情節如實譯出，被當時一些人認爲「迦茵之身價忽墜九淵」〔註18〕，但同時也有像夏曾佑這樣「會得言情頭已白，撚髭想見獨沉吟」〔註19〕的讀者，爲迦茵的愛情和死亡扼腕歎息。無論林紓的譯文毀譽如何，《迦茵小傳》在當時都成爲了一本炙手可熱的暢銷書〔註20〕。以此爲契機，再加上手頭握有英文本的《哈氏叢書》〔註21〕若干種，林紓開始大量翻譯哈葛德的小說。截止到1911年，共有16種林譯哈葛德小說問世（見表一）。

表一：1904～1911年林紓譯哈葛德譯文、原文情況表〔註22〕

出版時間（林譯小說出版數）	譯作名	合作口譯者	有無序言	原作名	原作出版時間
1904（共2種）	《埃司蘭情俠傳》	魏易	有	*Eric Brighteyes*	1891
1905（共8種）	《迦茵小傳》	魏易	有	*Joan Haste*	1895
	《埃及金塔剖屍記》	曾宗鞏	《譯餘剩語》	*Cleopatra*	1889
	《英孝子火山報仇錄》	魏易	序言一；《譯餘剩語》五則	*Montezuma's Daughter*	1893
	《鬼山狼俠傳》	曾宗鞏	有	*Nada and Lily*	1892

〔註18〕寅半生，〈讀《迦因小傳》兩譯本書後〉，收入阿英編，《晚清文學叢鈔・小說戲曲研究卷》，第285頁。

〔註19〕夏曾佑，〈積雨臥病讀琴南《迦茵小傳》有感〉，收入阿英編，《晚清文學叢鈔・小說戲曲研究卷》，第598頁。

〔註20〕《迦茵小傳》的銷售情況，可參考當時的再版情況：「這部小說經林琴南譯出足本，1905年由商務印書館初版，1906年9月已發行三版，1913、1914年幾度再版，先後編入《說部叢書》、《林譯小說叢書》。」見鄒振環，《影響中國近代社會的一百種譯作》（北京：中國對外翻譯出版社，1996年），第187頁。

〔註21〕「即哈氏亦爲書二十六種，得酬定不貲，乃忽闖奇想，欲以著書之家，奄有印刷家之產，則哈氏贖貨之心，亦至可笑矣。」（〈《玉雪留痕》序〉，《晚清文學叢鈔・小說戲曲研究卷》，第220頁）；「哈葛德之爲書，可二十六種。」（〈《洪罕女郎傳》跋語〉，《晚清文學叢鈔・小說戲曲研究卷》，第224頁）；《哈氏叢書》的說法還可參考畢樹棠〈柯南道爾與哈葛德〉，《人間世》，1939年8月，第1期。

〔註22〕中譯本信息根據張俊才編〈林紓著譯繫年〉，收入張俊才、薛綏之編，《林紓研究資料》（北京：知識產權出版社，2010年），第372～469頁；英文本信息根據馬泰來：〈林紓翻譯作品全目〉，《林紓的翻譯》，第61～65頁；每一年所出林譯小說的數量可參考《涵芬樓藏書目錄》（上海：商務印書館，宣統三年）。

	《斐洲煙水愁城錄》	曾宗鞏	有	*Allan Quatermain*	1887
	《玉雪留痕》	魏易	序言一；《調寄齊天樂》	*Mr. Meeson's Will*	1888
1906年（共7種）	《洪罕女郎傳》	魏易	有	*Colonel Quaritch, V. C.*	1888
	《蠻荒誌異》	曾宗鞏	跋文一	*Black Heart and White Heart, and Other Stories*	1900
	《紅礁畫槳錄》	魏易	《譯餘剩語》四則；題詩：《燭影搖紅》、《解語花》	*Baetrice*	1890
	《橡湖仙影》	魏易	序言一；《調寄摸魚兒・詠安琪拉》一首，《調寄小重山・詠佳而夫人》二首	*Dawn*	1888
	《霧中人》	曾宗鞏	有	*People of Mist*	1894
1908（共14種）	《鐘乳骷髏》	曾宗鞏	跋文一	*King Solomon's Mines*	1885
1909（共7種）	《璣司刺虎記》	陳家麟	有	*Jess*	1887
1910（共2種）	《雙雄較劍錄》	陳家麟	無	*Heart of the World*	1907
	《三千年豔屍記》	曾宗鞏	有	*She*	1886

　　從 1904 年到 1906 年，商務印書館三年間共出版林譯小說 17 種，其中有 12 種哈葛德小說，每年都佔據出版總數的 70% 以上；合作的口譯者中，魏易占 7 部，曾宗鞏占 5 部；每部都附上林紓詳盡的序言，亦有即興發表的詩詞。無論是野蠻冒險還是言情戚戚，哈氏小說與林紓譯調的結合，從 1905 年起成為林紓「造幣廠」〔註23〕中最鮮明的一條流水線。到 1907 年，這個比例開始急劇下降，11 種林譯作品中，並無哈葛德小說；1908 年，14 種林譯小說中，僅一種哈氏著作；1909 和 1910 年，林紓忙於彙編國文讀本和出版《畏廬文集》〔註24〕，總的翻譯數量已較前期有所下降。

　　李歐梵認為：「他（林紓）最初接觸哈氏作品的時候，可能較欣賞言情作品，如《迦因小傳》（*Joan Haste*）和《橡湖仙影》（*Dawn*），但還是被哈氏另外一個小說世界所吸引，所譯的哈葛德小說以探險和荒誕神奇的作品為主，

〔註23〕陳衍，〈林紓傳〉，《國學專刊》第 1 卷第 3 期（1927 年）。
〔註24〕張俊才、薛綏之編，〈林紓著譯繫年〉，收入張俊才、薛綏之編，《林紓研究資料》，第 372～469 頁。

倒與哈葛德在英國的名聲相符。」〔註 25〕同時他也指出一個內在於林譯哈葛德小說的問題：林紓序跋中的哈葛德與實際小說文本的情志的偏離。

　　將文本的「可譯性」集中於「演史」二字，期望讀者把握住歷史的含義，這樣一種史家的態度，從林紓接觸哈葛德之始，就彌漫在他對這位英國維多利亞時代的傳奇（romance）作家的理解之中。在林紓最早翻譯的哈氏小說《埃司蘭情俠傳》的〈敍〉中，好友濤園居士回憶了是書翻譯的前因後果，談到：

> 徵君語予，哈葛得者，英之孤憤人也，惡白種之霸駁，偽爲王
> 道愚世，凡所詡勇略，均託諸砲火之厲烈，以矜武能，殊非眞勇者
> 也。故哈氏之書，全取斐洲冰洲之勇士，狀彼驍烈，以抒其鬱伊不
> 平之槪。〔註 26〕

哈葛德被描述爲一位「孤憤之人」，常以「驍烈」爲著書主題，爲的是抒發自己鬱憤不平的心情。這種孤獨而悲憤的作者形象，與「終不可用，退而論書策，以舒其憤，思垂空文以自見」的司馬遷，幾多重疊。林紓在此不免誤解了哈葛德這樣一位通俗作家的眞實寫作意圖，虛設了他本不曾有的文學抱負。濤園居士就這一點提出了質疑，他認爲哈氏「寧在所怪」的風格是因爲其「嗜古」，實在沒有那些諷世之心；之所以這麼判斷，根源上是爲小說文本的閱讀感受所牽引，也就是《埃司蘭情俠傳》作爲小說，在故事情節、情志和筆觸上的特徵。而林紓在序言中塑造的「哈葛德」，卻並不能與小說的正文形成呼應，這一矛盾，他在〈《吟邊燕語》序〉中試圖予以回答：

> （哈葛德）於是追躡古蹤，用以自博其趣，此東坡所謂久厭膏
> 梁，反思螺蛤者也。蓋政教兩事，與文章無屬，政教既美，宜澤以
> 文章，文章徒美，無益於政教。〔註 27〕

稍作修飾地將哈氏的好古趣味擺放到政教觀的空隙處，並以蘇軾的文學歷程作爲呼應。這種由「史」入「文」以期爲自己翻譯通俗小說自圓其說的想法，在 1905 年《斐洲煙水愁城錄》的序言中也有體現。林紓不僅將全書的歷險故事與《桃花源記》聯絡起來，更揣摩著者的心情道：「哈氏所造謇澀，往往爲

〔註 25〕　李歐梵，〈林紓和哈葛德──翻譯的文化政治〉，《東嶽論叢》第 34 卷第 17 期
　　　　　（2013 年 10 月），第 50 頁。
〔註 26〕　濤園居士，〈《埃司蘭情俠傳》敍〉，收入阿英編，《晚清文學叢鈔・小說戲曲
　　　　　研究卷》，第 282～283 頁。
〔註 27〕　林紓，〈《吟邊燕語》序〉，收入阿英編，《晚清文學叢鈔・小說戲曲研究卷》，
　　　　　第 208 頁。

傷心哀感之詞以寫其悲。又好言亡國事，令觀者無歡。」這與陶潛厭惡當朝權貴恰有共鳴；篇末還大贊小說結構中史傳聯絡法的運用，認為「文心蕭閒，不至張皇無措，斯真能為文章矣」〔註28〕。此後，《鬼山狼俠傳》序言言及敘事，舉《史記》、《漢書》之例；《洪罕女郎傳》序亦以韓愈文章「巧於內轉」、「先有伏線」的行文絕技，提點「哈氏文章，亦恒有伏線處，用法頗同於《史記》」〔註29〕。從司馬遷、陶潛到韓愈、蘇軾，林紓彷彿讓哈葛德在中國的文學世界中做了一次旅行。但他也抵擋不住羅曼司小說述奇、志怪、尚異等元素的吸引：《斐洲煙水愁城錄》中的哈葛德，較之陶淵明更「奇」一籌；《洪罕女郎傳》比起韓愈「匠心尤奇」；大類《漢書》筆法的《鬼山狼俠傳》，也是「奇譎不倫，大弗類於今日之社會」〔註30〕。當哈葛德小說的特質溢出史傳、古文實在太多時，林紓也不得不承認它「非病沿習，即近荒渺」，更趨向於唐宋小說。林紓用古文翻譯小說，雖然在形式上保持了正統的古文文章，但為了譯書的便利，也不可避免地裹挾了不容於古文文體的詞彙或用法進來；與此類似，當他在序言中再三將言情、神怪扭轉成道德、興亡、倫理、擔當、理想人性時，他也無法避免西洋通俗小說與中國史傳文章的衝撞，這種衝撞甚至進一步瓦解了他的序言。到了 1907 年，林紓開始翻譯《滑稽外史》、《孝女耐兒傳》，「掃蕩名士美人之局，專為下等社會寫照」〔註31〕的迭更司（Charles John Huffam Dickens，現通譯為狄更斯），迅速取代了哈葛德，成為林紓心目中歐西文家的代表。此消彼長間，在 1910 年《三千年豔屍記》的序言中，林紓已經將迭更斯的小說置於標桿的位置，並對這兩位英國小說家進行了一番比較：「哈氏之書，多荒渺不可稽詰，此種尤幻。筆墨結構去迭更固遠，然疊氏傳社會，哈氏敘神怪，取徑不同，面目亦異，讀者視為《齊諧》可也。」〔註32〕從馬班之做到《齊諧》之流，林紓最終還是點出了哈葛德小說的真實請況。

〔註28〕 林紓：〈《斐洲煙水愁城錄》序〉，收入阿英編，《晚清文學叢鈔・小說戲曲研究卷》，第 215 頁。

〔註29〕 林紓：〈《洪罕女郎傳》跋語〉，收入阿英編，《晚清文學叢鈔・小說戲曲研究卷》，第 224 頁。

〔註30〕 【英】哈葛德著，林紓、曾宗鞏譯，《鬼山狼俠傳》（Nada and Lily）（上海：商務印書館，1914 年），第 1 頁。

〔註31〕 林紓，〈《孝女耐兒傳》序〉，收入阿英編，《晚清文學叢鈔・小說戲曲研究卷》，第 252 頁。

〔註32〕 林紓，〈《三千年豔屍記》序〉，收入阿英編，《晚清文學叢鈔・小說戲曲研究卷》，第 268 頁。

作爲讀者的周作人，又是怎樣通過林紓去閱讀哈葛德的呢？他翻譯《紅星佚史》，只是在林譯的延長線上進行的嗎？再次回到周作人對選擇這個譯本的初衷的描述中，或許可以回答這一系列涉及私人閱讀史式的問題。

二、《紅星》「譯」史

周作人談及林紓，敘述上並不避諱他對自己的影響，例如「最初讀嚴幾道、林琴南的譯書，覺得這種以諸子之文寫夷人的話的辦法非常正當，便竭力地學他。雖然因爲不懂『義法』的奧妙，固然學得不像，但自己卻覺得不很背於迻譯的正宗了」〔註 33〕，將自家筆法看作與林譯小說的文章義理一脈相承。而關於學習林譯的《紅星佚史》的發生，周作人還曾回憶：

> 《埃及金塔剖屍記》的内容古怪，《鬼山狼俠傳》則是新奇，也都很有趣味。前者引導我們去譯哈葛德，挑了一本《世界的欲望》，是把古希臘埃及的傳說雜拌而成的，改名爲《紅星佚史》。

〔註 34〕

通過這段文字，可以知道《埃及金塔剖屍記》的故事内容是觸發周作人翻譯《紅星佚史》的一個重要原因。1887 年，哈葛德憑著因 *King Solomon's Mines*（林譯《鐘乳骷髏》，1908）的暢銷而得到的大筆稿費，前往埃及采風，隨後創作了一批以此地爲背景的羅曼司作品。*She*（《三千年豔屍記》）、*Ayesha: The Return of She*（《神女再世奇緣》）、*Cleopatra*（《埃及金塔剖屍記》）、*The World's Desire*（《紅星佚史》）都在此序列中。但與《三千年豔屍記》和《埃及金塔剖屍記》相比，《紅星佚史》的敘事風格不大相同。前兩篇小說描述古代埃及的王朝制度、文物風貌、人情風俗，都有一些固定的情節元素：從文明國度而來的現代英國人、身世離奇的上古傳奇人物、貝葉史書、秘密日記等等。其中，《埃及金塔剖屍記》（1905）在林紓前期的譯作中可以說是譯得很認眞仔細的一部〔註 35〕。林紓還將出自哈葛德之手的〈哈氏原序〉譯出，附在自己所撰的譯序之前，作爲理解小說的參考。從這兩份序言可以發現，林紓翻譯

〔註 33〕 周作人，〈我的復古經驗〉，收入止菴編，《周作人自編文集・雨天的書》，第 96 頁。

〔註 34〕 周作人，〈魯迅與清末文壇〉，收入止菴編，《周作人自編文集・魯迅的青年時代》，第 74 頁。

〔註 35〕 全書三編，每一章都得到了篇幅相當的翻譯，原作在每章的標題下都附有關鍵詞式的内容提要，這些繁瑣的部分也被林紓如實地翻譯出來。

此書，並不看重它「忽構奇想」、好言神怪的文學特質，倒是想以這一段異國亡敗的歷史警醒國朝子民，若再如「埃及蠢蠢」，則滅亡即在眼前。他將鷺吞禮爲埃及豔后格魯巴亞毀盡一生霸業的故事，與中國陳隋二帝亡國滅朝的史實對照，認爲它們共享了一些教訓。論述古埃及建造金字塔時，林紓更是聯想到隋煬帝開鑿大運河，將兩者同樣視作勞民傷財之舉，以爲妄費勞力導致「亡國」。那麼哈葛德眞實的寫作意圖究竟如何？在書前的〈哈氏原序〉中，作者不無幽默地說：「今學生輩尋味吾書，必不樂觀此幽怪之事，及古時禮法，與意昔司宗教，並埃及之文化。」〔註36〕點明了閱讀的要義在於書中豐富的人文趣味所串聯的稗史傳說和虛構的妖神故事。眾多英國本土批評家和讀者的反應都證明，貫穿於哈氏傳奇的兩個重要元素——遠古知識和想像力〔註37〕，使 Cleopatra 具有引人入勝之力，頗得好評；而這正是林紓在他的序言中希望抹去的色彩。

　　有意味的是，哈氏小說的大膽新奇卻正中周作人下懷，符合他自身的文學趣味。周作人讀小說，將《鏡花緣》、《封神傳》、《西遊記》歸爲一類，「在古來缺少童話的中國當作這一類的作品看，亦是慰情勝無的事情。」〔註38〕其中最喜愛《鏡花緣》，諸如林之洋的冒險，多九公對奇事和異物的知識，雖然顯得荒唐，卻是一種「新鮮的引力」，指引他去欣賞「敘述異景」的王爾德童話，理解講述神話故事的《阿疊綏亞》（今譯《奧德修紀》），也有一種能夠把恐怖與可怕中和的特別趣味。在翻譯小說中，周作人舉《海外軒渠錄》（今譯《格列佛遊記》）、《航海述奇》（《天方夜譚》之一）二書作爲自己趣味的呼應，稱二者集幻想與眞摯爲一體，值得一閱。周作人偏愛一種「合知識與趣味爲一」〔註39〕的隨筆文章，這反映在他的小說品味上，就是欣喜於《封神記》、《西遊記》、《鏡花緣》的荒唐好玩。正是在這條「新奇可喜」的趣味脈絡上，周作人由著自己對翻譯小說眞實的閱讀感受，敏銳地把林紓在序言中塑造的哈葛德形象剝離出去，反而青睞於哈葛德好古、探險且具有野蠻

〔註36〕林紓譯，〈哈氏原序〉，《（神怪小說）埃及金塔剖屍記》（上海：商務印書館，1914 年），第 2 頁。

〔註37〕Malcolm Elwin,「Introduction」, in H. Rider Haggard, *She: a history of adventure*, London: Macdonald, 1948, p. vii.

〔註38〕周作人，〈小說的回憶〉，收入鍾叔河編，《知堂書話（上）》（海口：海南出版社，1997 年），第 817 頁。

〔註39〕周作人：〈文史叢著序〉，收入鍾叔河編，《知堂書話（下）》，第 84 頁。

（savage）味的小說。1908 年，周作人作〈論文章之意義暨其使命因及中國近時論文之失〉，以「故今言小說者，莫不多立名色，強比附於正大之名，謂足以益世道人心，爲治化之助」，概括從梁啓超撰寫〈論小說與群治之關係〉後當時社會對小說的看法。在「實用」的文學觀念的籠罩下，眾多的小說雜誌又以歷史、科學、教育等名目規訓「良小說」，其實不免扭曲了小說的面貌。周作人舉《海外軒渠錄》和《愛國二童子傳》爲例，認爲前者把斯威佛德所著《格列佛遊記》理解成了一部滑稽小說，後者則將小說作爲宣傳實業救國的工具，皆是錯解了原作的寄託。二書的譯者不是別人，正是林紓。周作人在此文中對林譯作品均不甚滿意，並將林譯小說的偏差從譯文層面的得失轉移到了序言的問題上，認爲「譯者初亦吾國通士，奈何獨斷節之，且不憚背其本旨以爲題名，無亦在泥于歸類之過耶？」〔註 40〕以自我的文化訴求增加或刪改小說原作的旨趣，丟失了原作者本身的特色意趣，對於周作人來說，這才是當時的翻譯小說乃至文學本身最應解決的問題。

在某種程度上，周作人的解讀也是林譯哈葛德在晚清文學市場中被閱讀的眞實狀態的一個反映。參考小說林社的情況，1905 年該社出版哈葛德小說《愛河潮》，定爲「言情小說（疾風勁草，滄海巫山，世態寫眞，人心活劇）」，1907 年出版《海屋籌》，定爲「神怪小說（希臘神話，埃及聖跡，歐西古俗，以資博覽）」〔註 41〕。兩個欄目的說明文字或多或少脫去了道德的外衣，甚少顧忌在林紓筆下作爲「嚴肅作家」形象的哈葛德，更注重小說的趣味，反而貼近了在英語世界中哈葛德通俗小說家的身份。

《埃及金塔剖屍記》一書，還第一次將安特路朗帶入了周作人的視野。在〈哈氏原序〉中，哈葛德談到了書中古歌的作者問題：「余書中意昔司歌，及格魯巴亞曲，則安度蘭所爲。取而施之吾書之上，查美鶯所歌調，亦安度蘭翻譯希臘大師馬利格稿也。」〔註 42〕此序表述了哈葛德與安特路朗的合作模式，即哈葛德作小說，安特路朗或譯或作歌（lyrics）。林紓將書中格魯巴亞所唱的五首歌視作「英國古樂府」〔註 43〕，並以騷體的形式譯出。周氏兄弟在翻譯《紅

〔註 40〕獨應（周作人），〈論文章之意義暨其使命因及中國近時論文之失〉，收入鍾叔河編，《周作人散文全集》第 1 卷，第 113 頁。

〔註 41〕樂偉平，《小說林社研究》（新北：花木蘭文化出版社，2014 年），第 285 頁。

〔註 42〕【英】哈葛德著，林紓譯，〈哈氏原序〉，《（神怪小說）埃及金塔剖屍記》，第 3 頁。

〔註 43〕【英】哈葛德著，林紓譯，〈（神怪小說）埃及金塔剖屍記〉，第 75 頁。

星佚史》前曾讀過這部譯作，很多細節上都有借鑒〔註44〕。林紓處理詩歌翻譯的方式，可能直接引導《紅星佚史》中魯迅用古雅騷體對譯十七首韻歌（verse）。

用周作人自己的話說：「《世界欲》是一部半埃及半希臘的神怪小說，神怪固然是哈葛德的拿手好戲，其神話及古典文學一方面有了朗氏做顧問，當然很可憑信，因此便決定了我的選擇了。『哈氏叢書』以後我漸漸地疏遠了，朗氏的著作卻還是放在座右，雖然並不是全屬於神話的。」〔註45〕換言之，雖然他最初因爲哈葛德而注意到《紅星佚史》，但作爲神話人類學家的安特路朗的吸引力很快超越了哈葛德。

安特路朗在晚清並不廣爲人知，卻是周作人重要的域外資源。他回憶剛到日本時收到的第一批書，其中就有朗的兩本神話學著作 *Custom and Myth*（《習俗與神話》，1884）和 *Myth, Ritual and Religion*（《神話與宗教儀式》，1887）。在 1906 年《新生》的醞釀時期，周作人根據朗的著作擬有一篇《三辰神話》，詳細介紹了兩冊書中涉及日、月、星的古希臘神話〔註46〕。一方面，安特路朗所寫的這幾本參考書，爲還未掌握希臘語的周作人建造了一座走入古希臘文學世界的橋梁：「最初之認識與理解希臘神話卻是全從英文的著書來的」〔註47〕。實際上，朗以英文轉譯的希臘古典作品，在 19 世紀末的英國極受歡迎。1917 年周作人用白話翻譯〈Theokritos 牧歌第十〉，便是根據朗的英文底本〔註48〕轉譯而成。另一方面，作爲「文術新宗」的神話研究，在晚清也通過安特路朗的學術著作進入了他的視野。朗對神話、傳說、童話與人類習俗的分析考掘，成爲周作人文學和民俗研究的出發點，除了上文提到的兩本著作外，還有一本《文學的童話論》也爲周氏所喜愛。

〔註44〕 最直觀的證據來自《紅星佚史》第一編第八章「三靈」章前的一段注解：「按：埃及古教謂人類形成，凡四部分。一爲蜕，爲軀殼；二爲佉（Ka），爲魄；三爲悖（Bai），爲魂；四爲儵（Kho），爲曜。曜者，生命之光，自神頂騰踔而出者也。見哈葛得《埃及金塔剖屍記》第六章自注。」周逴（周作人），《紅星佚史》，第 50 頁。

〔註45〕 周作人，〈習俗與神話〉，收入止菴編，《周作人自編選集・夜讀抄》，第 15 頁。

〔註46〕 周作人：〈籌備雜誌〉，《知堂回想錄》，第 198 頁。

〔註47〕 周作人：〈我的雜學〉，收入張麗華編：《大家小書：我的雜學》（北京：北京出版社，2005 年），第 12 頁。

〔註48〕 根據張麗華在〈無聲的「口語」——從《古詩今譯》透視周作人的白話文理想〉（《中國現代文學研究叢刊》，2001 年第 1 期，148～164 頁）中的考證，周作人的翻譯底本應該是安特路朗（Andrew Lang）所譯的 *Theocritus, Bion and Moschus*（London：Macmillan and Co., 1911）一書。

　　有意思的是，安特路朗的學術修養不僅使他得以順利地以抑揚格五音步模擬古人口吻作韻詩，更深刻地作用在《紅星佚史》的原作 The World's Desire 的寫作層面。早在 1885 年〔註49〕，安特路朗就注意到了哈葛德。此後八年時間中，兩人頻繁通信，討論小說寫作的問題，而這八年也是哈氏自己所界定的創作巔峰時期。朗不僅在小說的出版層面給予幫助，撰寫書評推介〔註50〕，還對哈葛德寄送的每一份手稿都加以改進、糾正、潤色與注釋〔註51〕，一方面對哈氏的想像力大加贊揚〔註52〕，一方面又在技巧上給予提點。例如朗對 Cleopatra 的手稿提出縮減篇幅以改變原有的「檔案式」的講故事風格〔註53〕，這使讀者更容易進入陌生的古埃及世界，保證了作品的可讀性。從 1888 年起〔註54〕，兩人開始寫作 The World's Desire。朗關注作品的語言、文體〔註55〕，既對哈氏行文中的長篇大論（screed）做了簡省，又埋入了充滿神話趣味的細節〔註 56〕，更將自己的神話研究帶入到小說題材的挑選過程中，創造了一種雅俗之間的平衡。在很大程度上，朗提供的知識性細節幫助哈葛德克服了自身粗糙的文風和陳規化的羅曼司格調。可惜這些新鮮的質素並沒有使作品獲

〔註49〕根據朗發給哈葛德第一封信所署的時間，應爲 1885 年 3 月。H. Rider Haggard, *The Days of My Life: An Autobiography of Sir H. Rider Haggard*, London: Longman, 1926. 下文所引朗的書信，如無特殊說明，皆出自此書。

〔註50〕*King Solomn's Mine* 一書出版後，朗在 *Saturday Review* 上寫有書評；1885 年 *Allan Quatermain* 連載於朗所供職的 *Longman's Magazine* 上；1895 年，朗爲 *Longman* 雜誌開列了一份關於學校圖書館借閱量的書單，哈葛德的小說列於第一位。見 Malcolm Elwin,「Introduction」, *She: a history of adventure*, pp. i-xxviii.

〔註51〕Marysa Demoor,「Andrew Lang』s letters to H. Rider Haggard: The Record of a Harmonious Friendship」, *Études Anglaises*, 40（3）, Jul 1, 1987.

〔註52〕見 1886 年 7 月 12 日朗給哈葛德的信。

〔註53〕朗在給哈葛德的一封信中說：「You will find, I think, that between chapters 3 and 8 it is too long, too full of antiquarian detail, and too slow in movement to carry the general public with it ….The style is very well kept up, but it is not an advantage for a story to be told in an archaic style（this of course is unavoidable）.」此信沒有具體的時間，推測當在 1887 年 3 月以後。

〔註54〕見朗 1888 年 3 月 8 日給哈葛德的信。

〔註55〕他在參與 The World's Desire 的寫作時，貫穿的文體意識就是簡短、平順。所借助的正是從《奧德修紀》譯本中習得的措辭、語調，以及清爽直接的語言風格——對短語、名詞、動詞的節制，而拋棄了哈葛德所慣用的埃及化古文體。

〔註56〕見朗 1899 年 3 月 12 日給哈葛德的信：「I hope you will find I am putting in enough to fill up…….I have re-written plenty. 」Marysa Demoor,1987.

得預想的成功，*The World's Desire* 一經出版就引起了當時英國文壇的不滿，對小說的批評集中指向一種多文化雜糅所造成的不協調感。James M.Barrie 就刻薄地用 anarchy（無政府主義）一詞來概括自己的閱讀感受〔註57〕。複雜性和知識性打破了羅曼司文體陳陳相因的、簡單的敘事模式，對通俗小說的讀者而言，的確是一種不舒服的衝擊；但對於周作人這位異域譯者來說，「雜拌」卻正是他所喜愛的。

《紅星佚史》的小說情節多涉及人間神性，周作人據此在〈序〉中判斷其具有「所述率幽悶荒唐，讀之令生異感」〔註58〕的風格特點。之所以沒有偏向異域冒險小說，是因為他對故事的背景知識有所認識，這其中安特路朗的作用可見一斑。在序言中，周作人依次羅列鄂謨（Homer）所著史詩《伊利阿德》（*Iliad*）和《阿疊綏》（*Odyssey*），後史氏歐黎闕提斯（Euripides）和思德息科羅（Stesichorus）的著述，印證了小說係脫胎於史詩的英雄事跡和賢俊逸聞，並非臆造，確有所本。這種現代小說與古老文學形式的關聯，也體現了神話作為泰西文學源頭對文本從情節到主題的影響。比如阿疊修斯見海倫前遇到三位已故勇士「健影」的阻攔，分別是皮裏托奧斯（Pirithous）、忒修斯（Theseus）和大埃阿斯（Aias）。忒修斯是安提卡的英雄，也是雅典國的王，在神話中殺死了包括米諾斯在內的怪物，他與朋友皮裏托奧斯為了搶奪還未成婚的海倫，雙雙死於冥府。大埃阿斯是《伊利亞特》中希臘聯軍的主將之一，他保衛了英雄阿喀琉斯的屍體，卻被奧德修斯奪走了功勞，為此自刎而死。三位英雄分別與海倫和奧德修斯有千絲萬縷的關係，朗挑選他們來守護海倫的美，是深諳希臘神話安排人物的規則的。一系列諸如此類的細部線索提示著周作人，使他對《紅星佚史》係一種擬寫神話的判斷更加自信。也正因此，他將小說的主題敘述成「眷愛、業障、死亡三事」，並以悲劇的特點——「判而不合，罪惡以生，而為合之期，則又在別一劫波，非人智所能計量」〔註59〕，來理解故事情節中三角愛情與死亡命運的糾纏。

在翻譯朗的英文原序時，周作人用「莫測」翻譯 romance 這一概念，這可能與他對小說內容的把握有很大的關係。且看他對其他文類概念的中西對譯：希臘傳言/舊傳（Greek legend）、載…之事/…之譚（tale）、小說（fiction）、

〔註57〕 D. S. Higgins, *Rider Haggard: A Biography*, New York: Stein and Day, 1983, p. 143.

〔註58〕 周逴（周作人），〈序〉，《紅星佚史》，第 1 頁。

〔註59〕 周逴（周作人），〈序〉，《紅星佚史》，第 1 頁。

口說（tradition）、事跡（story）、古話（fable）、文章（literature）；以上西方文學概念詞彙周作人多以中國文學中的傳統文類概念去翻譯、貼合。相比之下，「莫測」二字多少傳達出了內容上傳奇之言的色彩，並不能完全被文類所限定。這一認識並沒有出現在林譯哈葛德的序言中，應當是由周作人自身文學觀念促發而成。

三、「新生乙編」的開端

細細分析《紅星佚史》的一段譯者序言，會發現它與周作人的文學觀念之間具有高度的一致性：

> 中國近方以說部教道德爲桀，舉世靡然，斯書之翻，似無益於今日之群道。顧說部曼衍自詩，泰西詩多私製，主美，故能出自緣之意，舒其文心。而中國則以典章視詩，演至說部，亦立勸懲爲臬極，文章與教訓，漫無畛畦，畫最隘之界，使勿馳其神智，否者或群逼椓之。所意不同，成果斯異。然世之現爲文辭者，實不外學與文二事，學以益智，文以移情，能移人情，文責以盡，他有所益，客而已。而說部者，文之屬也。讀泰西之書，當並函泰西之意。以古目觀新制，適自蔽耳。〔註60〕

前後有兩個論點，其一是文章與教訓並不相干，針對的是近世中國以說部教道德的觀念；其二是學與文不可混同，並強調「文」之責任只在「能移人情」一端，針對的還是當時「爲文辭者」中不重視文學性的現象。無論是與「今日群道」的弊端對舉的「泰西詩」，還是作爲「說部」無益於教化的例子的泰西之書與泰西之意，兩個論點所共有的一個背景，就是「泰西」文學。若與作爲「新生甲編」的諸篇文論並置而觀，「說部曼衍自詩」、文章與教訓的關係、學與文二事、說部屬文等序言中的要點，大體可視爲1908年周作人〈論文章之意義暨其使命因及中國近世論文之失〉中「文章意義」一節的「摘要」。

〈論文章之意義暨其使命因及中國近世論文之失〉文如其題地分作三個部分，即文章之意義、使命（mission）和作者對近世論文的批評。根據周作人日後自述，則分爲上下兩部，「上部雜抄文學概論的文章，湊成一篇，下半是根據新說，來批評那時新出版的《中國文學史》的。」〔註61〕這裡所說的

〔註60〕周逴（周作人），〈序〉，《紅星佚史》，第2、3頁。
〔註61〕周作人，〈河南——新生甲編〉，《知堂回想錄》，第219頁。

「文學概論」，已有日本學者考察出很可能指的就是 1906 年太田善男編寫的《文學概論》〔註62〕。太田此書多是雜譯西方的近世文論，挪移了西方文學系統的框架，分為兩編：上編「文學總論」，介紹文學的意義與組成質素；下編「文學各論」，以詩為純文學，與「雜文學」對舉。

《紅星佚史》序言所討論的主要是這篇論文的前兩個部分。周作人首先亮明民族國家之存在所需倚傍的兩大要素，一是質體，一是精神；然後引出國民精神的問題，即「國魂」、「種力」，認為質體上的亡國並沒有民族精神的喪失來得嚴重，是以「質雖亡就，神能再造」，反之則不可，並證以古代埃及和希臘的亡國歷史，說明只要不磨滅文化藝術上的民族性，國即非真亡。簡述完精神之力對民族國家的真正作用後，他又將文章作為精神外曜的物質形態之一，作了集中討論：

> 特文章為物，獨隔外塵，托質至微，與心靈直接，故其用亦至神。言，心聲也；字，心畫也。自心發之，亦以心受之……吾國昔稱詩言志。（古時純粹文章，殆惟詩歌，此外皆懸疑問耳。）夫志者，心之所希，根於至情，自然而流露，不可或過，人間之天籟也。
> 〔註63〕

中間省略的部分是周作人選取英人與德人對文章與國民關係的論述。這段文字是圍繞著「純粹文章」這個概念展開的，「文章」在此指文學，構成純粹文學的元素在於言志、心聲、至情、自然，最早的源頭在先民的創造，故中國的純粹文學起源於詩。對於這個概念，周作人在較早寫作的〈文章之力〉中也有類似表述：「吾竊以為，欲作民氣，反莫若文章。蓋文章為物，務移人情」〔註64〕。他認為，當下中國的文學/文章漸漸喪失其純粹性，大多成了「趨時崇實」的應制之作，等而下之則「溺於利功」，在這種大勢之下，獨抒個性的文章愈見凋敝。中國文章的趨勢與歐西各國「競言維新」的風氣互相作用，間接地摧殘著國民精神。這種看法在當時的文壇，背離了大眾對以時新文體輸入西學新知的普遍看法。《紅星佚史》序中「說部曼衍自詩」背後所發動的，

〔註62〕根岸宗一郎，〈周作人留日期文學論の材源について（周作人留日期文學論的材源考）〉，《中國研究月刊》第 9 期（1996 年）。

〔註63〕獨應（周作人），〈論文章之意義暨其使命因及中國近世論文之失〉，收入鍾叔河編，《周作人散文全集》第 1 卷，第 91、92 頁。

〔註64〕獨應（周作人），〈文章之力〉，收入鍾叔河編，《周作人散文全集》第 1 卷，第 72 頁。

正是這樣一種古已有之的文章之道，與「復古」形成對比的則是現實文學的虛與僞。周作人認爲，純粹文章與精神都需要糾偏，因此他提出借鏡於泰西的「新生之法」。而他理想的文學狀態可能接近魯迅〈摩羅詩力說〉中所言「實利離盡，究理弗存」〔註65〕，在這一點上，《紅星佚史》序言與〈論文章之意義〉一文共享了純粹文章概念，即「文章一科，後當別爲孤宗，不爲他物所統」〔註66〕。

在列舉泰西各家對「文章意義」的諸多論述後，周作人舉出三處值得商榷的缺點，意在引出美人宏德（Hunter）的說法：「文章者，人生思想之形現，出自意象、感情、風味（Taste），筆爲文書，脫離學術，遍及都凡，皆得領解（Intelligible），又生興趣（Interesting）者也。」並對四義──文章必形之楮墨、文章必非學術、文章乃人生思想之形現、文章具神思能感興有美致──展開了討論。其中第二義「文章者，必非學術者也」，認爲「表揚眞美」的意義內涵維繫的正是「文」這一字的純粹性，細化了《紅星佚史》序言中關於學與文部分的論述。

或可用「必非」二字概括〈論文章之意義〉一文的態度，周作人通過反覆否定和反覆說理，對「純粹文章」進行了提純。在這點上，他更早期翻譯序言中的表述就複雜得多，時常夾雜著時人對小說的流行想法，如《孤兒記》（1906）「凡例」其一有言，「小說之關繫於社會者最大」。但就著他自己的小說品味和判斷，處處著眼於世道人心的現世意圖，實不足以構成「文章之意義」。在《孤兒記》的同一條「凡例」中，周作人便立即補充了一句：「是記之作，有益於人心與否，所不敢知，而無有損害，則斷可以自信。」〔註67〕可見他對小說與社會必有關聯這個看法並不堅定。

在小說意在改良思想還是引人入勝這個問題上，周作人1906年前的態度是模糊的，或者說至少他曾倚仗於晚清譯界風尚中的那種「爲我所用」的翻譯宗旨。《女獵人》（1905）的〈約言〉談到譯書緣由時，周作人給出的理由是，「作者因吾國女子日趨文弱，故組以理想而造此篇」〔註68〕，並期望這種

〔註65〕魯迅，〈摩羅詩力說〉，《魯迅全集》第 1 卷，第 73 頁。
〔註66〕獨應（周作人），〈論文章之意義暨其使命因及中國近世論文之失〉，收入鍾叔河編，《周作人散文全集》第 1 卷，第 115 頁。
〔註67〕周作人，〈《孤兒記》凡例〉，收入鍾叔河編，《周作人散文全集》第 1 卷，第 46 頁。
〔註68〕周作人，《女獵人》，收入鍾叔河編，《周作人散文全集》第 1 卷，第 26 頁。

理想有朝一日，「吾姐妹」能有人「繼起實踐之」、有人「發揚而光大之」，精神與體魄都達到健全，以完成從無名之女獵人到有名之女軍人的使命。這種譯書目的之表達，是為了呼應《女子世界》雜誌宣揚「女軍人、女俠客、女文學士」〔註69〕的立刊根本，使自己的翻譯與雜誌的整體氛圍相融合。而在譯文結尾的一段自撰文字中，周作人筆鋒一轉，說《女獵人》「不過寓言耳」〔註70〕，隱晦地點出小說文體的虛構性。這樣的表達也同樣出現在周作人為《造人術》（1906）所撰〈跋語〉中：「《造人術》，幻想之寓言也。索子譯《造人術》，無聊之極思也。」〔註71〕比之《女獵人》，《造人術》從內容上更可稱為「天方夜譚」，人造人的主題脫離了現實世界，近乎一種科幻小說。從〈跋語〉中不難體會到，對於將虛構之言的小說作為救世文章乃至教授新理的工具這樣一種普遍觀念，當時的周作人是搖擺不定、不置可否的。

從周作人幾種早期譯作的序言反觀《紅星佚史》，不難發現，「顧說部曼衍自詩，泰西詩多私製，主美，故能出自繇之意，舒其文心」一句，的確呈現出了一種對文學認識態度上的轉變。雖說《紅星佚史》被周作人描述為一本模擬林譯的翻譯作品，形式也採用了文言進行翻譯，尚未達到日後直譯的面貌；但它背後的文學觀念，已經與林紓乃至晚清的文壇分道揚鑣。

主要參引文獻

1. 周作人，鍾叔河編，《周作人散文全集》，桂林，廣西師範大學出版社，2009年。

2. 周作人，鍾叔河編，《周作人文類編》，長沙，湖南文藝出版社，1998年。

3. 周作人，鍾叔河編，《知堂書話》，海口，海南出版社，1997年。

4. 周作人，止菴編，《周作人自編文集》，石家莊，河北教育出版社，2002年。

5. 周作人，《周作人日記》，鄭州，大象出版社，1996年。

6. 周作人，《知堂回想錄》，香港，三育文具圖書公司，1980年。

7. 周逴（周作人），《紅星佚史》，上海，商務印書館，1907年。

8. 魯迅，《魯迅全集》，北京，人民文學出版社，2005年。

〔註69〕初我，《〈女子世界〉頌詞》，《女子世界》第1期（1904年1月17日）。
〔註70〕周作人，《女獵人》，收入鍾叔河編，《周作人散文全集》第1卷，第32頁。
〔註71〕周作人，《〈造人術〉跋語》，收入鍾叔河編，《周作人散文全集》第1卷，第43頁。

9. 魯迅，《魯迅著譯編年全集》，北京，人民出版社，2009 年。

10. 林紓譯，《埃及金塔剖屍記》，上海，商務印書館，1914 年。

11. 林紓譯，《鬼山狼俠傳》，上海，商務印書館，1914 年。

12. 阿英編，《晚清文學叢鈔・小說戲曲研究卷》，北京，中華書局，1960 年。

13. 錢鍾書等著，《林紓的翻譯》，北京，商務印書館，1981 年。

14. 張俊才、薛綏之編，《林紓研究資料》，北京，知識產權出版社，2010 年。

15. 陳錦谷編，《林紓研究資料選編》，福州，福建省文史研究館，2008 年。

16. 張治，《蝸耕集》，杭州，浙江大學出版社，2012 年。

17. 樂偉平，《小說林社研究》，新北，花木蘭文化出版社，2014 年。

18. 李歐梵，〈林紓和哈葛德——翻譯的文化政治〉，《東嶽論叢》第 10 期，2013 年。

19. 王風，〈周氏兄弟早期著譯與漢語現代書寫語言〉（上）、（下），《魯迅研究月刊》第 12 期，2009 年；第 2 期，2010 年。

20. 郗瑞玥，〈林紓與周作人兩代翻譯家的譯述特點——從哈葛德小說 The World's Desire 說起〉，《中國現代文學研究叢刊》第 2 期，2009 年 2 月。

21. 張麗華，〈無聲的「口語」——從《古詩今譯》透視周作人的白話理想〉，《中國現代文學研究叢刊》第 1 期，2011 年。

（原刊《漢語言文學研究》2015 年第 2 期）

魯迅〈摩羅詩力說〉對
傳統詩學觀的改造及意義

江曉輝

（台灣清華大學中文系）

一、引言

　　中國自滿清在鴉片戰爭（1839～1842）中戰敗，被英國打開國門，於「此三千餘年一大變局」〔註1〕下，西方的思想、文化、科技，衝擊著中國傳統的各方面，從同治維新到戊戌維新黯然落幕，部分知識分子意識到單靠科技的建設和政治的維新，未足以使國家革新，邁向世界文明之列；要救國圖存，必須從思想的啓蒙入手，摒棄傳統。王汎森認爲當時以救國爲目標者主要有兩種手段，一是保持傳統，另一則是：「以激烈破壞、激烈個人主義來達成愛國救國，以致把大規模的毀棄傳統作爲正面價值來信奉。」〔註2〕魯迅（1881～1936）正是典型的抱持此種態度的知識分子。

　　1908 年，魯迅於日本發表詩學論文〈摩羅詩力說〉，提出「摩羅詩學」，推崇「摩羅詩人」。〔註3〕「摩羅詩學」是他在受到進化論和唯意志論的啓迪

〔註1〕清・李鴻章，〈復議製造輪船未可裁撤摺〉，顧廷龍、戴逸主編，《李鴻章全集》（合肥：安徽教育出版社，2008 年），卷 5，頁 107。

〔註2〕王汎森，《中國近代思想與學術的系譜》（臺北：聯經出版社，2003 年），頁125。

〔註3〕「摩羅」乃梵文 Māra 的音譯，意譯爲魔，本爲佛教名詞。但魯迅於文中所指不限於佛教中的魔，更多是借用來指基督宗教中與上帝對抗之撒旦。魯迅對「摩羅」的用法是取其反抗權威、張揚意力、特立獨行、不馴不屈之意，不能將之直接等同宗教定義中的「魔」。

後，加以揉合建構的詩學觀點。魯迅撰此論文的目的，是因應受傳統詩學觀
——特別是儒家詩教對後世詩歌的影響，所造成國人麻木被動、安於現狀的
習性，而從根源處大力抨擊詩教傳統，提倡異質的「摩羅詩學」，以喚起群眾，
救國圖強。

　　儒家詩教思想概可分爲體用兩方面，以「無邪」、「中和」的情志爲詩之
體；以養成「溫柔敦厚」的性情及合於禮教倫常的人格，進而使社會和諧，
長治久安，爲詩之用。「摩羅詩學」的兩大思想資源，恰與之針鋒相對：以唯
意志論所高舉的意志、反抗精神、不斷求超越的心力，爲詩之體；以進化論
強調的「物競天擇，適者生存」的危機感，喚起群眾自強更新，參與競爭，
使個人乃至種族得以求存和進化，爲詩之用。從這體用兩方面著手，可以更
深刻亦更有系統地分析魯迅以改造傳統詩學觀來改造國民性的用意。「摩羅詩
學」可以說是近代以來既具破壞性亦具創造性的詩學理論。

　　「摩羅詩學」大異於傳統的詩學觀，在近代詩學發展中有著深刻的意義。
但學界在其與傳統詩學觀的比較上，論者不多，或多點到即止，鮮能發見其
間的對應意義。例如黃開發在《文學之用——從啓蒙到革命》〔註4〕談到「摩
羅詩學」之用時並未觸及古典詩學之用，因而無從將古典詩學之用向「摩羅
詩學」之用的轉變連接起來；汪衛東的〈魯迅《摩羅詩力說》中「個人」觀
念的辨析〉〔註5〕指出了進化論對「摩羅詩學」的影響，但對於傳統詩學卻無
探討，且他以「詩」爲人類普遍「心聲」，此說固然沒錯，但沒有進一步分析
中國與西方「心聲」的不同，也就無法解釋魯迅因何及如何以西方的詩學改造
中國的傳統詩學；王德威〈從摩羅到諾貝爾——現代文學與公民論述〉〔註6〕
一文，並未揭示「摩羅詩學」的兩大思想資源——唯意志論及進化論，故雖
有論及傳統詩學問題，卻未能將兩者進行比較；劉正忠的〈摩羅，志怪，民
俗：魯迅詩學的非理性視域〉〔註7〕注意到兩者的關係，但並未發明「摩羅詩

〔註4〕詳參黃開發，《文學之用——從啓蒙到革命》（臺北：秀威信息科技股份有限，
　　　　2007年）。
〔註5〕詳參汪衛東，〈魯迅《摩羅詩力說》中「個人」觀念的辨析〉，《北京科技大學
　　　　學報（社會科學版）》第23卷第4期（2007年12月）。
〔註6〕詳參王德威，〈從摩羅到諾貝爾——現代文學與公民論述〉，收入高嘉謙、鄭
　　　　毓瑜主編：《從摩羅到諾貝爾：文學‧經典‧現代意識》（臺北：麥田出版，
　　　　2015年）
〔註7〕詳參劉正忠，〈摩羅，志怪，民俗：魯迅詩學的非理性視域〉，《清華學報》第
　　　　39卷第3期（2009年9月）。

學」以及傳統詩學的體用，因而未能指出「摩羅詩學」如何在體與用的層面上針對性地改造傳統詩學觀；而對進化論予「摩羅詩學」的影響上，亦主要從美學的角度切入，忽略了魯迅以改造詩學來改造民族性，以宜於在新時代競爭求存的意圖和社會意義。

事實上，如不將其中的關係梳理闡明，將無法揭櫫此文的寫作目的和針對性，也無法瞭解其在詩學上的意義。本文立足於前人研究成果上，加以統合、貫通，既揭示「摩羅詩學」的兩大思想資源，亦分析其欲針砭的古典詩學的體用觀；從而發見兩者間的對應關係，突顯魯迅論文的用意。「摩羅詩學」的背後有著特殊歷史、文化意義：首先，它與傳統詩學的歧異，背後代表著近代西方崇競爭、主動，與中國傳統尚和諧、主靜的兩種不同文化之相遇和衝突；而以改造詩學觀以達至改造國民性，進而使種族進化求存，適應新時代的做法，亦是前所未有的。另外，「詩界革命」諸人曾高呼詩歌革命，實際上主要還是在詩法上改革，未徹底動搖傳統詩學觀，直到「摩羅詩學」的提出，才觸及根源；新的詩學觀的提出，正好為詩歌發展的方向和審美趣向，提供另一種可能。

二、傳統詩學觀之旨歸

中國傳統的詩學，範疇很廣，由先秦至晚清，跨越二千餘年，歷朝歷代都有不同發展。但其淵源和核心觀念都可追溯到儒家的詩教思想，本文所指的傳統詩學，主要指先秦兩漢之儒家詩學而言。

《三百篇》是中國第一部的詩歌總集，儒家重教化，首推詩教，《論語‧秦伯》：「子曰：『興於詩，立於禮，成於樂。』」〔註8〕便是將詩置於最先，且不離禮樂，成為禮樂教化之首要。兩漢獨尊儒術，更發揮詩的禮樂教化功能，與政治緊密結合。朱自清認為：「儒家重德化，儒教盛行以後，這種教化作用極為世人所推尊；『溫柔敦厚』便成了詩文評的主要標準。」〔註9〕林耀潾亦言：

> 其時（案：指孔子之前）雖無「詩教」一詞之提出，然乃詩教
> 形成之始，孔子生於春秋末年，遂明確規撫詩教之內容，而立詩教
> 之說矣。孔子以後之戰國兩漢儒者，即以此規模，踵事增華，以人

〔註8〕宋‧朱熹，《四書集註》（臺北：學海出版社，1988年），頁104。
〔註9〕朱自清，《詩言志辯》（長沙：湖南人民出版社，2010年），頁18。

倫教化説詩，將「文學之《詩經》」予政治道德之運用，於是詩教之
主張遂日益擴展，後之言詩者幾全據以説解詩義矣。〔註10〕
漢以後儒家成為中國文化的主流，「溫柔敦厚」的人格培養成為詩教之目的，
及後更成為詩人創作之原則。〔註11〕

然則，傳統詩學觀的內涵如何？〔註12〕本文從體用兩方面析之。所謂體，
乃指一事物之所以如此，而區別於其他事物之本質和特性；所謂用，乃指依
體而生起的效用。凡用必有體，體必有用，非用無以顯體，非體無以生用，
故體用相即，互相涵攝。《尚書・舜典》提出了中國詩學上早最亦最重要的命
題：「詩言志」，〔註13〕鄭玄（127～200）注：「詩所以言人之志意也。」後來
〈詩大序〉亦補充曰：「詩者，志之所之也，在心為志，發言為詩，情動於中，
而形於言。」〔註14〕朱自清認為「志」是指與政教分不開的懷抱。〔註15〕顏
崑陽則認為這「志」已包含「情」，並且將「詩者，志之所之也，在心為志，
發言為詩。」與下文連結來看，指出「此『情』此『志』皆關乎政教。這是
儒系詩學中情、志的特定質性。」〔註16〕政教乃詩之用，用以顯體，可循此
用上探體的特質。

儒家重視禮樂教化，在先秦，詩、禮、樂三位一體。《論語・泰伯》：「興
於詩，立於禮，成於樂。」《禮記・樂記》：「樂極和，禮極順，內和而外順。」
〔註17〕禮樂的要求是「和」，如李澤厚所指：「『樂』的特點在於『和』，即『樂

〔註10〕林耀潾，《先秦儒家詩教研究》（臺北：花木蘭文化出版社，2008 年），頁 33。
〔註11〕彭維杰，《漢代詩教思想探微》（臺北：花木蘭文化出版社，2010 年），頁 33
～39。
〔註12〕雖然上述對此已作界定，但為了聚焦討論，還須作進一步限定。由於本文要
探討的是魯迅對此的改造，故以下只探討傳統詩學觀可與「摩羅詩學」對舉
之處，如孔子的「多識於鳥獸草木之名」、孟子的「以意逆志」、「知人論世」
等，雖亦是傳統詩學範疇，本文卻不加討論，以免逸出題旨。
〔註13〕漢・孔安國傳，唐・孔穎達等正義，《尚書正義》，國立編譯館編，《十三經注
疏分段標點》（臺北：新文豐出版社，2001 年），冊 2，頁 122。
〔註14〕漢・毛公傳，鄭玄箋，唐・孔穎達等正義，《毛詩正義》（上），國立編譯館編，
《十三經注疏分段標點》，冊 3，頁 37。
〔註15〕朱自清，《詩言志辨》，頁 2～4。
〔註16〕見顏崑陽，〈從〈詩大序〉論儒系詩學的「體用」觀—建構「中國詩用學」三
論〉，收入《第四屆漢代文學與思想學術研討會論文集》（臺北：新文豐出版
股份有限公司，2003 年），頁 307。
〔註17〕漢・鄭玄注，唐・孔穎達等正義，《禮記注疏》（下），國立編譯館編，《十三
經注疏分段標點》，冊 12，頁 1754。

從和』。『樂』爲甚麼要『從和』呢？因爲『樂』與『禮』在基本目的上是一致或相通的，都在維護、鞏固群體既定秩序的和諧穩定。」〔註18〕「從和」的禮樂教化，利於維持社會和諧，詩作爲詩禮樂之首，直接由人心感發，更強調「和」。《中庸》：「喜怒哀樂之未發，謂之中；發而皆中節，謂之和。」〔註19〕人不能沒有情緒，但情緒之宣發，喜怒哀樂這些激烈的情緒，應受節制，避免過度，務使適中平和。孔子（551 B.C.—479B.C.）舉例說明，《論語・八佾》：「子曰：『〈關雎〉，樂而不淫，哀而不傷。』」朱熹（1130～1200）注：「淫者，樂之過而失其正者也；傷者，哀之過而害於和者也。」〔註20〕〈關雎〉所表達的情志，哀樂適中，故爲詩中的典範。除了〈關雎〉作爲詩的典範標準，孔子在《論語・爲政》以「思無邪」來概括《三百篇》的精神：「詩三百，一言以蔽之，曰：『思無邪』。」〔註21〕「思無邪」者，性情之正也，亦即「樂而不淫，哀而不傷」，中正平和的「無邪」之性，正是詩之體，由此體便生詩之用，誠如林耀潾所言：「詩教以『思無邪』爲其體，體者總綱也，有體斯有用，用者內容也，明乎詩教之體，而興觀群怨邇遠多識之用可得而知，溫柔敦厚而不愚之效可得而有矣。」〔註22〕

　　依「無邪」之體而有的教化之用，也即詩教，係以人格的培養爲旨歸。《禮記・經解》載孔子曰：「入其國，其教可知也。其爲人，也溫柔敦厚，詩教也……其爲人也，溫柔敦厚而不愚，則深於詩者也。」〔註23〕既然是通過詩教所培養的人格，自然有詩的特質：「『溫柔敦厚』的詩教目的之一，就是要通過言志的詩樂來規範人們的行爲，培養人溫文爾雅、深沉持重的性格。達到『樂而不淫，哀而不傷』性情柔和的目的，這是儒家對理想人格的要求。」〔註24〕「溫柔敦厚」的人格乃經教化規範而成，並非天然之性之自然發展。〈詩大

〔註18〕李澤厚，《華夏美學》（臺北：時報文化出版社，1989年），頁21。

〔註19〕宋・朱熹，《四書集註》，頁18。

〔註20〕同前註，頁66。

〔註21〕同前註，頁53。

〔註22〕林耀潾，《先秦儒家詩教研究》，頁89。

〔註23〕漢・鄭玄注，唐・孔穎達等正義，《禮記注疏》（下），國立編譯館編，《十三經注疏分段標點》，冊12，頁2107。

〔註24〕劉健芬，〈「溫柔敦厚」與民族的審美特徵〉，《古代文學理論研究（第十三輯）》（上海：上海古籍出版社，1988年），頁110。另外，「溫柔敦厚」在初時本指詩教之目的，後來卻被用爲詩歌創作之原則，雖是對原意有所歪曲，但就詩學發展而言，影響更爲深遠。見彭維杰，《漢代詩教思想探微》，頁37。

序〉：「發乎情，民之性也；止乎禮義，先王之澤也。」〔註25〕民之性能合乎禮義，乃是先王教化之功，亦即以禮義規範之。

　　詩之用不止在於培養「溫柔敦厚」的人格，更要維持此性情，並將之與家邦的維持連結在一起。《詩含神霧》：「詩者，持也，以手維持，則承負之義，謂以手承下而抱負之。在於敦厚之教，自持其心，諷刺之道，可以扶持邦家者也。」〔註26〕訓詩爲「持」，有維持之義；「自持其心」就是要維持此性情以合乎禮義。錢鍾書解釋最爲清楚：

> 《詩緯含神霧》云：「詩者，持也」，即「止乎禮義」之「止」；《荀子・勸學》篇曰：「詩者，中聲之所止也」，《大略》篇論《國風》曰：「盈其欲而不愆其止」，正此「止」也。非徒如《正義》所云「持人之行」，亦且自持情性，使喜怒哀樂，合度中節，異乎探喉肆口，直吐快心。《論語・八佾》之「樂而不淫，哀而不傷」；《禮記・經解》之「溫柔敦厚」；《史記・屈原列傳》之「怨誹而不亂」；古人說詩之語，同歸乎「持」而「不愆其止」而已。陸龜蒙《自遣詩三十首・序》云：「詩者、持也，持其情性，使不暴去」；「暴去」者，「淫」、「傷」、「亂」、「愆」之謂，過度不中節也。〔註27〕

以詩爲持之說的影響從六朝持續到近代，《文心雕龍・明詩》云：「詩者，持也，持人情性；三百之蔽，義歸無邪，持之爲訓，有符焉爾。」〔註28〕到晚清劉熙載（1813～1881）的《藝概・詩概》仍認爲：「詩之言持，莫先於內持其志，而外持風化從之。」〔註29〕《詩含神霧》認爲詩的作用不止「自持其心」，更能通過「諷刺之道」，而「扶持邦家」。可以說，「詩者，持也」包涵了詩用由個人到家國，由情性的培養、維持，到維護政權穩定的旨歸。葉舒憲則從詩歌發生學的角度指「詩言志」之「志」實爲「寺」，本義爲主持祭禮之「寺人」。由於古時的「寺人」爲閹人，而詩在最初「專指祭政合一時代主

〔註25〕漢・毛公傳，鄭玄箋，唐・孔穎達等正義，《毛詩正義》（上），國立編譯館編，《十三經注疏分段標點》，冊3，頁51。

〔註26〕日本・安居香山、中村璋八編，《重修緯書集成》（東京：明德出版社，1978年），卷3，頁26。

〔註27〕錢鍾書，《管錐編（一）》（北京：生活・讀書・新知三聯書店，2007年），頁99～100。

〔註28〕南朝梁・劉勰著，范文瀾注，《文心雕龍注》（臺北：學海出版社，1991年），頁65。

〔註29〕清・劉熙載，《藝概》（臺北：廣文書局，1980年），卷2，頁18。

祭者所誦之『言』」，〔註30〕這種失去男性剛陽激越氣質的中性之人，影響到
《頌》《雅》的性質，強調「溫柔敦厚」，儒家看到「溫柔敦厚」的教化的功
用，乃大力提倡。「『柔惠』『柔嘉』之類以順從恭敬爲實質的倫理要求就在政
教分離的文明時代適應統治者的政治需要而產生了。後世儒家的基本精神曰
『仁』，曰『中庸』，顯然都同此種中性化的『中人』倫理不謀而合。」〔註31〕
雖然葉氏的說法與傳統以詩爲持的主流有異，但就詩教的作用而言，同樣認
爲是通過性情的塑造以維持統治者的統治。

　　儒家以倫理維持社會秩序，詩教對此實有大用。《論語‧陽貨》中孔子就
指詩可以「邇之事父，遠之事君。」〔註32〕〈詩大序〉亦言詩「先王以是經
夫婦，成孝敬，厚人倫。」〔註33〕孟子（372 B.C.—289B.C.）立「父子、君
臣、夫婦、長幼、朋友」五倫，而以父子一倫爲先，後來《中庸》、《春秋繁
露》則以君臣一倫居首。秦末及七國之亂後，漢帝亟需維持秩序的穩定，以
圖長治久安，儒家思想正切合需要。漢武帝（157B.C.—87B.C.）獨尊儒術，
董仲舒（179B.C.—104B.C.）明確確立三綱，使原來五倫中的相對關係變得更
爲嚴刻。詩的政教作用被進一步強化，因爲禮樂以定階級名分，而詩與禮樂
一體。而且，臣既以君爲綱，縱有所怨刺，其情緒亦要有所節制，要「止乎
禮義」。君臣如此，父子、夫婦等倫自無不然，於是整個社會便趨於穩定，誠
如葉太平所說：「他（案：指孔子）的詩教，其立足點，其本意，當在於對詩
歌進行政治道德規範，在於維護『大人君子』的尊嚴，在於維護舊的綱常禮
教和統治秩序。」〔註34〕

　　雖然漢代以後，文學觀念自覺，詩與禮樂、政教的關係漸漸疏離，但「思
無邪」、「溫柔敦厚」等觀念，仍一直是詩學傳統的主流，不管是詩人還是讀
者，都常以此爲創作和評騭的標準。自宋至清，歷代的詩話中都不乏對含蓄、
委婉、溫厚的贊美，及對激厲、過中的批評，〔註35〕久而久之，詩人和讀者
的人格氣質，便潛移默化了。

〔註30〕葉舒憲，《詩經的文化闡釋——中國詩歌的發生研究》（武漢：湖北人民出版
　　　　社，1994年），頁158。
〔註31〕同前註，頁199。
〔註32〕宋‧朱熹，《四書集註》，頁43。
〔註33〕漢‧毛公傳，鄭玄箋，唐‧孔穎達等正義，《毛詩正義》（上），國立編譯館編，
　　　　《十三經注疏分段標點》，冊3，頁43。
〔註34〕葉太平，《中國文學的精神世界》（臺北：正中書局，1993年），頁288。
〔註35〕林耀潾，《先秦儒家詩教研究》，頁125～127。

　　綜合上述的梳理，可清楚傳統詩學的體與用：其體乃是中正平和，不偏不激的情志，而此情志的趣向，又與國家政治有關；其用則是教化，以培養「溫柔敦厚」的人格爲鵠的，進而維持社會的秩序、國家的穩定和諧。如顏崑陽所言：「其『體』既緣生於由『政教』所主導的社會性經驗（情）及價值觀念（志），其『用』當然回歸到政教之對社會情境的化成與價值觀念的導達。」〔註36〕中正平和之體生教化之用，而教化的結果又加強體的特性，體與用互相涵攝，互相加強。

三、「摩羅詩學」的思想資源

　　「摩羅」意譯爲魔，單從命名即可知其大異於傳統詩學觀，因爲不止是資源來自域外，其價值取向亦與以往以善爲依歸大異其趣。魯迅取「摩羅」爭天拒俗、反抗不屈、特立獨行、掀動人心之特點，爲其詩學的象徵，極具異端色彩。在中國文學史上，並非沒有高呼反對傳統，提倡個性解放的聲音，可惜他們當時不像魯迅面對傳統社會的崩離，更無合適、異質的外國哲學思想相資，故無法提出較爲系統的、反傳統的詩學理論。

　　魯迅思想博雜，但其早年所受的西方學說影響，主要是進化論和唯意志論。汪衛東指出魯迅在日留學時所寫的五篇文言論文中全都體現著進化論的思想，但他的進化論不全取達爾文（Charles Robert Darwin,1809～1882），所重視的不止是生物的進化，更是人的精神文明的進化：「他寄望於人性在生物進化的基礎上的進一步進化。」〔註37〕伊藤虎丸亦認爲：「關於這個時期魯迅的思想（案：指 1902～1909 年），首先是『掊物質而張靈明，任個人而排眾數』這一尼采主義思想，總之是所謂『個人主義』。」〔註38〕魯迅揉合了自然進化論和尼采思想，形成了自己的進化觀點：「魯迅『（反對當時嚴復的進化論對「自然規律」的被動理解）在承認「自然規律」的時候，他又在進化論中增加了尼采的「憑意志擺脫命運」這樣一個觀點。』」〔註39〕可見，進化論

〔註36〕顏崑陽，〈從〈詩大序〉論儒系詩學的「體用」觀——建構「中國詩用學」三論〉，收入《第四屆漢代文學與思想學術研討會論文集》，頁 315。

〔註37〕汪衛東，《魯迅——現代轉型的精神維度》（臺北：威秀信息科技，2015 年），頁 10～11。

〔註38〕日本・伊藤虎丸著，孫猛等譯，《魯迅、創造社與日本文學》（北京：北京大學出版社，1995 年），頁 50。

〔註39〕日木・北岡正子，《魯迅和進化論》，轉引自日本・伊藤虎丸著，孫猛等譯，《魯迅、創造社與日本文學》，頁 310。

和唯意志論對魯迅當時的影響，正如孟澤所說：「對於生命的進化論沉思，民族根本改造的願望，主體性唯意志論哲學，這三者醞釀出了魯迅對於人生、社會、人文的基本態度。」〔註40〕民族性的根本改造是「摩羅詩學」之目的，而進化論和唯意志論這兩大思想資源，則是他詩學觀中體與用的依據。

（一）進化論

自從達爾文於 1859 年出版《物種起源》（*On the Origin of Species*），正式提出「進化論」（Theory of evolution），〔註41〕對西方思想界造成深遠影響。斯賓塞（Herbert Spencer,1820～1903）將「物競天擇，適者生存」的生物學上之進化論，應用到社會學上，赫胥黎（Thomas Henry Huxley,1825～1895）則強調倫理道德在社會中的作用。1898 年，嚴復（1854～1921）翻譯赫胥黎的演講文，並加入己見而寫成的《天演論》出版。

嚴復解釋「天演」的涵義云：

> 雖然天運變矣，而有不變者行乎其中。不變惟何？是名天演。以天演爲體，而其用有二：曰物競，曰天擇。此萬物莫不然，而於有生之類爲尤著。物競者，物爭自存也。以一物以與物物爭，或存或亡，而其效則歸於天擇。天擇者，物爭焉而獨存，則其存也，必有其所以存，必其所得於天之分，自致一己之能，與其所遭值之時與地，及凡周身以外之物力，有其相謀相劑者焉，夫而後獨免於亡，而足以自立也。而自其效觀之，若是物特爲天之所厚而擇焉以存也者，夫是之謂天擇。〔註42〕

生物因爲資源有限，只有互相競爭，以求生存，而最具優勢者，在自然選擇下，得以保留，而不適應環境者，則被自然淘汰，這是生物進化的根本。然而，嚴復更重視的是人類種族在社會進化中，道德倫理的作用，因爲如果放任競爭，人類社會必會出現種族滅絕，生靈塗炭的情況。他選擇翻譯赫胥黎的著作，正是要強調「自強保種」：「赫胥黎氏此書之恉，本以救斯賓塞任天爲治之末流，其中所論，與吾古人有甚合者，且於自強保種之事，反覆三致意焉。」〔註43〕要改變「任天爲治」的情況，就必須強調「人治」：「以人持

〔註40〕孟澤，《王國維魯迅詩學互訓》（北京：九州出版社，2007 年），頁 25。

〔註41〕「天演論」或譯「進化論」，因魯迅文章中多用「進化」二字，故本文采用「進化論」的譯法。

〔註42〕嚴復譯，馮君豪注譯，《天演論》（鄭州：中州古籍出版社，1998 年），頁 42。

〔註43〕嚴復譯，馮君豪注譯，《天演論‧自序》，頁 16。

天，必究極乎天賦之能，使人治日即乎新，而後其國永存，而種族賴以不墜，是之謂與天爭勝。」〔註44〕生物界的進化有其不變的規律，而社會的進化，人類卻有能力干預。《天演論》記載赫胥黎一個園藝的比喻：設有一荒僻之地，未經開墾，雜草叢生，這些雜草必是在自然競爭中最宜存活之物。如果人爲開墾這片荒地，施肥澆水，種植園主愛好的樹木，專心打理，園內園外則判然有別，這就是人治之功。一旦停止打理，久而久之，荒草必覆蓋花園，自然之強大力量又戰勝人力。所以在社會中，人必須發揮人治的能力，提高民智、民德和民力，作倫理上的進化，使國家日新，圖強保種。

《天演論》提出的「物競天擇，適者生存」、「優勝劣敗」的危機感，和對「人治」的強調，正切合當時中國面對的情勢，引起知識分子莫大的震撼。此書出版不久後便風行全國，影響著一整代學人。「在近代中國，隨著《天演論》的傳播，人們建立起一套宇宙與歷史的解釋框架，以進步史觀來認識中國的處境，並設定未來努力的方向。」〔註45〕在以往，中國的文化是崇古守舊，嚮往上古之世、三代之治，進化論的進步史觀首次打破這傳統。

魯迅曾提及他在南京首次看到《天演論》時手不釋卷的情況；〔註46〕許壽裳（1883～1948）回憶魯迅能背誦其中的篇章；〔註47〕而且魯迅在1907、1908年留學仙台時所發表的幾篇文言論文，都涉及進化論，〈人的歷史〉一文更是全篇介紹進化之說。然而，魯迅又並非全盤接受《天演論》的思想，相比《天演論》中群己並重的思想，他更強調個人的醒覺與進化的優先性，甚至認爲群眾往往埋沒個人，扼殺天才，故提出「是故生存於兩間，角逐列國是務，其首在立人，人立而後凡事舉；若其道術，乃必尊個性而張精神。」〔註48〕對魯迅來說，「立人」是進化的先決條件。伊藤虎丸曾綜括魯迅如何受到進化論思想的強烈影響，首先是魯迅比較了西方積極進取的和中國守舊好古的思考方式，「並且從中認識到，在西方近代關於『人的尊嚴』的思想中，具有超於古代，凌於亞洲的優越性。」另外，中國之落後衰弱，不在軍

〔註44〕嚴復譯，馮君豪注譯，《天演論・吳序》，頁1。
〔註45〕黃克武，〈何謂天演？嚴復「天演之學」的內涵與意義〉，《中央研究院近代史研究所集刊》（臺北：中央研究院近代史研究所，2014年），第85期，頁171。
〔註46〕參見魯迅，《朝花夕拾・瑣記》，《魯迅全集》（北京：人民文學出版社，2005年），第1卷。
〔註47〕許壽裳著，倪墨炎、陳九英編，《許壽裳文集》（上海：百家出版社，2003年），卷上，頁81。
〔註48〕魯迅，〈文化偏至論〉，《魯迅全集》，卷1，頁58。

備和國力，「而是在精神上還未進化到『人』，還缺乏應成其為人的『精神』」。
〔註49〕

　　魯迅進化思想的轉變，與他對「新神思宗徒」，特別是尼采（Friedrich Wilhelm Nietzsche,1844～1900）的接受有關。尼采曾說：「一線光明在我心裡破曉了：查拉斯圖拉不應當向群眾說話，應當向同伴說話！查拉斯圖拉不應當做羊群之牧人或牧犬！」〔註50〕認為群眾是羊群，不屑成為其中一員，因為「遵從群體標準是最終地屈服於一種風格或思維方式。它是一種頭腦狹窄或頭腦封閉。個體的頭腦是例外的，因為它能夠超出群體思想的局限來思考。個體是具有新思想者，個體創造新價值。」〔註51〕創造新價值即是進化之道。魯迅對其個人主義十分推崇，〈文化偏至論〉：

　　　　若夫尼佉，斯個人主義之至雄桀者，希望所寄，惟在大士天才；
　　而以愚民為本位，則惡之不殊蛇蠍。意蓋謂治任多數，則社會元氣，
　　一旦可隳，不若用庸眾為犧牲，以冀一二天才之出世，遞天才出而社
　　會之活動亦以萌，即所謂超人之說，嘗震驚歐洲之思想界者也。〔註52〕

魯迅由《天演論》群己並重的進化論思想，轉變為重個人的進化論思想，其中決定性的已不是物質的力量，而是個人的意志，進化的頂點則是超人。尼采說：「人類是一根繫在獸與超人間的軟索——一根懸在深谷上的軟索。」〔註53〕人是獸進化到超人的中介，對魯迅來說，人的精神的強度方能帶動社會進化。

　　〈摩羅詩力說〉中對於詩的功用，正是圍繞這目的而提出的。魯迅在文中論及詩歌與種族文明的關係：

　　　　古民神思，接天然之閟宮，冥契萬有，與之靈會，道其能道，
　　爰為詩歌。其聲度時劫而入人心，不與緘口同絕；且益曼衍，視其
　　種人。遞文事式微，則種人之運命亦盡，群生輟響，榮華收光；讀
　　史者蕭條之感，即以怒起，而此文明史記，亦漸臨末頁矣。〔註54〕

〔註49〕日本・伊藤虎丸著，孫猛等譯，《魯迅、創造社與日本文學》，頁96～97。
〔註50〕德國・尼采著，王岳川編，周國平等譯，《尼采文集：查拉斯圖拉卷》（西寧：青海人民出版社，1995年），頁14。
〔註51〕美國・埃里克・斯坦哈特著，朱暉譯，《尼采》（北京：中華書局，2003年），頁92～93。
〔註52〕魯迅，〈文化偏至論〉，《魯迅全集》，卷1，頁53。
〔註53〕德國・尼采著，王岳川編，周國平等譯，《尼采文集：查拉斯圖拉卷》，頁4。
〔註54〕本文所引魯迅原文，除特別標明外，悉錄自〈摩羅詩力說〉，《魯迅全集》（北京：人民文學出版社，2005年），為免累贅，不另作注。

蓋詩歌乃人民之「心聲」、民族的「神思」，神思勃發，則民族旺盛；神思頹唐，則民族萎靡。在一般人眼中，詩的作用「與個人暨邦國之存，無所繫屬，實利離盡，究理弗存。故其爲效，益智不如史乘，誠人不如格言，致富不如工商，弋功名不如卒業之券。」魯迅認爲詩歌的大用在於「不用之用」，「益智」、「誠人」、「致富」、「弋功名」等都是各別的、短期可見成效的實利，對此，詩歌固然無用。但是詩歌卻有更普遍、更長遠、更宏大的作用：「夫云以詩移人性情，使即於誠善美偉強力敢爲之域，聞者或哂其迂遠乎；而事復無形，效不顯於頃刻。」、「涵養人之神思，即文章之職與用也。」又說：「蓋詩人者，攖人心者也」詩有攖人心的巨力，能破除平和。能移人性情、涵養神思、攖人之心，就能使弱者圖強，使退縮者進取，予絕望者希望，予萎靡者生機。

詩何以有此大用？因爲魯迅理想的詩不是那種崇尚平和的詩，而是誠於心的詩，此心是「內曜」，是「神思」，是「意志」。他理想的詩「立意在反抗，旨歸在動作」，充滿生命力，進取不屈，張揚個性。這些特點，正是處在進化頂端的超人的特性，魯迅對詩力的追求，同時亦是對超人的追求，詩的功用，於個體而言，就是能促使個人精神的進化；於群體而言，則詩歌能使民族在列強中競爭求存，保國保種。魯迅認爲事物的發展，從來不是靜態的，而是一直處在競爭之中，「平和之名，等於無有。」平和之聲使人安於現狀，不作變革，失去競爭的心力，不利國族的求存，「故不爭之民，其遭遇戰事，常較好爭之民多；而畏死之民，其苓落殤亡，亦視強項敢死之民眾。」他曾舉例拿破倫戰爭（1803～1815）中，普魯士先敗於法國，然而賴詩人的鼓吹，詩歌的號召，舉國奮起，卒使普軍戰勝法國，「國民皆詩，亦皆詩人之具，而德卒以不亡。」且文中所舉「摩羅詩宗徒」諸人，大多激揚其詩力詩心，「發爲雄聲，以起其國人之新生，而大其國於天下。」可見詩能鼓舞民族競爭求存。

（二）唯意志論

魯迅好友劉半農（1891～1934）曾贈魯迅一聯語曰：「托尼學說，魏晉文章」，〔註55〕「托」指托爾斯泰（Leo Nikolayevich Tolstoy,1828～1910），「尼」指尼采，以指魯迅深受二人思想影響。其實在魯迅早年，尼采的影響更要深

〔註55〕參見孫伏園，〈魯迅先生逝世五週年雜感二則〉，收入孫伏園、許欽文等著，《魯迅先生二三事：前期弟子憶魯迅》（石家莊：河北教育出版社，2000 年）

刻得多。魯迅留日期間閱讀到當時日人對尼采其人其說的評論文章，並讀尼采的代表作《查拉斯圖拉如是說》（*Also sprach Zarathustra*），後來又多次翻譯書中的章節。〔註56〕魯迅 1907～1908 年發表的文章中，多次提及並贊揚尼采，〈摩羅詩力說〉篇首的引言：「求古源盡者將求方來之泉，將求新源。嗟我昆弟，新生之作，新泉之涌於淵深，其非遠矣。」即出於《查拉斯圖拉如是說》。他又多次提到「意力」一詞，例如：「故如勖賓霍爾所主張，則以內省諸己，豁然貫通，因曰意力為世界之本體也；尼佉之所希冀，則意力絕世，幾近神明之超人也」（〈文化偏至論〉）以絕世之「意力」為超人之內涵，此「意力」即唯意志論中的「意志」。

在叔本華（Arthur Schopenhauer,1788～1860）開創的唯意志論哲學中，意志是痛苦的根源，所以其哲學的目的是要滅絕意志。尼采的意誌概念承襲叔本華，但不同意意志是痛苦根源而須加以滅絕；他認為人類的發展是由低級至高級，由獸到超人的過程，而這過程乃取決於人的意志的強弱，強大意志是超人的特質，乃最後進化的必要因素，即「權力意志」。因此，他高揚欲望的重要性，因為欲望等同意志，造就強者：

> 要求強者不表現為強者求他不表現征服欲、戰勝欲、統治欲，要求他不樹敵，不尋對抗，不渴望凱旋，這就像要求弱者表現為強者一樣荒唐。一定量的力相當於同等的欲念、意志、作為，更確切些說，力不是別的，正是這種欲念、意志、作為本身。〔註57〕

不過，他不止把欲望停留在生存本身，更強調權力意志要進一步在價值上的不斷實現、超越，創造新的價值。

埃里克・斯坦哈特（Eric Steinhart）指出：「謀求超越局限性的奮鬥是奮鬥的最一般類型，因為它奮鬥著越出任何限制，不受任何束縛。在其最抽象的邏輯意義上來說權力意志最終是越出局限性的奮鬥。」〔註58〕由於權力意志是不安於現狀，超出任何限制，不斷的打破陳規教條，自然與舊有的價值形成衝突：「請看那些善良者正直者罷！誰是他們最恨的呢？他們最恨破壞他們的價值表的人，破壞者，法律的破壞者：──但是這人正是創造者。」、〔註59〕「價值

〔註56〕澳洲・張釗貽，《魯迅：中國「溫和」的尼采》（北京：北京大學出版社，2011年），頁 179～180。
〔註57〕德國・尼采著，王岳川編，周國平等譯，《尼采文集：查拉斯圖拉卷》，頁 218。
〔註58〕美國・埃里克・斯坦哈特著，朱暉譯，《尼采》，頁 73。
〔註59〕德國・尼采著，王岳川編，周國平等譯，《尼采文集：查拉斯圖拉卷》，頁 14。

的變換，——那便是創造者的變換。創造者必常破壞。」〔註60〕新價值的創造必基於舊價值的破壞。

　　尼采進行價值的重估後，否定了往昔以善惡爲價值判斷的標準，而改之以權力意志。權力意志超越善與惡，判價的標準是權力意志的強與弱。張釗貽舉了一個生動的例子，比如野蠻在文明社會來說是惡的、被壓抑的，但「尼采肯定各種表現形式的『權力意志』，包括野蠻性背後的『權力意志』，就等於贊賞原子能的力量，並不就是贊賞作爲武器的原子彈的破壞力。關鍵是這些力量的『精神化』。」〔註61〕因爲野蠻性是飽含生命力的激情，有著無限的創造力。魯迅亦重估了價值，對於傳統貶抑的野蠻性，加以肯定：「蓋文明之朕，固孕於蠻荒，野人狂獷其形，而隱曜即伏於內。文明如華，蠻野如蕾，文明如實，蠻野如華，上徵在是，希望亦在是。」「隱曜」即是指潛藏的精神力量，與意力同趣，乃創造文明之條件。

　　然而，這種飽含激情、不受規限的精神力量，在中國詩歌發展中日漸衰微，因爲「中國之治，理想在不攖」，詩人崇尙平和，「許自繇於鞭策羈縻之下」，「多拘於無形之囹圄，不能舒兩間之眞美」，故「壯美之聲，不震吾人之耳鼓者，亦不始於今日。」所以，魯迅才要「別求新聲於異邦」，從他的對「新聲」介紹中，我們可以更清楚他理想中詩歌的特質。

　　魯迅以「摩羅」借指基督宗教中的撒旦：「摩羅之言，假自天竺，此云天魔，歐人謂之撒但，人本以目裴倫（G‧Byron）。」則撒旦與拜倫（George Gordon Byron, 1788～1824）爲此詩派之代表。魯迅認爲撒旦有惠於人間：「亞當之居伊甸，蓋不殊於籠禽，不識不知，惟帝是悅，使無天魔之誘，人類將無由生。故世間人，當蓰弗秉有魔血，惠之及人世者，撒但其首矣。」正因撒旦解放了亞當，使他有了自由，叛離牢籠，才衍生人類，故世人都秉承此反叛精神（魔血）。他在介紹拜倫詩歌時，進一步詳細地談到撒旦的性質，撒旦「潛入樂園，至善美安樂之伊甸，以一言立毀，非具大能力，曷克至此？」伊甸乃神之傑作，而撒旦只用言語，即可令亞當叛離伊甸，其力足以抗神。撒旦更強大的是其意力，亦即不斷突破局限，反抗權威的意志：「盧希飛勒不然，曰吾誓之兩間，吾實有勝我之強者，而無有加於我之上位。彼勝我故，名我曰惡，若我致勝，惡且在神，善惡易位耳。」魯迅認爲「神，一權力也；撒旦，

〔註60〕同前註，頁51。
〔註61〕澳洲‧張釗貽，《魯迅：中國「溫和」的尼采》，頁196。

亦一權力也。」神之能力雖高於撒旦，若論意力，則如撒旦所言，「無有加於我之上位」，面對神亦毫不屈服，因為意志是在不斷的自我超越中創造新價值，而神卻只固守現有的價值。他又說神之被人崇拜，乃因其施以種種殘酷又偽善的手段，故說「彼勝我故，名我曰惡，若我致勝，惡且在神，善惡易位耳。」認為無本質上的善惡，善惡不過是以勝負而言，強者勝者為善，弱者敗者為惡，既然判斷的標準是相對的，神便不能作為判價的標準，不再有絕對的權威，所以魯迅引詩中主角之言曰：「惡魔者，說真理者也。」無疑是對舊價值的重估。

拜倫詩中主角亦多如是者。例如〈海賊〉一詩，其主角康拉德「遺一切道德，惟以強大之意志，為賊渠魁」，「國家之法度，社會之道德，視之蔑如。權力若具，即用行其意志，他人奈何，天帝何命，非所問也。」遺世獨立，崇尚意力，蔑視世俗道德價值，對於仇敵，則「利劍輕舟，無間人神，所向無不抗戰。蓋復仇一事，獨貫注其全精神矣。」又如其詩〈羅羅〉：「所敘自尊之夫，力抗不可避之定命」同樣鼓吹反抗的意志；〈曼弗列特〉、〈凱因〉等詩，都頌揚撒旦。故魯迅謂拜倫的作品：「無不函剛健抗拒破壞挑戰之聲。平和之人，能無懼乎？於是謂之撒但。」拜倫的詩歌固然不止這些主題和思想，魯迅選擇性地擷取這些作品，並強調其意力，用意正如北岡正子所指，「魯迅著眼於意志力量和復仇精神是反抗壓迫的原動力，把《曼弗雷德》、《海盜》、《該隱》等分別作為表現強大意志力量、復仇精神和對神進行反抗的作品加以介紹。……在選擇介紹哪些作品方面，魯迅的意圖頗為明確。」〔註 62〕這不只是魯迅眼中拜倫詩歌的特質，也是「摩羅詩人」的詩歌特質。這種特質本身固然有其浪漫主義的脈絡，但魯迅通過尼采哲學賦予其更深的哲學涵意，具有自己獨特的理解，如劉正忠所言：「魯迅也作了創造性的修正或偏移。首先，他把尼采的『超人』觀念與浪漫主義的『摩羅詩人』結合起來，便展現了獨特體驗……魯迅實際上是把惡魔詩人給『超人化』，使其具有更深邃的思想資源，從而將『詩人－戰士』形象由社會面擴展到精神界。」〔註 63〕拜倫等浪漫主義詩人的形象和詩歌的風格，以及對社會的影響無疑是強烈的，

〔註 62〕日本・北岡正子著，何乃英譯，《摩羅詩力說材源考》（北京：北京師範大學出版社，1983 年），頁 3～4。

〔註 63〕劉正忠，〈摩羅，志怪，民俗：魯迅詩學的非理性視域〉，《清華學報》第 39 卷第 3 期（2009 年 9 月），頁 438。

但當時對其精神驅力爲何及往何方向邁進，卻缺乏深入的哲學論述和支撐，唯意志論的提出遂爲此加入了豐富的哲學意涵。魯迅正是從意志的角度把握「摩羅詩人」的特質。

另一方面，我們可以循詩之用去考察詩之體。前文已論述在「摩羅詩學」中詩之用是促使個人衝破安於現狀、麻木被動的舊習，從「立人」進而邁向超人，作精神上進化。這進化必然建基於張揚激勵、爭強好勝，不斷超越限制的精神特質，否則難以喚起被壓抑的生命力；非爭強好勝，就會在競爭中墮後，失去優勢；非超越限制，則無法破除舊的價值以創造新的價值。惟有如此的精神特質，才能生起詩的如此之用。

不論是從魯迅對「摩羅詩宗」的意涵與代表詩人之作品去分析，還是循用以顯體的推理考察，都不難發現這兩條路徑都共同指向一種精神特質。這種精神正是「摩羅詩學」中詩的特質，或曰「意志」、或曰「意力」、或曰「心力」，都是澎湃激烈，強悍不屈，反抗固有價值，不斷超越局限以破舊立新的精神力量，亦即魯迅理想中的詩之體性。

四、「摩羅詩學」對傳統詩學觀的改造

經過上一節的梳理，可見傳統詩學與「摩羅詩學」各有體用，而兩種詩學的體用判然水火，針鋒相對，完全是兩種不同意識型態下的產物。本節即從體、用兩方面，闡釋魯迅對傳統詩學觀如何及因何痛下針砭。

（一）對詩之體的改造

前文已分析傳統詩學觀中的詩之體，乃是中正平和的無邪之性，性情的流露要自我節制，合乎禮樂規範，避免激烈的情緒起伏，簡而言之，即情感思想要控制在一定範圍內，不能過度。魯迅卻從進化的角度，認爲世間的事物都在競爭變化之中，根本沒有平和：

> 平和爲物，不見於人間。其強謂之平和者，不過戰事方已或未始之時，外狀若寧，暗流仍伏，時劫一會，動作始矣。……人事亦然，衣食家室邦國之爭，形現既昭，已不可以諱掩；而二士室處，亦有吸呼，於是生顥氣之爭，強肺者致勝。故殺機之昉，與有生偕；平和之名，等於無有。

平和是靜態，變化是動態，而事物都在變化發展之中，即使有狀似平和之時，變化卻仍在暗中發生，更何況這變化在人間體現爲無所不在的競爭，有生存

就有競爭，故說平和為虛妄，要強行維持平和的狀態亦是不切實際。同樣違反進化原理的是中國人崇古的思想：

> 吾中國愛智之士，獨不與西方同，心神所注，遼遠在於唐虞，或逕入古初，遊於人獸雜居之世；謂其時萬禍不作，人安其天，不如斯世之惡濁阽危，無以生活。其說照之人類進化史實，事正背馳。

儒家以古時為至治之世，以為古必優於今，而抱崇古之念。魯迅則認為上古的爭鬥必不下於今，不可能有和平之世，進化如飛矢一般，「非墮落不止，非著物不止，祈逆飛而歸弦，為理勢所無有。」故「作此念者，為無希望，為無上徵，為無努力」。此崇古之觀念，又影響到詩學，詩人將理想的境界，寄託於虛無的古代，追求不存在的和平，卻不知與時俱進，展望未來。

他又分析了「詩言志」和「思無邪」的矛盾之處：

> 如中國之詩，舜云言志；而後賢立說，乃云持人性情，三百之旨，無邪所蔽。夫既言志矣，何持之云？強以無邪，即非人志。許自繇於鞭策羈縻之下，殆此事乎？然厥後文章，乃果輾轉不逾此界。

他認為「詩言志」之「志」本是自由的，但「思無邪」之說，卻是以「無邪」來限制自由，這顯然是矛盾的，但後人卻勉強將之結合起來。「如果說『志』的原始精神是『自繇』，『持』的詩學取向則是『羈縻』（『無邪』為羈縻的標準），後者足以使前者完全變質，而中國詩學的局限也正在此。」〔註64〕不能盡吐心中所想，寫出來的詩自然不誠，於是中國就出現了很多祝頌奉承、可有可無或趑趄嚅囁之作。

從「無邪」之不誠，又引申出「無邪」之反道德。魯迅認為道德乃人類普遍觀念所形成，詩若如實表達人類的普遍觀念，即是誠，即是道德的。假如「觀念之誠失，其詩宜亡。故詩之亡也，恆以反道德故。然詩有反道德而竟存者奈何？則曰，暫耳。無邪之說，實與此契。」「無邪」之說，就是「反道德而竟存者」，因為在此說之下，詩人不能自由表達心聲，但此說卻被不斷建構成詩學的經典觀念而得以流傳。

魯迅和尼采一樣，強調野性與力：「尼佉（Fr. Nietzsche）不惡野人，謂中有新力」這野性與力是未經修飾，不加限制的生命力；未經修飾則存其真，不加限制則成其大，源於生命則具競爭之本能。「『蠻野』意味著生機和力量，意味著『人』『文』的一致。人文初始的時代是野蠻強力的時代，也是詩的時

───────────────

〔註64〕同前註，頁434。

代，是詩原，是生命的元氣原聲之所在。」〔註65〕然而，平和卻壓制著自然
的生命動能，雖然人類歷史發展中平和是不存在的，但儒道兩家卻加以推崇，
使後世深深信奉並甘於馴服。「平和的假象是壓制的暴力，詩必須揭竿而起，
反擊以更強的暴力。」〔註66〕平和壓制了人的生命力，掩蓋了人類發展的歷
史眞像，因此，魯迅提出：「平和之破，人道蒸也。」只有破壞這牢籠，人類
才能重啟生命的動能，得以發展；而破壞之道，就在於「攖」。

「攖」本是道家的概念，意爲侵擾、擾亂。如《莊子‧在宥》崔瞿問於
老聃曰：「不治天下，安藏人心？」老聃曰：「女愼無攖人心。」、「昔者黃帝
始以仁義攖人之心」、「天下脊脊大亂，罪在攖人心。」〔註67〕指以仁義之道
擾亂平靜的人心。《莊子‧大宗師》有「攖寧」一說，成玄英疏：「攖，擾動
也。」〔註68〕《莊子‧庚桑楚》：「不以人物利害相攖。」成疏：「攖，擾亂也。」
〔註69〕道家以攖人心爲破壞平和寧靜，魯迅借用其意，卻反指攖人之心具有
正面意義，因爲可以將心由被動消極的狀態轉爲主動積極的狀態，就像本來
平靜的水面被攪動而翻起波浪，可產生巨大的力量。

雖然他批評道家「要在不攖人心」，但主要批評的還是儒家，因爲傳統詩
學觀是以儒家思想爲依歸。要攖人之心，打破平和，須有反抗權威、強悍激
烈之意力，平和之保守勢力越強，意力之暴烈更爲必要，劉正忠甚至稱之爲
「暴力」，〈摩羅詩力說〉之所以著一「力」字，正是此意。王德威認爲摩羅
之力的「動能」：「與其說只來自印度和西方文論的影響，不如說也來自中國
詩學辯證的內爆（implosion）。〈摩羅詩力說〉的三個關鍵詞彙——志、情、
心——其實都源出古老的詩學傳統」〔註70〕誠然，「詩言志」與「思無邪」的
矛盾，是「內爆」的「引線」，但是此「炸彈」二千多年來一直沒有「內爆」，
是因爲缺乏西方思想火花的點燃。志、情、心固然是古老的詩學傳統，但此
志、情、心自釋《詩》之始即被置在傳統之下，早被馴化，成爲已經「受潮」

〔註65〕孟澤，《王國維魯迅詩學互訓》（北京：九州出版社，2007年），頁109。
〔註66〕劉正忠，〈摩羅，志怪，民俗：魯迅詩學的非理性視域〉，《清華學報》第39
　　　卷第3期（2009年9月），頁433。
〔註67〕先秦‧莊周著，清‧郭慶藩輯，《莊子集釋》（臺北：漢京出版社，1983年），
　　　頁371～373。
〔註68〕同前註，頁253、255。
〔註69〕同前註，頁789～790。
〔註70〕王德威，〈從摩羅到諾貝爾——現代文學與公民論述〉，收入高嘉謙、鄭毓瑜
　　　主編：《從摩羅到諾貝爾：文學‧經典‧現代意識》，頁34。

的火藥,與「摩羅詩」的志、情、心的內涵並不一樣,如無西方思想的觸發,
此「內爆」恐難成功。

(二)對詩之用的改造

兩漢將教化與政治緊密連結,每個人性情都受到節制,安守綱常名分,
則社會安於現狀,君主可以維持統治,這是儒家的理想。但這穩定的、靜態
的社會觀和理想,是以「天不變,道亦不變」為基礎,在相對封閉的處境中,
還可以勉強維持,但當封閉被打破,面對外來競爭的時候,問題便突顯出來。
當人久被溫柔敦厚之說馴化、失去競爭和改革的意願,自然無法應付世變。

前提既然錯誤,達成此目的之方法自然也就不合理。魯迅正是從進化論
的角度看到了問題所在,他說:

> 中國之治,理想在不攖,而意異於前說。有人攖人,或有人得
> 攖者,為帝大禁,其意在保位,使子孫王千萬世,無有底止,故性
> 解(Genius)之出,必竭全力死之;有人攖我,或有能攖人者,為
> 民大禁,其意在安生,寧蜷伏墮落而惡進取,故性解之出,亦必竭
> 全力死之。

「攖」是針對「持」而言。傳統詩學的「持人情性」,就是要保持中和之性,
使人的心意行為「止乎禮儀」,進而維繫國家秩序;「攖人之心」,正是要打破
「持」的狀態,改變詩的效用。當詩被賦予了這種「攖」的力量,其作用就
大不一樣了:「詩人為之語,則握撥一彈,心弦立應,其聲澈於靈府,令有情
皆舉其首,如睹曉日,益為之美強力高尚發揚,而污濁之平和,以之將破。」
故統治者必視擾亂中正平和之性的行為為禁忌,不管是攖人之人還是被攖之
人,其原始的生命力一旦被激發而敢於反抗權威,無論對「其意在保位,使
子孫王千萬世」的統治者或「其意在安生,寧蜷伏墮落而惡進取」的一般人
來說,都是極大威脅,而要除之而後快。

孔子認為詩可以「邇之事父,遠之事君」,〈詩大序〉又謂:「先王以是經
夫婦,成孝敬,厚人倫」,漢代以後,綱常更成為社會基本的結構,甚至作為
社會地位和是非判斷的標準,人在這結構中,難以形成真正的自我。汪衛東
就指:

> 儒家以血緣倫理為出發點,首先把「自我」放在「君君、臣臣、
> 父父、子子」的倫理等級關係中來進行設定,即孔子所謂「正名」。
> 這樣的倫理等級關係中難以形成真正意義上的人格結構,因為處在

> 這一關係中的「自我」，不可能有眞正獨立的人的意識，而只有關係
> 中的角色意識，這個「自我」，如其說有人格，不如說只有「名格」，
> 即所謂「君格」、「臣格」、「父格」、「子格」。〔註71〕

人在群體中固然有不同角色，但當這角色被「名格」絕對化，被訓練成以該「名格」的方式思考行事，始能得到社會承認其價值，人的個性就長期被壓抑。

在這些壓抑下，自然難以產生天才之士，即使有亦會被排擠、扼殺。中國古代並非沒有天才之士；屈原（340B.C～278B.C）是中國第一位大詩人，亦是魯迅少數讚頌的中國詩人。魯迅稱其「惟靈均將逝，腦海波起，通於汨羅，返顧高丘，哀其無女，則抽寫哀怨，郁爲奇文。茫洋在前，顧忌皆去，懟世俗之渾濁，頌己身之修能，懷疑自遂古之初，直至百物之瑣末，放言無憚，爲前人所不敢言，然中亦多芳菲悽惻之音，而反抗挑戰，則終其篇未能見，感動後世，爲力非強。」縱然心有不滿，只能發之於「芳菲悽惻之音」，其「反抗挑戰」的精神仍然不足。班固（32～92）卻批評「今若屈原，露才揚己，競乎危國群小之間，以離讒賊。然責數懷王，怨惡椒蘭，愁神苦思，非其人，忿懟不容，沉江而死，亦貶絜狂狷景行之士。」〔註72〕可見站在統治者的立場而言，連只能以悽惻委婉之辭表達怨懟者，亦不能容忍而加以評擊，更何況是激越雄健，敢於反抗挑戰的異見之士？

然而，天才之士對社會的進化是必需的。在魯迅的進化思想中，社會的進化首先建基於個人的進化：「一二天才之出世，遞天才出而社會之活動亦以萌，即所謂超人之說。」然而這些天才卻被壓抑了，沒有個人的進化，群體也就無法醒覺，社會固步自封，慢慢亦失去變革和競爭的心力。要改變此情況，必先破除「名格」的壓抑束縛，解放個性；在個性得到充分發展的社會中，才有可能容許天才出現而不受扼殺，而成爲帶動社會進步的契機，這是天才對社會的作用。

魯迅並非否定先民詩歌之價值，他說：「嗟夫，古民之心聲手澤，非不莊嚴，非不崇大，然呼吸不通於今，則取以供覽古之人，使摩挲詠嘆而外，更有何物及其子孫？」重點是這詩歌沒有與時俱進，無法適應於新世代，不能

〔註71〕汪衛東，《魯迅——現代轉型的精神維度》，頁162。
〔註72〕漢・班固，〈離騷序〉，收入清・嚴可均輯，《全上古三代秦漢三國六朝文》（北京：中華書局，1985年），卷25，頁611上。

與時人同呼吸、共命運。鑑於此，魯迅才批評傳統詩學是違反進化，妨礙民族的競爭求存，而代之以「摩羅詩學」。「摩羅詩學」不是一套托之以空言的詩學理論，而是有實際例子支撐的；被魯迅歸入「摩羅詩宗」的拜倫、雪萊（Percy Bysshe Shelley, 1792～1822）和普希金（Aleksandr Sergeyevich Pushkin, 1799～1837）等東歐詩人，不是幫助其他弱小民族爭取獨立，就是參與自己國家抵抗異族壓迫的行動，而詩正是其鼓吹之具。

魯迅的詩學雖然取資於西方，又大力抨擊傳統禮教，但他並不是全盤西化論者，完全否定古代的價值，他說：「夫國民發展，功雖有在於懷古，然其懷也，思理朗然，如鑒明鏡，時時上徵，時時反顧，時時進光明之長途，時時念輝煌之舊有，故其新者日新，而其古亦不死。」又說：「別求新聲於異邦，而其因即動於懷古。」所以他提出新詩學的目的，其實是要改造傳統詩歌的體用，使之能夠適應新時代，喚起未被馴化前的民族之魂，使群眾參與民族的發展。

綜上所述，可以將「摩羅詩學」對傳統詩學的改造情況總括如下：

他從西方的哲學思想中找到兩大資源：唯意志論和進化論。他在唯意志論中認識到精神力量的重要，以此精神特質作為理想中詩歌的體性，取代傳統詩學觀中正平和之體性。另外，他在進化論中瞭解到競爭在進化過程中的必然性，將之作為詩的功用，改造傳統詩學以教化維持社會穩定的詩用觀；在方法上則是以「攖」破「持」。苟如魯迅所想，則可使本來麻木因循、畏懼改變的國人回覆原初的生命力，敢於反抗禮教倫常的權威，不斷超越局限，實現自己；當個體的進化最終推及群體，民族就能圖存自強。

五、「摩羅詩學」提出的意義

〈摩羅詩力說〉無疑代表了魯迅早期的文學思想，他後來很多觀念的雛型也可見於此，然而，如果只簡單把它作為魯迅關於文學改革和批判傳統的一篇論文，而不揭示其提出之背後意義，恐怕無法看清它真正的價值所在。職是之故，本章嘗試從四方面，揭櫫其更深一層的意義。

（一）兩種文化的衝突

〈摩羅詩力說〉最引人注目的可說是其異質性，在中國詩學批評史上，大概很難找出第二篇新舊觀念衝突那麼激烈的詩論。衝突的原因，表層來看是儒家的詩學觀和魯迅的詩學觀不相容，但若追究兩者詩學觀形成的背景，則可以發現深層的原因，其實是兩者所代表截然不同的文化的相遇和衝突。

儒家詩學觀形成於東方社會，「摩羅詩學」的思想資源則來自歐洲。人文地理學認為社會與文化的形成，與地理因素有著密不可分的關係。華夏民族崛起於大陸之中、大河之側，是典型的內陸文明、大河文明，因有黃河之利和袤廣土地，氣候又適宜耕作，因而很早就孕育出農業文明。人民以耕作為生計，依田而生，因而世代定居在同一地方，安土重遷；又因農業社會，春生夏長，秋收冬藏，生活穩定，故又不求改變，不思競爭；既然生活穩定，人口滋生，由家而族，群聚而居，開始出現大家族，加上田地的分配和繼承的問題，需要一套以血緣關係為中心的社會規範，這就為儒家思想的形成和發展提供了土壤。正如李大釗（1889～1927）說：

> 孔子的學說所以能支配中國人心有二千餘年的原故，不是他的學說本身具有絕大的權威，永久不變的真理，配作中國人的「萬世師表」，因他是適應中國二千餘年來未曾變動的農業經濟組織反映出來的產物，因他是中國大家族制度上的表層構造，因為經濟上有他的基礎。〔註73〕

農業文化與儒家思想互相加強，使中國二千多年來的社會結構幾乎穩定不變，亦形成了中國人的民族性：知足、崇尚和諧、不重競爭、好古守舊、不求改變、不敢反抗、缺乏自我意識等，都在〈摩羅詩力說〉中受批判之列。

〔註73〕李大釗，〈由經濟上解釋中國近代思想變動的原因〉，李大釗著，裴贊芬編，《李大釗全集》（石家莊：河北教育出版社，1999年），第3卷，頁435。

　　歐洲文明則與之大異。由於歐洲地區無黃河長江之類的大河，較不利於農業，沒有發展成類似中國以血緣宗親爲主的社會結構；反而因爲近海，便於鄰國的商業交流，孕育出海洋文明。發展航海使人敢於冒險、創新求變，重視科學；發展商業又使人崇尚競爭；在冒險與競爭中，因要遠離家庭，無所依賴，故利於培養個人意識，自立自強，勇於反抗。在中世紀時，歐洲社會文化的發展倒退，但在文藝復興及啓蒙運動後，卻得以重新煥發，出現新的進程。歐洲在十七至十八世紀啓蒙時代的「除魅」（Disenchantment）後，「個人」在神權下走出。陳獨秀（1879～1942）謂：「西洋民族，自古訖今，徹頭徹尾個人主義之民族也。」〔註 74〕雖然「自古訖今」之說實嫌誇大，因爲西方中世紀時個人仍在宗教的陰影中，但若以之指啓蒙後的歐洲人，卻頗切當。工業革命後，資本主義快速發展，爲了圖利，人與人，國與國之間的競爭之勢更爲激烈。唯意志論和進化論，正是在崇尚力量競爭、反抗權威、追求革新的背景下的思想產物，在「摩羅詩宗徒」的身上，這些精神特質也明顯可見。

　　這兩種文化本來各有優劣，亦各有其存在的合理性，但當兩種文化在近代相遇，就產生了激烈的衝突，很快就顯示出何種文化更適應歷史發展的趨勢。自鴉片戰爭以來，過於穩定的社會結構和文化傳統，使中國每次戰敗後都反應遲緩。李大釗認爲主靜的東洋文明和主動的西洋文明「實爲世界進步之二大機軸，正如車之兩輪、鳥之雙翼，缺一不可。」應予調和，但亦深感「然在動的生活中，欲改易一新觀念，創造一新生活，其事較易；在靜的生活中，欲根本改變其世界觀，使適於動的生活，其事乃至難，從而所需之努力亦至大」〔註 75〕生活如是，反映生活的文學亦如是。

　　魯迅的「攖」，在詩學上是「摩羅詩學」衝擊傳統詩學，其背後所代表的是主動的西方文明衝擊主靜的東方文明，〈摩羅詩力說〉的提出，就是這衝突在詩學上的表現。這一百年來，傳統詩學對此的回應和調整，仍是進行式而非完成式；兩種截然不同的詩學觀如何及能否調和融合，誠然值得深思；至於兩種截然不同的文明如何及能否調和融合，更是大哉問。

〔註 74〕陳獨秀，〈東西民族根本思想之差異〉，《陳獨秀文章選編》（北京：三聯書店，1984 年），頁 98。
〔註 75〕李大釗，〈由經濟上解釋中國近代思想變動的原因〉，李大釗著，裴贊芬編，《李大釗全集》，頁 46。

（二）詩學與社會發展、轉變的緊密結合

詩本是描寫生活，抒發情感，特別是《詩經》的寫實傳統，十五國風寫生民之事，大雅、小雅述王政興廢，〈詩大序〉：「治世之音安以樂，其政和；亂世之音怨以怒，其政乖；亡國之音哀以思，其民困。」故詩自開始就跟社會變化有著密不可分的關係。

到了周室由盛轉衰，威權旁落，宗法瓦解，禮樂崩壞，諸侯並起，郡縣開始出現，不同學說百家爭鳴，這是上古社會的大轉型。《詩經》對這變化都有反映，即所謂「變風」、「變雅」，〈詩大序〉：「至於王道衰，禮義廢，政教失，國異政，家殊俗，而變風變雅作矣。國史明乎得失之跡，傷人倫之廢，哀刑政之苛，吟詠情性，以風其上，達於事變而懷其舊俗也。」「變風」、「變雅」之作乃對當時情況的真接反映和記錄，而〈詩大序〉跟後來諸多說法就更是對當時情況的理解和評論。

由秦至漢，是中國歷史上的另一大轉變：版圖由分裂歸於一統，國家由封建變為集權，政治由世襲轉向官僚，思想、度量由紛歧趨於一致。雖然漢代極少文人詩的創作，但漢人對此社會轉變的看法，也反映在「詩教」的觀念，進而落實到實際的政教層面，例如大一統國家的君權比以往的封建國的諸侯甚至周天子都更強大，因而強調詩在政教上的作用，為了維持帝國隱定，也更強調詩歌「持」的作用。又如儒學立於一尊後，對《三百篇》的解釋就以儒家思想為主。因此漢代的詩學，其實亦是社會變遷的反映。降至漢魏，天下陷入戰亂，儒學權威式微，「漢魏風骨」的詩作多反映社會狀況，曹丕（187～226）《典論‧論文》云：「蓋文章，經國之大業，不朽之盛事。」〔註76〕將詩對社會的價值推到最高。

此後詩歌的發展和普及十分迅速，詩學詩論更為精微深奧，但多偏向討論詩歌源流風格、月旦品評、詩法、詩話一途，很少就詩歌對社會發展著墨。雖然宋人有留意到唐宋之變，但多是圍繞詩本身作討論；及後的詩論，雖各有系統，但仍沒脫離以詩論詩和以人論詩的傳統。與〈摩羅詩力說〉同年發表的《人間詞話》，結合西方美學和傳統詩學（詞學）資源分析詩詞，大有創獲，可惜仍停留在審美方面。故中國雖然有悠久的詩學傳統，有豐富的詩學論著，但這些詩學理論只是反映社會發展、轉變，後來的則局限在技巧、審美上的鑽研。

〔註76〕魏‧曹丕著，魏宏燦校注，《曹丕集校注》（合肥：安徽大學出版社，2009年），頁313。

中國自秦以後的歷史進程，是相對封閉的。歷朝的帝王都慣於以天朝上國自居，以中國爲天下中心，周遭都是蠻夷戎狄；而周邊的這些國家，一般又的確是長期臣服中國，或入侵中國後被同化，在十九世紀中之前，中國都比這些國家的強盛和文明。因此，在封閉的歷史環境中，華夏文明沒有遇到強大的挑戰，也沒有正視其他先進的文明。直到十九世紀中之後，中國的封閉被打破了，華夏文明首次遇到挑戰，而挑戰他的西方文明，在很多方面都更爲先進，體現了更強的適應性和競爭力。

魯迅生逢其時，認爲在社會的發展上，西方比當時的中國更爲先進，他得以站在發展的前端，回望中國的落後，其「摩羅詩學」正是代表著進步的元素。他的詩學跟唐宋以來著重技巧、審美的詩論不同，而是重視詩的精神內涵和作用，重新與社會的轉變的建立緊密關係。這裡說的轉變不是以往的朝代更迭，而是文明的發展、民族的精神內涵、社會習俗、人的意識形態等更徹底的轉變。傳統的詩和詩學對朝代變更當然有所涉及，但卻未提升到如此大的格局。即便對社會的大變有所反映，亦只是對變化的反映而已，是被動的、回顧的、總結的。但〈摩羅詩力說〉不只是回顧、反省了民族性的缺點和國家滯後的原因，更特殊的是他具有前瞻性地提出了一個超出當時中國社會發展的詩學觀，欲以詩啓動社會轉變。中國未遇上西方文明挑戰時，詩學的視野不可能超越當時的社會發展，只能反映過去或當時的現象。但當遭遇西方文明，由於兩種文明的發展階段不一樣，魯迅可以站在更前端的進程上，回顧傳統的不足，並提出新的發展進程，其詩學視野是超前於當時的社會。魯迅欲以詩歌精神的變革帶動社會的變革，可說是將詩之用推到極致。

（三）詩界的「再」革命

滿清在鴉片戰爭戰敗，封閉的狀態被打破，部分官員和知識分子始在被打破的國門中窺見世界。隨著西風東漸，西方的名物制度逐步進入中國社會，一些反映社會、緊貼時局的詩人開始將這改變寫入詩篇，新觀念、新名詞、新題材慢慢出現詩中，使當時的詩歌發展出現微妙的變化。列強進一步的入侵和內亂，更導致晚清形勢大變，有識之士倡議維新，伴隨政治上的維新，詩界也發生了「詩界革命」。

明確提出「詩界革命」的是梁啓超，用以指稱維新前後黃遵憲（1848～1905）、康有爲（1858～1927）、夏曾佑（1863～1924）、丘逢甲（1864～1912）、蔣智由（1865～1929）、譚嗣同（1865～1898）、梁啓超（1873～1929）等人

以反映新時代爲目的，以新思想、新名詞、新題材，創作「新詩」或「新派詩」，革新傳統的一次詩歌改良運動。對這種「新詩」或「新派詩」，梁啓超的要求是：「第一要新意境，第二要新語句，而又須以古人之風格入之，然後成其爲詩。」、〔註77〕「能以舊風格含新意境，斯可以舉革命之實矣。」〔註78〕「新意境」是指新的（尤其是西方的）題材、思想、事物所營造的異於傳統的意象和境界；「新語句」包括新的辭彙和典故；「古人之風格」或「舊風格」則是指傳統詩歌的形式。綜言之，就是保留傳統的詩歌形式，但運用新語句，表達新事物和新意境；而「近世詩人，能鎔鑄新理想以入舊風格者，當推黃公度。」〔註79〕

　　黃遵憲有較爲具體完整的創作理念，他在〈自序〉云：

　　　　一曰復古人比興之體，一曰以單行之神，運排偶之體，一曰取離騷樂府之神理而不襲其貌，一曰用古文家伸縮離合之法以入詩。其取材也，自群經三史，逮於周秦諸子之書，許鄭諸家之注。凡事名物名切於今者，皆採取而假借之。其述事也，舉今日之官書會典方言俗諺，以及古人未有之物，未辟之境，耳目所歷，皆筆而書之。其煉格也，自曹鮑陶謝李杜韓蘇，訖於晚近小家，不名一格，不專一體，要不失乎爲我之詩。誠如是，未必遽躋古人，其亦足以自立矣。〔註80〕

總括來看，與梁氏之論無大差別，只是更著重題材與風格上包融中外古今雅俗，技法上也更重變化。黃遵憲被視爲「詩界革命」派中最有成就的一人，但他的創作只能稱爲「改良」、「維新」，因爲他沒有動搖到傳統詩歌的根本處。如張堂錡指出：「這是一場不徹底的詩歌改良運動，尚未觸及詩體解放的根本核心。」〔註81〕所指的「詩體」乃傳統詩歌的體裁，亦即「舊風格」、「古人之風格」。黃遵憲如此，其他人更可想而知，故此次「詩界革命」實爲一未完成的「革命」。

〔註77〕梁啓超，《夏威夷遊記》，梁啓超著，張品興主編，《梁啓超全集》（北京：北京出版社，1999 年），第 2 冊，頁 1219。
〔註78〕梁啓超，《飲冰室詩話・卷二》（臺北：廣文書局，1982 年），頁 8。
〔註79〕梁啓超，《飲冰室詩話・卷一》，頁 2。
〔註80〕清・黃遵憲著，錢仲聯箋注，《人境廬詩草箋注》（上海：上海古籍出版社，1981 年），頁 3。
〔註81〕張堂錡，《黃遵憲及其詩研究》（臺北：文史哲出版社，1991 年），頁 93。

未能革新詩的體裁，固然是「革命」未能成功的原因之一，但另一詩「體」的未能徹底打破傳統，亦是同樣重要的因素，這「體」正是詩的體性。從梁啓超和黃遵憲的論述可見，他們對詩的改造，主要是在新題材、新意境和新辭彙的引入。他們反對的是當時詩壇因襲擬古、暮氣沉沉的風氣，而非提倡一種摧枯拉朽的破壞之力。黃遵憲詩的氣力格局都很大，能「攖人之心」，但欠缺一種個人主義式的，桀驁不馴、自行其是的充滿蠻性的破壞力。這種意力最能體現在譚嗣同衝決網羅，反抗權威，重估價值的思想上，他這性格特質亦與「摩羅詩宗」拜倫十分相似。可是這特質在譚嗣同的「新詩」中並不明顯，更沒有發展成一反傳統的詩論。

對比他們，魯迅的詩論更具顛覆性、革命性。他沒有在詩法上提出任何具體的理論，而是在精神上的大破大立。魯迅冀望詩歌所蘊涵的「剛健抗拒破壞挑戰之聲」，所喚起的蠻性和反抗任何權威、不斷超越局限的精神，就非「詩界革命」派所能及。雖然魯迅的詩作也沒達到這要求，甚至還比不上黃遵憲詩的格局和氣象，但〈摩羅詩力說〉對傳統的破壞力比「詩界革命」更爲強大，可說是詩界再一次的革命。

（四）傳統審美範式外的另一種可能

我們對「摩羅詩學」大可有種種質疑甚至不同意，但其對傳統詩學的批評卻可以讓我們反思，在傳統詩歌範式和審美標準被經典化以後，是否應該也是否可能，並存一種截然不同的詩學觀？其引申出的意義是，未來的詩歌發展之途，應該是單一還是多元？我們對詩歌的期望和審美趣向又應如何調整？

李澤厚曾論華夏美學的特色：

> 現實原則對快樂原則的戰勝，「超我」的過早的強大出現，使個
> 體的生命力量在長久壓抑中不能充分宣洩發揚，甚至在藝術中也如
> 此。奔放的情慾、本能的衝動、強烈的激情、怨而怒、哀而傷、狂
> 暴的歡樂、絕望的痛苦，能洗滌人心的苦難、虐殺、毀滅、悲劇，
> 給人以丑、怪、惡等等難以接受的情感形式（藝術）便統統被排除
> 了。情感被牢籠在、滿足在、錘鍊在、建造在相對的平寧和諧的形
> 式中。〔註82〕

〔註82〕李澤厚，《華夏美學》，頁28。

快樂原則就是以生命本能的滿足爲原則，能滿足欲望所需即是快樂；但欲望不加約束會導致失序，故現實社會慢慢形成一套道德規模以壓抑生命的本能，維持秩序。中國很早就發展出成熟的道德政治和道德哲學，體現在詩歌文學中，就是以崇尚理性、平和、含蓄、秩序的審美要求，壓抑非理性的、本能的、激烈的、衝動的情感，經過長時間的發展，這種詩學觀和審美觀就被經典化了，成爲單一的範式，凡是不合這審美要求的，就被視爲邪、惡、淫、丑、野、俗，而被排除。然而，這些情感既代表原初的生命力，也是人生的一種狀態，被長期排除的結果就是詩中反映的人生是片面的，觀看世界的方式是單一的。

當然，這不是中國特有的現象。歐洲在中古時期，就是以宗教道德爲文學評判的依歸；古典主義時期以典雅、理性、莊重、崇高爲審美標準；但浪漫主義的流行，卻興起了另一種崇尚直覺、非理性、本能、個性的審美範式，拜倫、雪萊等人正是這潮流下的詩人；後來波特萊爾（Charles Pierre Baudelaire，1821～1867）的詩歌，更是以醜惡爲美。反觀中國的詩學，無邪、溫柔敦厚、中正平和一直都是主流的審美範式。《文心雕龍》雖也強調「通變」，但前提還是〈宗經〉所說「勵德樹聲，莫不師聖，而建言修辭，鮮克宗經」，〔註83〕要「還宗經誥」、「參古定法」，都是學古與宗經，離不開儒家的文學觀；到了劉熙載的「變古」，強調文學要「與時爲消息」，但礙於時代，仍未能突破傳統。當然，我們可以說中國二千年來處在以儒家思想爲主的社會中，故詩歌文學再變也不離儒家的審美範式，是理所當然的。同理，詩歌是要反映社會，而在清末到現在，意識形態既然大異於古，有另外的審美範式和詩學觀，不也是理所當然嗎？假使我們的創作或欣賞，是脫離了當下的生存處境，失去了「誠」，詩就可能會變成「假骨董」，如魯迅所說的「然呼吸不通於今，則取以供覽古之人，使摩挲詠嘆而外，更有何物及其子孫？」

如果認同應有另一種詩學觀和審美範式，那接下來就是「能不能」或「如何能」建立此範式的問題。「詩界革命」之所以被認爲未達理想，固然與詩人的創作方法還未臻成熟有關，而時人未能調整心理以接受新詩，亦是原因之一。「詩界革命」加入新名詞新事物，尚且難爲時人接受，而「摩羅詩學」所期盼的，是超越群眾理解的詩人和精神，要被時人接受，恐怕更舉步維艱，從這點來看，「摩羅詩學」注定是一套無法普及的詩學。另外，魯迅在文中推

〔註83〕南朝梁・劉勰著，范文瀾注，《文心雕龍注》，頁23。

許的外國詩歌，很多都是史詩、詩劇或是長篇的敘事詩，而這些都是中國文化和中國詩歌的弱項，形式與主題內容如何調和，以增強中國詩歌的表達能力，也是個大問題。

六、餘論

在晚清動盪的歲月中，湧現了不少大膽而具創造性的理論學說，有些學說影響至今，成為潮流，有些則如流星經天，在時代的夜空中爆發一閃光芒，便沉寂下來，〈摩羅詩力說〉正是其中之一。〈摩羅詩力說〉破舊立新的顛覆性和震撼性，理應備受矚目和爭議，此文發表距今已逾百年，可惜學界對此的闡論仍嫌不足。此文的重要性是超越時代的，因為它要處理的問題本就是超越時代，今日看來，這不止具有歷史的價值，也有現代的意義，我們仍然面對它提出的問題，並且未能解決。

〈摩羅詩力說〉針對的是儒家傳統詩學觀造成的國民性，妨礙社會進步，因而要加以批判改造。他批判改造的資源和根據，就是唯意志論和進化論，也是他理想中詩歌的精神特質和效用，即詩的體與用。本文指出「摩羅詩學」的體與用正好針砭著傳統詩學觀的「無邪」之體與「持人情性」之用。魯迅希望以「摩羅詩學」改造傳統詩學觀，從而使詩歌煥發「攖人之心」的能力，鼓舞國民積極進取的精神。從魯迅改造傳統詩學觀的意圖和方法中，本文進一步挖掘其背後的時代意義和詩學意義，從而對未來的詩歌發展作一點反思。

持平而論，「摩羅詩學」具有重要的詩學和社會意義，而且有大破大立的氣魄和創見，但其理論中實存有不少問題。第一，詩歌是建立在民族性格之上，即民族性格是因，詩歌是果；但魯迅要求引入新的詩學以改變民族性格，卻是倒果為因，削足適履。第二，他對傳統詩學體用的看法，過於極端和以偏概全，不但將平和性情的培養與治術作過於簡單的連結，也忽略了平和的美學、哲學價值，勢必犧牲含蓄、朦朧、委婉的詩美，中國詩歌就會失去自身特色。第三，如果傳統詩學觀對中正平和的過份強調是片面的話，「摩羅詩學」過份強調「剛健抗拒破壞敢於挑戰」的精神，又何嘗不是一種偏見？第四，人的心理以平和舒緩為常態，「摩羅詩學」雖然有助於鼓舞國民，但是人心否能一直維持在激昂競爭的繃緊狀態？如果不能，則「摩羅詩學」可能較適合於類似晚清的變動改革之世，而在和平之世，平和之美也許更符合人性。第五，「摩羅詩學」崇尚個人主義，要求詩人具備超越同時代人的精神特質，

詩人的精神既與讀者存在巨大差距，思想難以溝通，是否能喚起民眾？第六，「摩羅詩學」只著重體用的改造，但詩法該如何調整以配合新的體用，卻並無提及。第七，魯迅雖有理論，但其古典詩很少能達到他所要求的水平，連魯迅本人也寫不出，令人懷疑「摩羅詩學」實踐的可能。

　　無可否認，「摩羅詩學」並不完備，當中存在不少缺憾。以上的種種問題，如未能得到合理解決，則「摩羅詩學」無法取代傳統詩學觀。然而，魯迅已盡可能提出適應時代變革的詩學，「摩羅詩學」的重要性不在它能否解決問題，而在於它引申的問題，值得我們審思。學界對此文的研究，罕有反思其理論的可行性和潛在矛盾，如能以此爲楔子，當可更持平客觀地討論中國詩學的優缺點和未來的發展。

參考書目

傳統文獻

1. 國立編譯館編，《十三經注疏分段標點》，臺北：新文豐出版社，2001 年。
2. 先秦・莊周著，〔清〕郭慶藩輯，《莊子集釋》，臺北：漢京出版社，1983 年。
3. 魏・曹丕著，魏宏燦校注，《曹丕集校注》，合肥：安徽大學出版社，2009 年。
4. 南朝梁・劉勰著，范文瀾注，《文心雕龍注》，臺北：學海出版社，1991 年。
5. 宋・朱熹，《四書集註》，臺北：學海出版社，1988 年。
6. 清・李鴻章著，顧廷龍、戴逸主編，《李鴻章全集》，合肥：安徽教育出版社，2008 年。
7. 清・劉熙載，《藝概》，臺北：廣文書局，1980 年。
8. 清・黃遵憲著，錢仲聯箋注，《人境廬詩草箋注》，上海：上海古籍出版社，1981 年。
9. 清・嚴可均輯，《全上古三代秦漢三國六朝文》，北京：中華書局，1985 年。
10. 日本・安居香山、中村璋八編，《重修緯書集成》，東京：明德出版社，1978 年。

近代論著

1. 王汎森，《中國近代思想與學術的系譜》，臺北：聯經出版社，2003 年。
2. 王德威：〈從摩羅到諾貝爾——現代文學與公民論述〉，高嘉謙、鄭毓瑜主編：《從摩羅到諾貝爾：文學・經典・現代意識》，臺北：麥田出版，2015 年。

3. 朱自清，《詩言志辯》，長沙：湖南人民出版社，2010 年。

4. 李大釗著，裴贊芬編，《李大釗全集》，石家莊：河北教育出版社，1999 年。

5. 李澤厚，《華夏美學》，臺北：時報文化出版社，1989 年。

6. 汪衛東，《魯迅——現代轉型的精神維度》，臺北：威秀信息科技，2015 年。

7. 汪衛東，〈魯迅《摩羅詩力說》中「個人」觀念的辨析〉，《北京科技大學學報（社會科學版）》第 23 卷第 4 期（2007 年 12 月），頁 97～102。

8. 孟澤，《王國維魯迅詩學互訓》，北京：九州出版社，2007 年。

9. 林耀潾，《先秦儒家詩教研究》，臺北：花木蘭文化出版社，2008 年。

10. 梁啓超，《飲冰室詩話》，臺北：廣文書局，1982 年。

11. 梁啓超，《夏威夷遊記》，梁啓超著；張品興主編，《梁啓超全集》，北京：北京出版社，1999 年。

12. 孫伏園、許欽文等著，《魯迅先生二三事：前期弟子憶魯迅》，石家莊：河北教育出版社，2000 年。

13. 黃克武，〈何謂天演？嚴復「天演之學」的內涵與意義〉，《中央研究院近代史研究所集刊》，臺北：中央研究院近代史研究所，2014 年，第 85 期。

14. 黃開發，《文學之用－從啓蒙到革命》，臺北：秀威信息科技股份有限，2007 年。

15. 張堂錡，《黃遵憲及其詩研究》，臺北：文史哲出版社，1991 年。

16. 許壽裳著，倪墨炎、陳九英編，《許壽裳文集》，上海：百家出版社，2003 年。

17. 陳獨秀，《陳獨秀文章選編》，北京：三聯書店，1984 年。

18. 葉太平，《中國文學的精神世界》，臺北：正中書局，1993 年。

19. 葉舒憲，《詩經的文化闡釋——中國詩歌的發生研究》，武漢：湖北人民出版社，1994 年。

20. 彭維杰，《漢代詩教思想探微》，臺北：花木蘭文化出版社，2010 年。

21. 魯迅，《魯迅全集》，北京：人民文學出版社，2005 年。

22. 劉正忠，〈摩羅，志怪，民俗：魯迅詩學的非理性視域〉，《清華學報》，新竹：國立清華大學出版社，2009 年，第 39 卷第 3 期。

23. 劉健芬，〈「溫柔敦厚」與民族的審美特徵〉，《古代文學理論研究（第十三輯）》，上海：上海古籍出版社，1988 年。

24. 錢鍾書，《管錐編》，北京：生活・讀書・新知三聯書店，2007 年。

25. 顏崑陽，〈從〈詩大序〉論儒系詩學的「體用」觀－建構「中國詩用學」三論〉，收於《第四屆漢代文學與思想學術研討會論文集》，臺北：新文豐出版股份有限公司，2003 年。

26. 嚴復譯，馮君豪注譯，《天演論》，鄭州：中州古籍出版社，1998 年。

27. 日本・伊藤虎丸著，孫猛等譯，《魯迅、創造社與日本文學》，北京：北京大學出版社，1995 年。

28. 日本・北岡正子著，何乃英譯，《摩羅詩力説材源考》，北京：北京師範大學出版社，1983 年。

29. 德國・尼采著，王岳川編，周國平等譯，《尼采文集：查拉斯圖拉卷》，西寧：青海人民出版社，1995 年。

30. 美國・埃里克・斯坦哈特著，朱暉譯，《尼采》，北京：中華書局，2003 年。

31. 澳洲・張釗貽，《魯迅：中國「溫和」的尼采》，北京：北京大學出版社，2011 年。

（原刊《興大人文學報》第 57 期（2016 年 9 月））

啓蒙的危機或無法言語的主體：
《阿 Q 正傳》中敘事聲音的操縱和造反

謝　俊

（清華大學世界文學與文化研究院/中文系）

　　這篇對於《阿 Q 正傳》的重讀文章主要目的有兩個，第一我想重新思考這個作品中呈現的啓蒙問題。《阿 Q 正傳》剛出來時，周作人、茅盾等人就紛紛從啓蒙和國民性批判角度解釋這個作品，這種解釋是否是充分的？或進一步說，應該怎樣去理解《阿 Q 正傳》中的「啓蒙」？特別是在阿 Q 這樣的「下等人」的啓蒙的問題上，如果從章太炎的「自性」思想或尼采、施蒂納的權力意志出發去看待魯迅對「人各有己」的籲求，恐怕就會和晚清國民性話語（比如梁啓超《新民說》）和陳獨秀、周作人等人提倡的「啓迪蒙昧」的啓蒙主義有很大不同了。這個問題很複雜，本文主要不從思想史角度探討，而是將重心放在對《阿 Q 正傳》的文本敘事的探討上，這是這個解讀的第二個目的。我希望通過對小說敘事聲音的釐清來分析魯迅的啓蒙態度，這裡關鍵是澄清一個問題：即魯迅的啓蒙態度遠比國民性批判要複雜地多。我覺得傳統批評中對「精神勝利法」或否定性阿 Q 的過份強調有可能阻礙對這個敘事文本的美學效果做更精細的理解。

　　我想從本文的第二個、也是主要的目的談起，即我希望重新強調敘事分析對理解文本美學效果的重要性。本文要談這個小說中的敘事聲音的操縱和造反，這就首先得認識到這個小說在敘事上是不一致的。竹內好曾提出魯迅

的小說不連貫、不一致〔註1〕，單就指出《阿 Q 正傳》的敘事困難來說，這個意見是有啟發性的；事實上周作人也早發現，「著者本意似乎想把阿 Q 痛罵一頓，做到臨了卻覺得在未莊裏阿 Q 卻是唯一可愛的人物」〔註2〕。不過在我這裡「不一致」不是一個否定性的判斷，我將這種不一致看作一種美學機制或美學效果，這種美學效果是如何產生的？我想在本文中解答這個問題。

事實上我覺得我們很難離開形式去談小說的主題或思想，因為阿 Q 的故事是一個叫《阿 Q 正傳》的文本講述出來的故事，相比於客觀現實，它更接近於是一種言說的產物。我提出從這個角度重新去理解「小說」和「真實」。陳平原在《中國小說敘事模式的轉變》一書中曾談到林抒的一個很有意味的「小說真實」觀：

> 他如黃仲則之焦節婦吟，如「汝近前來妾不懼」云云，時夜靜
> 人眠，節婦見鬼，與鬼作語，且見骷髏，且見血衣，是誰在旁作證？
> 然詩情悲惻，人人傳頌，固未察其無是事理也。〔註3〕

如果一個小說作品能做到「詩情悲惻」，「事理」的不足也就不會被察覺，林紓由此為無法徹底貫徹的「第三人稱限制」視角辯護，這是有說服力的。憑藉著老道的經驗，林紓將文學的真實感看作美學和修辭的效果，從而擺脫了談現實主義的「真實」問題時很容易落入的「反映論」的窠臼：在讀文學的時候，讀者計較的不是真實而是真實感，如小說修辭得當、情感動人，敘事聲音就可信，「真實」也就這麼作為一種效果被創造出來了。可見「真實是文本的效果」這樣一個被西方（後）結構主義摯為旗幟的口號並非難以理解。事實上即便在日常交流中也有一個顯見的事實，即語言是不透明的，說話者有可能撒謊或至少說一些似是而非的話，但如他或她修辭得當，情感動人，談話對象就會信以為真。這個問題在小說中只能更複雜：「隱含的作者」到底

〔註1〕竹內好評價說「我認為，魯迅的小說寫得並不漂亮。」又說，「然而，這只是因為我認為對於作為文學者的魯迅來說，這不漂亮很重要。」在談到《阿 Q 正傳》的缺點時，竹內好認為「在構製的嚴密程度上不及〈風波〉。」在解釋為什麼他覺得魯迅不能寫小說時，他說「作者並沒有把自己投放到虛構當中」。見竹內好著、孫歌編，《近代的超克》（北京：三聯書店，2005），第 80、85、88 頁。

〔註2〕周作人還評論說：「他想撞到阿 Q，將注意力集中於他，卻反倒將他扶起了。這或者可以說是著者的失敗的地方。」（仲密（周作人），《阿 Q 正傳》，《晨報副刊》，1929 年 3 月 19 日）鄭振鐸類似的批評我在文章的最後一部分會詳細討論。

〔註3〕陳平原，《中國小說敘事模式的轉變》（上海：上海人民出版社，1988），第 86 頁。

怎麼向「隱含的讀者」講故事？在多數現實主義小說中，「隱含的作者」站在「敘事者」的位置上努力讓「隱含的讀者」去相信他。但有時卻不是，一些小說的敘事聲音很龐雜，「隱含的作者」可能發一些自相矛盾的聲音，先讓一個聲音去誤導和魅惑讀者，再設置另一個敘事聲音來揭露前一個，於是讓讀者震驚、困惑或移情。我把《阿Q正傳》也看作這樣一個複雜的敘事文本，它的美學效果因而是微妙而混雜的，這也導致小說在不同歷史語境中可能產生很不一致的讀者感受，恐怕也是「說不盡的阿Q」的原因。

一、「盲從《新青年》」的傳記作者

傳統藝人講評書，開場總要有幾句定場詩，作用是把聽眾吸引進和現實完全不同的故事世界。傳統小說的開頭也有這樣的作用，敘述人設法把讀者帶入故事，並往往給讀者安置一個穩妥的位置去看和聽。但《阿Q正傳》的開頭卻令人費解和不安：

> 我要給阿Q做正傳，已經不止一兩年了。但一面要做，一面又要回想，這足見我不是一個「立言」的人，因爲從來不朽之筆，須傳不朽之人，於是人以文傳，文以人傳——究竟誰靠誰傳，漸漸的不甚了然起來，而終于歸結到傳阿Q，彷彿思想裏有鬼似的。〔註4〕

「我要給阿Q做正傳」放在新文化運動的語境裏很容易被理解。張旭東〈中國現代主義起源的「名」「言」之辯：重讀《阿Q正傳》〉〔註5〕一文就是從語言和文化體系重建的角度來看待阿Q這個符號和傳統中國語言文化秩序的關聯的。如果未莊是象徵性的舊中國，阿Q就是其中最馴服卻又最不安分的要素：一個導致系統奔潰的病毒。這個文章雖然用了西方現代主義的分析方法，但關心的問題和《新青年》團體關心的問題並不遠。小說的序言部分確實可看作《新青年》團體的語言革命宣言：正因爲阿Q無法在舊中國的名言系統中表達自己，「傳阿Q」這樣的書寫行爲就是挑戰舊文化、舊倫理的造反行爲。所以「傳阿Q」和《新青年》團體做的其他工作——批判孔教，白話文改革，提倡平民文學——是一致的，儘管敘述者偶而會對《新青年》譏諷幾句，但他總體上是在「聽將令」，而雜誌讀者群也知道那不過是幾句「開心話」而已。

〔註4〕魯迅，《魯迅全集》（第1卷）（北京：人民文學出版社，2005），第512頁。
〔註5〕張旭東，〈中國現代主義起源的「名」「言」之辯：重讀《阿Q正傳》〉，《魯迅研究月刊》2009（1），第4～20頁。

　　可是白話真是口語嗎？給阿 Q 做傳的《阿 Q 正傳》是要傳（chuán）阿 Q 之聲還是要用白話取笑或痛罵阿 Q？這些問題應該是魯迅當時在考慮的。所以不能把《阿 Q 正傳》的寫作和新文化團體的啓蒙主義直接對接。在這開首一段文字裏我們看到「我」對給阿 Q 做傳的行爲是如此猶豫不安。爲什麼「一面要做，一面又要回想」？爲什麼會在立言的同時懷疑立言？這裡「人以文傳，文以人傳」又暗諷了什麼？爲什麼「思想裏有鬼似的」？

　　我將這種對「傳阿 Q」的猶豫或解構看作整個敘事展開的關鍵問題。實際上很多研究者都提到這個作品敘事上的古怪：它顯得有些「舊」，但又不是傳統敘事。魯迅在寫作這個作品之前已經嘗試了兩種敘事革新，一是強調本真自我的第一人稱主觀敘事（〈狂人日記〉、〈故鄉〉）；二是強調冷靜和批判距離的客觀情景敘事（〈風波〉、〈藥〉）。陳平原細緻描述了這兩種敘事方式如何在五四時期突進了小說形式上的革命〔註6〕。我在這裡想進一步說明的這些敘事視角引起的小說開端所錨定的座標和讀者進入故事的角度。在第一種情況下，讀者或者跟隨敘事者內心去探索他的內在世界，或者跟隨敘事者的眼光去觀察他人世界；在第二種情況下，讀者被提醒以一種剋制的態度去觀察人生劇場。但這兩種敘事視點都沒有解決如何突進一個不熟悉的他者的內在世界的問題。《阿 Q 正傳》的敘事聲音之所以如此猶豫可能和這樣一個敘事困難有關：「我」如何知道阿 Q 的內心？儘管初看之下這個敘事者和晚清「新小說」時期的「見聞錄」式的敘事者有些形似，但實際很不相同。新小說的「見聞錄」式的講述者往往過份自信，他不僅把故事講給讀者聽，還會插上幾句得意的議論。他還總要設法強調真實性，比如強調自己和主人公的親密關係或不時展示主人公的日記信件。但《阿 Q 正傳》裏情況恰相反，阿 Q 的隱含作者一直在強調阿 Q 的傳記敘述者的不可靠：他雖然要給阿 Q 做傳，卻對阿 Q 的姓名、籍貫一無所知，甚至連「形狀」也渺茫。這樣一個開場聲音頗像馬克‧吐溫的第一人稱敘事聲音，馬克‧吐溫總讓他的敘事者一開始就暴露自己在撒謊。〔註7〕魯迅的敘述者也做類似警告：我要講一個底層人阿 Q 的故事了，但要小心，我其實對他的形狀一無所知。所以一方面要傳阿 Q，一方面又暗示傳的不可能，這是文本一開始就給讀者帶來的不安。

〔註6〕陳平原，《中國小說敘事模式的轉變》第三章中的討論，第65～05 頁。

〔註7〕可見傑姆遜對馬克‧吐溫的第一人稱敘事視角的討論，見 Fredric Jameson, *The Antinomies of Realis*（London & New York: Verso, 2013）, 171～174。

　　魯迅對啓蒙知識分子的懷疑是個老題目，不需要做太多論述，僅略查索在「一面要做，一面又要回想」的一兩年裏魯迅的文字，我們就會發現魯迅思想中很多和啓蒙主義的牴牾之處。比如〈頭髮的故事〉、〈故鄉〉、〈端午節〉裏新式知識分子的形象都很可疑，而在〈一件小事〉裏：「我」和洋車夫遭遇了，卻被「榨出皮袍小藏著的『小』來」〔註8〕，類似的情緒也在 1922 年的〈無題〉中出現。〔註9〕這不是說魯迅這個時期有崇拜底層的民粹態度，魯迅對底層的批判依舊，但他也同時懷疑啓蒙知識分子的批判權力。相比於周作人在 1922 年 3 月 19 日《晨報副刊》上的對《阿Q正傳》淺白的啓蒙主義式地闡發，魯迅對知識分子的懷疑很明顯，「這一大把銅元又是什麼意思？獎他麼？我還能裁判車夫麼？我不能回答自己〔註10〕」。但這種「捫心自問」也非魯迅主動發出，此時的激進主義浪潮已把啓蒙權力的問題很坦率地提出來了。愛羅先珂對中國知智階級做出了批評〔註11〕，而當時北大激進青年的批評則更激烈。如瞿秋白在 1919 年 12 月 21 日在《新社會》上發表發表〈智識是贓物〉一文，朱謙之將其觀點轉述在發表在 1921 年 5 月 19 日《京報》副刊《青年之友》上的〈教育上的反智主義——與光濤先生論學書〉一文中，這就是魯迅提到的「報上有一位虛無哲學家說：智識是罪惡、贓物……」〔註12〕。魯迅在寫《阿Q正傳》的前兩月即 1921 年 10 月作〈智識即罪惡〉一文做了回應。這個回應非常複雜，由於篇幅所限不能展開這次爭論，但由此可以展示當時來自激進主義的批評，批評的核心就是知識者對民眾的知識霸權問題。

　　更嚴重的是，魯迅以尼采式的思考方式發覺到啓蒙知識分子和民眾之間的關係可能是仇視和對抗的。魯迅在 1921 年完成了〈察拉圖斯忒拉的序言〉和〈工人綏惠略夫〉的翻譯，這兩個作品中滲透的強烈的仇恨意識可能對魯迅的創作產生了影響。如果強悍個體之間的關係是尼采式的，那麼知識分子和民眾之間就不能想像成「人以文傳，文以人傳」的親密關係，這裡「無治

〔註8〕魯迅，《魯迅全集》（第1卷）第 482、481 頁。
〔註9〕魯迅，《魯迅全集》（第1卷）第 406 頁。
〔註10〕魯迅，《魯迅全集》（第1卷） 第 482 頁。
〔註11〕愛羅先珂關於知識階級及其革命的演講發在《晨報副刊》1922 年 3 月 6 日、7 日，魯迅在 1927 年〈關於知識階級〉的演講中還談到愛羅先珂對知識階級的批判，考慮到魯迅和愛羅先珂非常緊密的交往，而這段交往的時間恰和創作《阿Q正傳》的時間重合，愛羅先珂的影響不能不考慮。
〔註12〕魯迅，《魯迅全集》（第1卷）第 389 頁。

的個人主義」對人道主義提出了挑戰。在〈頭髮的故事〉裏，敘事人 N 先生就這樣描述自己怎麼對民眾「拼命地打了幾回」：

> 在這日暮途窮的時候，我的手裏才添出一支手杖來，拚命地打了幾回，他們漸漸的不罵了。只是走到沒有打過的生地方還是罵。〔註13〕

這樣「罵」和「打」的對抗性場景對新知識分子來說很不光彩，也會讓讀者不安，但情緒未必不真實，魯迅比較坦率地設計了這一個給啟蒙知識分子帶來很大麻煩的場景，而且又要在《阿Q正傳》裏以假洋鬼子和阿Q的方式再次渲染它，這裡涉及到啟蒙現代性或殖民現代性的關鍵問題。這是一個複雜的問題，也需要另著文探討，但有一個細節我想提請注意，即〈頭髮的故事〉裏還類比設置了日本博士（文明人）在南洋（南蠻地區）遊歷時對土著「大打特打」的情景。小說將半殖民地啟蒙知識分子對鄉民的仇恨暴力和殖民者（文明人）對土著（野蠻人）的仇恨暴力疊加在一起，這兩種暴力都是文明對野蠻的暴力，更重要的都和書寫權力有關。人類學家克利德福直到 1985 年才在他的名文〈部分的真理〉中談到人類學寫作中的權力和暴力問題：人類學家對「前文明」社群的民族志寫作不可能是含情脈脈的「人以文傳，文以人傳」，相反是一種對抗關係下的「有力的謊言」，必然持續捲入到權力和政治中去。〔註14〕中國的啟蒙主義者給民眾立傳的書寫行為不能和人類學家為帝國主義服務的民族志寫作做簡單對比，因為這裡滲入了無法擺脫的民族共同體的情感結構而更複雜，但是這種文明對野蠻的怨恨情緒和書寫暴力卻是一個真誠的寫作者無法迴避的問題。

所以我認為魯迅和當時啟蒙主義思潮的這些不和諧須要引起重視。我不想否認『隨感錄』魯迅是啟蒙主義者，但我堅持必須將他和小說家魯迅做區分。這樣我們對文本一開始的這個自我暴露、猶豫不安的敘述聲音才會更有體會。魯迅在寫作中面臨了一個實際困難：當他試圖『正傳』一個他不熟悉的異階級個體時——特別是這個書寫還不只是描繪輪廓或講述行跡，而是要深入其內心的時候，魯迅已經突進到新文化運動最困難的邊界了。如果阿Q從來沒有在傳統的文化和語言系統中顯影，那麼阿Q的新的傳記作者又會怎

〔註13〕魯迅，《魯迅全集》（第 1 卷），第 486 頁。
〔註14〕詹姆斯‧克利福德、喬治‧E‧馬庫斯編《寫文化——民族志的詩學與政治學》（北京：商務印書館，2006），第 38 頁。

樣去命名他自己並不熟悉的阿 Q 呢？在小說裏敘事人半開玩笑地講了傳記作者的兩個途徑：一、問茂才公；二、盲從《新青年》。

> 生怕注音字母還未通行，只好用了「洋字」，照英國流行的拼法
> 寫他爲阿 Quei，略作阿 Q。這近於盲從《新青年》，自己也很抱歉，
> 但茂才公尚且不知，我還有什麼好辦法呢？〔註15〕

「茂才公」不知是士紳階層對流民無產者的無視，所以只好盲從《新青年》，「盲從《新青年》」的不僅是拼音注音問題，按照周作人的說法，取名成阿 Q 是因爲「那 Q 字上邊的小辮好玩」。〔註16〕這個「Q」字如果在印刷的時候把尾巴拖長就像一個清朝人的辮子，通過這樣一個字符形象，讀者會很快會聯想到「阿 Q 像」，或關於『中國國民性』的老套敘事。阿 Q 的傳記作者是通過這樣一種來自西洋啓蒙主義視角的關於阿 Q 的話語描繪阿 Q 的，他無需做什麼努力就可以提供一系列滑稽的阿 Q 像，因爲從梁啓超、孫中山、到《新青年》這一種國民性話語已經被反覆渲染，早已成了啓蒙文化圈的共識。可是阿 Q 相是阿 Q 的嗎？我們知道劉禾在《國民性理論質疑》〔註17〕一文中首先談這個問題，並指出國民性話語和傳教士阿瑟・史密斯的人類學描述的關聯，而在劉禾思考的一個重要來源、印度籍後殖民主義理論家斯皮瓦克的〈庶民能說話嗎？〉〔註18〕中，亞洲的「殖民現代性」問題以一種極端的方式被概括：英國殖民者及印度現代知識分子建立了近代啓蒙話語，但這套話語不過是講述了「白色男人把棕色女人從棕色男人那裏解救出來」的故事，結果是印度的庶民和女人不僅在舊的語言文化體系中無法發聲，且在新的語言文化體系中依然無法發生。他們是無法言語的主體。

斯皮瓦克所批評的印度現代問題不能簡單嫁接到對中國現代啓蒙知識分子的批評上，然而作爲一種批判性話語，它確實提醒我們在閱讀《阿 Q 正傳》時去做仔細區分，即那些被投射在阿 Q 身上的「阿 Q 相」和眞正阿 Q 的發聲情境是不同的。事實上《阿 Q 正傳》的魅力正在於努力讓無法言語的主體發出聲音來。在敘事過程中，舊士紳或新知識分子總是在試圖操縱阿 Q 的聲音，

〔註15〕魯迅，《魯迅全集》（第 1 卷）， 第 514 頁。

〔註16〕周作人，《魯迅小說中的人物》（石家莊：河北教育出版社，2002），第 85 頁。

〔註17〕劉禾，《跨語際實踐》（北京：三聯書店，2002），第 75～108 頁。

〔註18〕見 Gayatri Chakravorty Spivak，「Can the Subaltern Speak?」收入 Cary Nelson, Lawrence Grossberge ed. *Marxism and the Interpretation of Culture*（Urbana and Chicago: University of Illinois Press, 1988）, 271～315。

但魯迅對舊文化系統和新文化系統都有著警惕，從而他的敘事中明顯夾雜著造反的聲音，這種敘事的複雜性是我下文要探索的。

二、敘事的聲音：操縱和造反

我接下來的工作是從敘事聲音的角度來重讀這個文本餘下的部分，我發現這個文本中的敘事聲音非常複雜，敘事聲音的複雜，除了由於魯迅複雜的思想狀況外，期刊上連載這個生產過程也是原因。不過更有形式技術上的原因，劉禾談《阿Q正傳》的敘事時提到巴赫金從果戈理的小說中讀出的「戲擬風格」，即敘事人作為公眾意見來發言，以達到和人物的聲音眾生喧嘩的效果。〔註19〕這提醒我們注意魯迅所受到的文學寫作的影響其實和自然主義一脈更接近，比如《阿Q正傳》顯然學習了這一種反諷性的『戲擬風格』，不過讀者還應注意細分兩種不同的戲擬：

> （一）又有些勝利者，當克服一切之後，看見死的死了，降的降了，「臣誠惶誠恐死罪死罪」，他於是沒有了敵人，沒有了對手，沒有了朋友，只有自己在上，一個，孤另另，淒涼，寂寞，便反而感到了勝利的悲哀。然而我們的阿Q卻沒有這樣乏，他是永遠得意的：這或者也是中國精神文明冠於全球的一個證據了。
>
> 看哪，他飄飄然的似乎要飛去了！〔註20〕
>
> （二）中國的男人，本來大半都可以做聖賢，可惜全被女人毀掉了。商是妲己鬧亡的；周是褒姒弄壞的；秦……雖然史無明文，我們也假定他因為女人，大約未必十分錯；而董卓可是的確給貂蟬害死了。
>
> 阿Q本來也是正人，我們雖然不知道他曾蒙什麼明師指授過，但他對於「男女之大防」卻歷來非常嚴；也很有排斥異端——如小尼姑及假洋鬼子之類——的正氣。〔註21〕

這兩段中敘事聲音都表現出強烈的自詡以權威的敘事姿態，先發表一番議論，然和再評價阿Q云云，這讓我們想到晚清民初的『新小說』中的敘事聲音。這樣的干涉性作者在五四時期容易引起反感，因為他對讀者不民主，他不給讀者自己理解對象的權力，而當更年輕的一代已經無法認同老一代晚清

〔註19〕劉禾，《跨語際實踐》，第98頁。
〔註20〕魯迅，《魯迅全集》（第1卷），第523～524頁。文中粗體與斜體部分為引用者所加。
〔註21〕魯迅，《魯迅全集》（第1卷），第525頁。文中粗體與斜體部分為引用者所加。

啓蒙敘事者的政治及美學觀點的時候，對這種敘事干涉的反抗就會很強烈，劉半農在《新青年》三卷一期的通信裏對《老殘遊記》的抱怨就屬這個情況。不過，魯迅在這裡對這些評論的利用顯然不同於「新小說」裏的評論者，這些敘事聲音自身被以一種反諷的方式表達出來。例二中的敘事聲音反映出舊鄉紳的道德觀，仔細來看的話新文化讀者會識別出這裡隱含的作者對敘事人的腐朽的男女觀的暗諷。然而例一中敘述人透露出現代個性，對這個聲音的暗諷就要弱很多。可是「看哪」這個詞是在故意暴露敘事人在敘事時高高在上的姿態，也就透露出了諷刺。再加上小說中這兩種敘事聲音交替，讀者在閱讀時往往不能及時區分，所以只會隱約地對個混雜的敘事聲音感到些不滿。但值得玩味的是，讀者在其他時候又會認同這個不可靠的敘事者的判斷，特別是不影響讀者去接受這兩個聲音提供的阿Q相。雖然這兩個敘事聲音對阿Q的操縱是如此專斷——阿Q的一舉一動都是被它白描出來的，阿Q的精神勝利法也是由它來介紹的，讀者對這種敘事者對對象的專制卻往往不能反思。「阿Q永遠是得意的」，「阿Q很有排斥正端的正義」，顯然阿Q自己的聲音在這樣的判斷裏是被壓制的，但大多數五四讀者並沒有發生眞實感上的疑問，他們似乎認同這樣的判斷。比如說我們看下面這個非常典型的例子：

> （三）他擎起右手，用力的在自己臉上連打了兩個嘴巴，熱刺刺的有些痛；打完之後，便心平氣和起來，*似乎打的是自己，被打的是別一個自己，不久也就彷彿是自己打了別個一般*，——雖然還有些熱刺刺，——心滿意足的得勝的躺下了。〔註22〕

在這個場景中，敘述人和讀者站在遠處觀看阿Q上演滑稽劇。然而如果嚴格按照第三人稱限制視點的思路去察看事理上的矛盾，這個描述是否可信就存在問題。敘事者或讀者固然可以看到阿Q的動作，甚至可以從他的神態中看出「心平氣和」或「心滿意足」，可是「打的是自己，被打的是別一個自己」這樣的心理狀態又是如何能被敘述者和讀者知曉的呢？

這般貶損性地描寫農民，一些激進而性急的讀者顯然不以爲然，錢杏邨指責其「俏皮刻薄」〔註23〕，仲回批評爲「隔岸觀火」〔註24〕，而成仿吾則

〔註22〕魯迅，《魯迅全集》（第1卷），第519頁。文中粗體與斜體的部分爲引用者所加。

〔註23〕錢杏邨，〈死去了的阿Q時代〉，《太陽月刊》三月號（1928年3月1日）。

〔註24〕仲回，〈魯迅的《吶喊》與成仿吾的《〈吶喊〉的評論》〉，《商報》1924年3月24日。

直指魯迅創作上「自然主義」，即把底層群眾的一些醜陋表象作爲病症來診斷，卻不去理解他們的環境並深入他們內心。〔註 25〕這種批評若針對的是那個戲擬的、作爲公眾意見發言人的敘事者，甚或是針對《阿 Q 正傳》的啓蒙主義式的闡釋者，是有道理的。但小說家魯迅顯然要謹慎得多，比如他在這個小說的敘事裏頻頻運用「似乎」、「彷彿」這樣的詞，來提示敘事聲音對對象心理狀況的不確定。〔註 26〕而這樣的意思，魯迅在〈俄文譯本《阿 Q 正傳》序及著者自敘傳略〉中說得更加清楚，

「總彷彿覺得我們人人之間各有一道高牆」，「但時時自憾有些隔膜」，「我也只是依了自己的覺察，孤寂地姑且將這些寫出」〔註27〕。魯迅在 1925 年的時候這麼自陳，恐怕是針對他非常在意的成仿吾的批評的一個辯解，但我以爲魯迅在寫作的時候已經考慮到和那個任意嘲諷阿 Q 的敘述人保持距離了，這也就是和「國民性話語」保持了距離。

不過這裡在美學上頗有曖昧之處，因「似乎」、「彷彿」這些詞有一種模棱兩可的效果：它們既可以提示敘事聲音對對象的不確定（不知道阿 Q 的內心），也可以貶損地暗示敘事對象自身的遲鈍麻木（阿 Q 沒有內心）。顯然《阿 Q 正傳》一開始的多數讀者接受了阿 Q 遲鈍麻木的暗示。當時國民性話語的籠罩性影響以及當時社會固有的上等人對下等人的刻板偏見造就了讀者潛意識的接受意願——「農民（或中國國民性）本來就是這樣的！」，既然讀者早就信以爲眞，也就「未察其無是事理也」。

然而這種意識形態也是「寫實小說」這個形式自身所帶有的問題，成仿吾將問題歸結到「自然主義」是頗有見地的。如我們把問題引到小說形式技術上去，《新青年》推崇的平民文學寫作方式確和自然主義潮流關聯。這個問題不可能詳細展開，我只想提一下自然主義的書寫民眾的籲求和對「下等人」的成見之間的緊張關係。胡適在《新青年》二卷五期中談到他對蓋爾哈特・霍普特曼的自然主義戲劇《織工》的感受，在闡述了這個戲劇只突出群像和事件不突出人物性格和心理後，他解釋道：「蓋此劇所寫一

〔註 25〕 成仿吾，〈《吶喊》的評論〉，《創造》第二卷第二期（1924 年 1 月）。

〔註 26〕 在日語中有樣態類動詞そだ，よだ，表達對對象的心理活動的不確定性，現代漢語中沒有這樣明確的區分，但魯迅在描述阿 Q 心理狀態中頻繁地使用『彷彿』、『似乎』這類詞，是否受到了日語語法的影響？這值得做更細緻的研究。

〔註 27〕 魯迅，《魯迅全集》（第 7 卷），第 83、84 頁。

般愚貧之工人、其識不足以知其所欲何事。其言尤不足以自白其所志在。」〔註 28〕胡適在這裡眞誠地表達了對織工苦難的同情，但也坦率地表達了對下層人的蔑視，而這樣一種蔑視放在歐陸自然主義作家左拉、龔古爾兄弟身上也是很自然的。陳獨秀在《新青年》一卷三期的〈現代歐洲文藝史談〉一文中著重強調自然主義對「世事人情誠實描寫」的重要性，特別指出左拉「於世間猥褻之心意，不德之行爲，誠實臚列」〔註 29〕。陳嘏在《新青年》二卷六期翻譯了龔古爾兄弟的《基爾米亞》序，該序一方面希望「下等社會之人」能在小說上伸張籲求，一方面又將這些聲音武斷地界定爲「無價值之階級甚卑猥之不幸」，希望讀者能像爲「上流人傷心墮淚一樣」爲下等人慟哭。〔註 30〕就自然主義所提倡的全面對底層社會惡習的科學研究，傑姆遜提出這恰體現了十九世紀後期整個歐洲市民階級對下降爲下層階級的擔憂，以及對革命和底層社會的惡力量的恐懼〔註 31〕。左拉及自然主義的意識形態和中國五四作家對下等人的意識形態是不同的，但由於中國自身的等級結構也準備了偏見的土壤，一些意識形態要素確實獲得了傳播，只不過衍生出新的複雜情況。比如由於魯迅對「傳阿 Q」的寫作權力高度警惕，他在《阿 Q 正傳》的敘事中就充滿著對這種「自然」寫作的暴露和解構，他在書寫阿 Q 的心理深度上的努力也比一大批翻譯過來的自然主義作品要更進一步。

這個進步性表現在魯迅在讓一個操縱的敘事聲音重複阿 Q 相的意識形態神話的同時，也讓另一個敘事聲音在相反方向上去造這個專制敘事人的反。這個敘事控制和反抗敘事控制的戲劇從小說第四章開始明顯爆發了，在小說後半段當阿 Q 面臨自己的情慾、仇恨和死亡時，整個文本的敘事聲音發生很大變化。作爲一個端倪，我們則可以在下面這個段落裏看出：

> （四）阿 Q 的耳朵裏又聽到這句話。他想：不錯，應該有一個女人，斷子絕孫便沒有人供一碗飯，……應該有一個女人。夫「不孝有三無後爲大」，而「若敖之鬼餒而」，也是一件人生的大哀，所

〔註 28〕胡適，〈藏暉室札記〉，《新青年》第二卷第五期（1917 年 1 月 1 日）。

〔註 29〕陳獨秀，〈現代歐洲文藝史談〉，《新青年》一 卷三期（1915 年 11 月 15 日）。

〔註 30〕龔古爾著，陳嘏譯，〈基爾米亞《序》〉，《新青年》二卷六期（1917 年 2 月 1 日）。

〔註 31〕傑姆遜關於自然主義的討論很多，可見 Fredric Jameson, *The Antinomies of Realism,* 一書 Part One，第 III，VII，VIII 章。

> 以他那思想，其實是樣樣合於聖經賢傳的，只可惜後來有些「不能
> 收其放心」了。〔註32〕

這裡粗體和斜體是我加上的，爲了強調這個敘述段落中不和諧的聲音。按照
這裡的敘述，黑體字部分是阿 Q 所想，斜體字部分是敘事聲音的轉述──一
個被故意暴露出來的舊鄉紳聲音的轉述。我們先來看看阿 Q「自己的」想法：
「斷子絕孫」來自於小尼姑的咒罵，往上溯則是一次色情的性挑逗行爲，色
欲衝動轉化成美妙的身體感受「滑膩」，在咒罵中轉碼爲生存焦慮，而最後歸
結爲極簡的本能表達：「應該有一個女人」。然而「要女人」這樣一個底層農
民的樸素思想在文本的語言編織中碰到進入意義體系的困難，它先是必須在
「不孝有三無後爲大」、「若敖之鬼餒而」這些阿 Q 不能懂的「古訓所築成的
高牆」裏獲得收編和評判，同時又受到「戀愛的悲劇」這樣新的語碼的收編
和評判，才能最後被呈現在這個文本中。可是阿 Q 的情緒、欲求和「迷信」
非得符合新的或舊的聖經賢傳嗎？或者反過來問被聖經賢傳轉述的阿 Q 的精
神世界依然是阿 Q 的嗎？當魯迅將這些自相衝突的敘事聲音以反諷的方式堆
積在一起的時候，實際上已經在催生這些反問，而這在他自己解釋《阿 Q 正
傳》的時候說得很清楚：

> 我們的古人又造出了一種難到可怕的一塊一塊的文字；但我還
> 並不十分怨恨，因爲我覺得他們倒並不是故意的。然而，許多人卻
> 不能藉此說話了，加以古訓所築成的高牆，更使他們連想也不敢想。
> 現在我們所能聽到的不過是幾個聖人之徒的意見和道理，爲了他們
> 自己；至於百姓，卻就默默的生長，萎黃，枯死了，像壓在大石底
> 下的草一樣，已經有四千年！〔註33〕

例四正顯示了「古訓所築成的高牆」，如何「使他們連想也不敢想」，可是這
一次阿 Q「不能收其放心」了！魯迅在這一章裏以一種極爲艱難的敘事方式試
圖去表現阿 Q 自己的聲音。儘管《阿 Q 正傳》是白話小說，基本上不用古訓，
但是生活在方言世界中的那個阿 Q 和白話文敘事者（新的傳阿 Q 者）之間的
距離依然非常遠，所以農人的聲音還是只能被以極簡的方式呈現出來：「女人」
或者「……」或者「困覺」這個方言詞。這個時候與其說是魯迅企圖讓阿 Q
的內心象胡適上文希望的那樣被讀者聽到，不如說是在用一種美學技術呈現

〔註32〕 魯迅，《魯迅全集》（第 1 卷），第 524 頁。文中粗體與斜體的部分爲引用者所加。
〔註33〕 魯迅，《魯迅全集》（第 7 卷），第 84 頁。

阿Q的聲音被轉錄、被表達的困難，以及小說敘事者與阿Q內心的距離。阿Q在想吳媽的時候，敘事聲音不斷被阿Q的思緒打斷：「女人」或者「……」。讀者即便依然不能理解阿Q的情感世界，但讀者能體會到停留在阿Q指尖上的『滑膩』，更能體會在竈間暗騰騰的燈光裏阿Q的強烈欲望。以至於敘事的連貫性終於在一個瞬間被懸置了，我們看到在美學上這樣一個空白：

（五）「我和你困覺，我和你困覺！」阿Q忽然搶上去，對伊跪下了。

一刹時中很寂然。〔註34〕

在這個一刹時的寂然裏，讀者恐怕會更理解阿Q的眞情慾而不再去相信敘述人的假轉述了。阿Q的這個行徑，秀才和地保都明確判定爲「造反」，並給予極嚴厲的懲罰。但這並沒有冤枉阿Q，至少在敘事上，阿Q及內心因爲「困覺」這樣的方言詞和他突如其來的「野蠻」舉動讓讀者感到震驚，而讀者心裏也許忽然有了一種悸動。我覺得魯迅這種敘事造反的設計和他更激進的啓蒙觀有密切關聯。魯迅早年在〈破惡聲論〉裏談到，「顧民生多艱，是性日薄，洎夫今，乃僅能見諸古人之記錄，與氣稟未失之農人〔註35〕」。氣稟未失之農人當然有他的本能和愛欲，問題在於這種「純心」如何進入語言文化體系不受污染？這時期魯迅受到章太炎語言文字思想的影響，章太炎曾樂觀地相信方言可以一方面連結農人的生活世界一方面又開掘更古更具活力的中國文化整體，王風準確地歸結爲「禮失而求諸野」的理想〔註36〕。不過到了新文化運動時期，魯迅肯定不會讚同章太炎在〈新方言〉中的烏托邦主義，以爲靠著對文字的索引考據就眞能既實現「統一名言」又實現「言文合一」了。然而當魯迅用一個含義不明的方言詞去記載阿Q自己的生活和情慾世界並藉此抵抗新舊敘事聲音對這個個體世界的意義的操縱和剝奪的時候，卻似還遵循著章太炎激進的方言思想以及「以不齊爲齊」的反啓蒙的啓蒙觀：「然志存兼併者，外辭蠶食之名，而方寄言高義，若云使彼野人，獲與文化，斯則文野不齊之間，爲桀跖之嚆矢明矣」。〔註37〕一種啓蒙主義的啓蒙觀要用文明化去

〔註34〕 魯迅，《魯迅全集》（第1卷），第526頁。文中粗體與斜體的部分爲引用者所加。
〔註35〕 魯迅，《魯迅全集》（第8卷），第30頁。
〔註36〕 見王風著，〈章太炎語言文字論說體系中的歷史民族〉，收入《世運推移與文章興替——中國近代文學論集》（北京：北京大學出版社，2015）。
〔註37〕 章太炎，〈《齊物論》釋〉，《章太炎全集》（第6卷）（上海：上海人民出版社，1986），第39頁。

野蠻，改造國民性；另一種章氏的啓蒙觀則強調萬物自性的個體之眞，因而將一概抹殺民俗迷信世界的啓蒙視爲「桀跖之嚆矢」。在小說裏，「困覺」的含義即不同於地保口中的「調戲」也不同於標題上顯示的「戀愛」，他是屬於阿Q自己的意義世界的。由於敘事人和敘事對象的隔膜的存在，魯迅不能替阿Q們去講話，但是他成功地用他的敘事手段讓讀者感受到阿Q的內在聲音，讓讀者「看到」了這些無法言語的聲音以及阿Q內心的強度。

這種美學上的造反和魯迅在這個小說中進行的形式探索密切相關，爲了更具體地談談魯迅的這種造反在敘事上是如何發生的，有必要在句子層面談一種獨特的修辭方式，即在西方自然主義作家那裏廣泛出現的一個敘事機制——自由間接引語。讓我們先看下面兩組例子：

第一組

（六）阿Q站了一刻，心裏想，「我總算被兒子打了，現在的世界眞不像樣……」〔註38〕

（七）趙太爺錢太爺大受居民的尊敬，除有錢之外，就因爲都是文童的爹爹，而阿Q在精神上獨不表格外的崇奉，他想：我的兒子會闊得多啦！〔註39〕

第二組

（八）很白很亮的一堆洋錢！而且是他的——現在不見了！說是算被兒子拿去了罷，總還是忽忽不樂；說自己是蟲豸罷，也還是忽忽不樂：他這回才有些感到失敗的苦痛了。〔註40〕

例六和例七分別是直接引語和有固定提示詞（「他想」）的間接引語。表面上看這種敘事方式很清晰地區分了哪些是敘事人的敘事，哪些是人物的心理活動。但是如果按照我以上關於「敘事操縱」的分析，我們有理由提出這些疑問：讀者如何能相信引號內或「他想：」後部分確是阿Q所想，而不是敘事人的謊稱？敘事人既然和阿Q很不熟，他又如何知道阿Q內心想法？「被兒子打了」這種「精神勝利法」的典型描述，難道不是對阿Q眞實想法的壓制和操縱嗎？人物的心理獨白是無聲的，如果一個小說文本能「自然」地讓人

〔註38〕魯迅，《魯迅全集》（第1卷），第517頁。

〔註39〕魯迅，《魯迅全集》（第1卷），第516頁。

〔註40〕魯迅，《魯迅全集》（第1卷），第519頁。文中粗體與斜體的部分爲引用者所加。

物（敘事人以外）的心理獨白以直接引語或放在固定提示語後呈現出來，那麼一定是假定了一個有「讀心術」的、高於被敘事人物的權威敘事人。當傳統敘事人作爲共同體的講史者講故事或神意的傳達者講聖徒神跡時，這種權威敘事地位是被讀者核准了的。而在巴爾扎克那裏，當作者、敘事人和讀者群分享著一個共通的特定階層的人性想像以及他們對附屬階級（女人、傭人、東方人）的特權時，敘事人大段的對同一階層人物的心理描述以及偶而觸及的附屬階級的心理刻畫也是被讀者默許了的。然而到了十九世紀末，在西方經典現實主義敘事所假定的敘事者的權威和客觀性認定被普遍懷疑了。這和現實主義在 19 世紀後期成爲保守的道德話語及現存制度的維護者所引起的不滿有關，比如在狄更斯的小說中，窮人家的女孩子總是溫順體貼，被譽爲『廚房天使』，可事實她們的內心眞是如此嗎？當自然主義開始將描寫對象向女性和社會底層拓展時，這樣的問題便不能不被提出來，而新的敘事方式也就成爲了需要。

所以回過頭來看例八，這個段落講述精神勝利法的失效，這意味著，敘事人一直宣稱的阿 Q 的麻木健忘在這個敘事斷論中顯得不管用，讀者感受到阿 Q 對錢財的被掠奪是有著一種深刻的苦痛的，這種苦痛是被「很白很亮的一堆洋錢！而且是他的──現在不見了！」這樣一種可被稱作爲「自由間接引語」的敘事方式表達出來的，而且我認爲正是魯迅大量運用這樣一種新的敘事方式，一種完全不同的敘事聲音才開始侵入讀者對阿 Q 的刻板認識。

「自由間接引語」首先是由一些法國文學批評家在討論福樓拜的小說時發展起來的敘事學概念，用一個在西方敘事概念來討論現代漢語初創時期的小說文本，是否有用西方理論來剪裁中國語料之嫌呢？有這樣的質疑是合法的，實際上儘管我以爲在《阿 Q 正傳》的敘事中充滿各種變化了的「自由間接引語」，但要嚴格按照西語語法規則來尋找就很難找到典型的表達形式了。但我認爲討論這個敘事體制對我們理解魯迅的小說很有幫助而且是有歷史依據的。首先，我們大致應承認魯迅的白話小說受到歐洲現代小說的強烈影響，但是關於受到怎樣的語言形式的影響的細緻討論卻不多，粗略地看，果戈理和安得列夫這樣較接受自然主義和現代主義影響的俄國作家對魯迅的影響要大一些，當然仔細展開並不在這篇文章的能力之內。對我來說，一個更相關的理由是魯迅和法國自然主義作家類似，也遇到了表達下等人內心（「傳阿 Q」）的困境，這個困境使得敘事者的敘事語言和小說主人公的心理語言之間的緊

張和縫隙加大了，於是代言就變得可疑起來，而魯迅對這個可疑的敘事人是有深刻反省的。所以一旦「阿 Q 真的這樣想嗎？」這樣的問題被提出，一旦作者們意識到敘事聲音和人物內在聲音之間的關係並非透明，在表達人物的內心時，「自由間接引語」或類似的語法就會自然地被頻繁地運用了。

「自由間接引語」的美學效果非常複雜，在每一個作家那裏都各有特點和效果，不過最共通的一點就是通過混淆敘事語言和人物心理的界限來強調兩者的張力，從而來說明敘事語言和人物語言之間是有鬥爭、不和諧（或反諷的）。比如「很白很亮的一堆洋錢！而且是他的——現在不見了！」這樣的表達，這雖然是敘事人的語言，但這和「說是算被兒子拿去了罷，總還是忽忽不樂」這樣的敘事語言不同。前者更像是被喬裝打扮的人物獨白語言。之所以要「喬裝打扮」是因為人物的聲音一旦被提示為是人物語言的時候，讀者就預先做了提防了，讀者看到引號就會想到這是人物的個性語言。現在通過取消「引號」，取消「想」、「覺得」這些明顯標識詞，保留第三人稱「他」等手段，人物的聲音被混在了敘事聲音裏，這樣一來讀者就不會因是阿 Q 的可笑語言而事先心存抵制；但同時「自由間接引語」又故意用一些獨特的語言符號提示出這恰是人物自己的語言，比如這裡的感歎號和破折號表現出的激烈的人物心理波動，而這種心理波動顯然不可能是敘事人的。因為讀者的視點總是跟隨者敘事人，所以讀者在此時不知不覺地接受敘述者的聲音的時候也就不知不覺和阿 Q 更直接的心理有了接觸，現在不再是隔著引號去看阿 Q 的內心而是感同身受了。這樣一來，一些本來不可能進入敘事語言的人物心理通過偽裝潛入了敘事語言，當這些人物一下子蹦跳出來自己說話，產生獨特「當下感」和與人物面面接觸的親密感時，原來的外在的敘事聲音就被作為一種操縱的語言暴露和擱置起來。這時候讀者會無意識地產生這樣的想法：一個對「亮」和「白」的洋錢產生如此激烈的欲求和心理波動的阿 Q 真的會是一個麻木愚鈍的阿 Q 嗎？

我們可以再看如下兩個例子：

> （九）他是跑了六十多步，這才慢慢的走，於是心裏便湧起了憂愁：洋先生不准他革命，他再沒有別的路；從此決不能望有白盔白甲的人來叫他，他所有的抱負，志向，希望，前程，全被一筆勾銷了。〔註41〕

〔註41〕魯迅，《魯迅全集》（第 1 卷），第 545 頁。文中粗體與斜體的部分為引用者所加。

（十）他惘惘的向左右看，全跟著馬蟻似的人，而在無意中，
卻在路旁的人叢中發見了一個吳媽。**很久違，伊原來在城裏做工了。**
〔註42〕

在例九前面段落的敘事聲音是一個蔑視阿Q的革命的聲音，這個聲音將他的造反看作低級復仇和意淫幻想，這種「造反」因爲不符合一種「眞正」的革命被「眞正」的革命者鄙視，讀者本來也是這樣嘲笑阿Q的造反的。可是在這個敘事段落中，敘事聲音誘騙著讀者不知不覺地跟隨阿Q心中的憂愁，讓讀者理解到阿Q造反的激情對他這個個體來說是眞實且宏大的，這是他的「抱負、志向、希望、前程」，對他個人生命有決定性意義。於是讀者開始對「一筆勾銷」他的洋先生產生痛恨，可是之前的敘事者（讀者）不是一直都在「一筆勾銷」阿Q的造反嗎（「阿Q不配做革命黨」）？在例十中，前面的敘述人一直暗示說阿Q臨死依然麻木無知，對吳媽的衝動絕不能稱爲「戀愛」，可是這裡卻呈現了一個現代主義的敘事調子，外在世界對阿Q沒有意義，在這裡並不表示阿Q沒有認識外在世界的能力，這恰是因爲阿Q對此漠不關心，阿Q像一個存在主義式的現代個人一樣用自己的目光尋覓生命最後所留戀的東西，這時「原來」這個聲音的凸顯讓讀者認識到了這是阿Q的個體意願，而不再是敘事人在尋找，一下子讀者被引入了鮮活的經驗記憶，逼眞地感受到了阿Q心中的溫情脈脈的部分。

這些例子是較典型的，但實際上阿Q無聲的內心表達對敘事操縱的反抗以游擊戰的方式彌漫在整個小說的後半部分，特別是在阿Q面臨情慾、仇恨和死亡的關鍵時刻。我認爲對這個聲音的有意設計和魯迅關心的語言、敘述和權力問題是相通的，「加以古訓所築成的高牆，更使他們連想也不敢想」，所以要聽到他們的心裏話，就首先要拆解這些語言的高牆。然而正如美國文論家安・巴菲爾德所認爲的〔註43〕，話一旦說出來就會進入被操縱的「言」的系統，在由權力控制的符號裏被轉述和被聽到，但生活中恰有很多說不出來的句子（斯皮瓦克的「庶民能說話嗎？」），這些無聲的言語只能在特定的敘事裝置下被感覺到。比如福樓拜筆下包法利夫人的不倫不潔的愛欲和情

〔註42〕 魯迅，《魯迅全集》（第1卷），第551頁。文中粗體與斜體的部分爲引用者所加。
〔註43〕 見 Ann Banfield, "Narration and Representation in the Language of Fiction"in Michael Mckeon ed. *Theory of the Novel*,（Baltimore and London: The Johns Hopkins University Press, 2000） 493～514。

緒，福樓拜的敘事卻不僅讓這些愛欲和情緒被讀者感覺到，而且讓讀者受到震動，於此新的美學就顛覆了舊的表意系統。這就和我在這裡討論的魯迅「傳阿Q」的美學效果頗為相關。不管是通過方言詞還是通過「自由間接引語」，造反的敘事聲音以潛移默化的方式滲入到被操縱聲音裡：讀者一方面受制於「阿Q相」，一方面卻又感受到阿Q身上被壓制的真情和生命。汪暉在〈阿Q生命中的六個瞬間〉關注到了這些瞬間的反抗力量，認為魯迅在這裡提倡向本能的「向下超越」，而這些造反的聲音所顯示的「精神勝利法」屢屢失效的時刻，正是「氣稟未失」的阿Q屢屢發出反抗性的直覺、欲望和本能的時刻。〔註44〕

　　從全文看，我認為第四章開始全面發動的敘事造反行為是最關鍵的，這讓敘事在對阿Q的心理突進上邁出了關鍵一步，為後來阿Q在革命中的復仇意識的爆發和在死亡時刻生命意識的湧現鋪墊了基礎。這樣的敘事造反不僅僅在於呈現無法言語的句子，它還顛覆了小說原來的敘事視點。在感受到阿Q內在世界的同時，讀者自覺調整他們的觀視位置。現在，原來作為敘事客體的阿Q獲得了自己的內在時間和視點。我在前面講過，在小說的第二、三章，讀者和敘述人都假定在一個鳥瞰視點上評判和嘲笑阿Q，但在敘事造反頻頻發生的過程中，一個隱藏在阿Q身後的幽靈視角慢慢形成了。這個視角附在阿Q身上看世界，它不僅便於近距離看阿Q內心，還通過阿Q的眼睛反觀世界和他者（比如假洋鬼子和那個殺他頭的革命政權）。這樣在不知不覺中讀者的觀視位置發生了轉換，這也就是韓南等批評家〔註45〕早就觀察到的從「諷刺」到「同情」的轉變。而在第四章的後半部分，對柄谷行人的現代小說和現代個體來說非常重要的「風景」也出現了：

　　　　（十一）未莊本不是大村鎮，不多時便走盡了。村外多是水田，**滿眼**是新秧的嫩綠，夾著幾個圓形的活動的黑點，便是耕田的農夫。〔註46〕

當然原來的諷刺性敘事聲音尚未完全消失，但確實大大減弱了。減弱的部分原因也由於小說外在時間的改變，外來革命出現以後，原來的未莊世界已經

〔註44〕見汪暉，《阿Q生命中的六個瞬間》（上海：華東師範大學出版社，2014）。
〔註45〕見帕特里克・哈南（即韓南）〈魯迅小說的技巧〉一文中關於《阿Q正傳》的分析，見樂黛雲編《國外魯迅研究論集》（北京：北京大學出版社，1981），第318～319頁。
〔註46〕魯迅，《魯迅全集》（第1卷），第531頁。文中粗體與斜體的部分為引用者所加。

岌岌可危，故那個新舊含混的敘事聲音無法再維持公共意見的權威。面對革命以及革命的失敗，文本到後半部分只提供一個剋制的客觀敘事視角去記錄，這時讀者的在文本世界中所依賴的就只能是阿 Q 背後的幽靈視點。但也許可以說，在外在革命尚未發生時，文本內部的敘事革命已經發生；而即便阿 Q 在外在革命中失敗了，以阿 Q 爲中心的內部視點的革命也已經成功，以致於到阿 Q 肉體瀕亡時，他的內部視點完全擊敗干涉性敘事，成爲讀者同情的中心。小說中阿 Q 臨死前的心理獨白如改成第一人稱轉述的話，阿 Q 就完全成了狂人。而在阿 Q 生命最末，雖然外部敘事聲音說阿 Q 的『救命』並沒有喊出，但讀者都能聽到或感受到這一聲音。這和我開頭提供的看著阿 Q 自己打自己的場面已完全不同。這樣看來，文本一開始提出的立人或『傳阿 Q』的使命，在美學和敘事上已經較好地完成了。

三、餘論：國民性的阿 Q 和造反的阿 Q

以上的敘事分析是否有助於回答鄭振鐸提出的阿 Q 是否配做革命黨的問題呢？

> 像阿 Q 那樣的一個人，終於要做起革命黨來，終於受到那樣大圓圓的結局，似乎連作者他自己在最初寫作時也是料不到的。至少在人格上似乎是兩個。〔註47〕

魯迅這樣回答：

> 據我的意思，中國倘不革命，阿 Q 便不做，既然革命，就會做的。我的阿 Q 的運命，也只能如此，人格也恐怕並不是兩個。民國元年已經過去，無可追蹤了，但此後倘再有改革，我相信還會有阿 Q 似的革命黨出現。我也很願意如人們所說，我只寫出了現在以前的或一時期，但我還恐怕我所看見的並非現代的前身，而是其後，或者竟是二三十年之後。其實這也不算辱沒了革命黨，阿 Q 究竟已經用竹筷盤上他的辮子了；此後十五年，長虹「走到出版界」，不也就成爲一個中國的「綏惠略夫」了麼？〔註48〕

鄭振鐸意思是說阿 Q「那樣的一個人」不配做革命黨，他指的阿 Q 當指『阿 Q 相』中的阿 Q。那樣的阿 Q 須先被啓蒙，成爲現代理性個體，才能獲得革

〔註47〕 見西諦，〈「吶喊」〉，《文學週報》，第二五一期（1926 年 11 月 21 日）。
〔註48〕 魯迅，《魯迅全集》（第 3 卷），第 397～398 頁。

命的主體意識。而革命當然是爲了建設一個更公正、更合理的社會去拯救他們。但魯迅很不同意這樣的看法。魯迅一方面強調不要把革命看那麼高，革命很大部分是造反，〔註49〕另一方面強調不要把阿 Q 看那麼低。他說阿 Q 並沒有辱沒革命黨，是指那個把辮子盤起來造反的阿 Q，而且魯迅是把阿 Q 和綏惠略夫放在一起的。如果我們再注意到魯迅對把阿 Q 寫成滑稽的阿 Q 相的反感〔註50〕，我大致可以說鄭振鐸眼裏的阿 Q 並不是魯迅所想的阿 Q。阿 Q 的人格恐怕不是兩個，但敘事聲音有兩個。

我在本文中對敘事的解釋想說明問題正是：確實有兩個阿 Q 的聲音在較量，操縱的聲音和反抗的聲音。更形象地說，是那個被照在阿 Q 相中的阿 Q 和那個未失秉性、反抗的阿 Q。美國學者白培德在他關於阿 Q 的研究中也持類似看法。他特別強調阿 Q 身上尼采式的強者氣質，提醒注意魯迅對〈察拉圖斯忒拉的序言〉和〈工人綏惠略夫〉的翻譯。根據白培德的分析，我們關於阿 Q 的印象其實結合了兩個形象，一個是國民性話語下的阿 Q，另一個是有著權力意志的阿 Q。對於前一個阿 Q，白培德特別注意他在史密斯那裏的基督教起源，這意味著，阿 Q 的出路只在於被高高在上的上帝或外在的啓蒙文明拯救。而對於後一個阿 Q，白培德強調他無畏的復仇意識：作爲一個社會的最卑微者，出路不在於祈求正義或善，或用道德驅趕仇恨，或在正統中卑賤存活；而在於尼采式的忘卻和復仇。白培德看到阿 Q 本能的自尊，愛欲，仇恨，認爲這非常符合尼采筆下的有尊嚴的個體的氣質。〔註51〕

多年以來，批評界對那個在土谷祠裏幻想著造反——女人、錢財以及復仇——的阿 Q 一直是否定的，並往往將其看作阿 Q 相中的另一面。但我在上文所做的工作也許可以澄清：這個造反的阿 Q 是魯迅試圖從國民性話語（阿

〔註49〕關於魯迅爲什麼不把革命看得那麼高，可結合丸山升在〈辛亥革命與其挫折〉一文中給的描述做一個補充分析：魯迅在革命當天組織學生，維護治安，在紹興光復後擔任山會師範學校校長、組織新報紙《越鐸日報》，對民元的『共和政治』的熱情是非常強烈的；但革命並沒有帶給謝阿桂等窮人什麼好處，『然而貌歲如此，内骨子是依舊的』，在《越鐸日報》和山會師範學校内部魯迅也捲入新式知識分子間的權力鬥爭。新黨建立了新秩序和新權威，依然把阿 Q 這樣最初的造反派壓在石頭底下。見丸山升〈辛亥革命與其挫折〉，收入《魯迅‧革命‧歷史：丸山升現代中國文學論集》，北京：北京大學出版社，2005。

〔註50〕《魯迅全集》第 12 卷，第 245 頁。

〔註51〕見 Peter Button, *Configurations of the Real in Chinese Literary and Aesthetic Modernity*, Leiden, The Netherlands: Brill NV, 2009, 第 85～118 頁。

Q相）下解放出來的更積極（也更野蠻）的現代個體。一旦認識到這樣一個阿Q，我們應不難理解魯迅把他和「綏惠略夫」式的「無治的個人主義」者放在一起了——後者也是勇的，強的，（惡的？），個人的欲求的追求者和社會的復仇者。接著這樣的討論，我是否可以追問，這種尼采式的有更激烈復仇意識的意志個體是否屬於魯迅思想內部更激烈的啓蒙？那麼小說在敘事層面上敘事聲音之間的對抗是否可被看作魯迅思想裏受國民性理論影響的啓蒙主義和尼采式的激進啓蒙之間的對抗？

主要參引文獻

中文

1. 丸山升，《魯迅・革命・歷史：丸山升現代中國文學論集》，北京：北京大學出版社，2005。

2. 王風，《世運推移與文章興替——中國近代文學論集》，北京：北京大學出版社，2015。

3. 竹內好著、孫歌編，《近代的超克》，北京：三聯書店，2005。

4. 劉禾，《跨語際實踐》，北京：三聯書店，2002。

5. 陳平原，《中國小說敘事模式的轉變》，上海：上海人民出版社，1988。

6. 汪暉，《阿Q生命中的六個瞬間》，上海：華東師範大學出版社，2014。

7. 周作人，《魯迅小說中的人物》，石家莊：河北教育出版社，2002。

8. 章太炎，《章太炎全集》（第6卷），上海：上海人民出版社，1986。

9. 魯迅，《魯迅全集》（第1卷），北京：人民文學出版社，2005。

10. 魯迅，《魯迅全集》（第3卷），北京：人民文學出版社，2005。

11. 魯迅，《魯迅全集》（第7卷），北京：人民文學出版社，2005。

12. 魯迅，《魯迅全集》（第8卷），北京：人民文學出版社，2005。

13. 魯迅，《魯迅全集》（第12卷），北京：人民文學出版社，2005。

14. 詹姆斯・克利福德、喬治・E.馬庫斯編，《寫文化——民族志的詩學與政治學》，北京：商務印書館，2006。

15. 西諦（鄭振鐸）〈「吶喊」〉，《文學週報》第二五一期（1926年11月21日）。

16. 成仿吾，〈《吶喊》的評論〉，《創造》第二卷第二期（1924年1月）。

17. 仲回，〈魯迅的《吶喊》與成仿吾的《〈吶喊〉的評論》〉，《商報》1924年3月24日。

18. 仲密（周作人），《阿Q正傳》，《晨報副刊》，1929年3月19日。

19. 張旭東，〈中國現代主義起源的「名」「言」之辯：重讀《阿Q正傳》〉，《魯迅研究月刊》2009年第1期。

20. 陳獨秀，〈現代歐洲文藝史談〉，《新青年》一卷三期（1915年11月15日）。

21. 胡適，〈藏暉室札記〉，《新青年》第二卷第五期（1917年1月1日）。

22. 錢杏邨，〈死去了的阿Q時代〉，《太陽月刊》三月號（1928年3月1日）。

23. 龔古爾著、陳嘏譯，〈基爾米亞《序》〉，《新青年》二卷六期（1917年2月1日）。

24. 帕特里克・哈南，〈魯迅小說的技巧〉，樂黛雲編《國外魯迅研究論集》，北京：北京大學出版社，1981。

英文

25. Fredric Jameson, *The Antinomies of Realis*, London & New York: Verso, 2013.

26. Cary Nelson, Lawrence Grossberge ed. *Marxism and the Interpretation of Culture*, Urbana and Chicago: University of Illinois Press, 1988.

27. Peter Button, *Configurations of the Real in Chinese Literary and Aesthetic Modernity*, Leiden: Brill NV, 2009.

28. Ann Banfield, "Narration and Representation in the Language of Fiction" in Michael Mckeon ed. *Theory of the Novel*, Baltimore and London: The Johns Hopkins University Press, 2000.

（該文係2015年國家社科重大項目「當代美學的基本問題及批評形態研究」（批准號：152DB023）的階段性成果）

周作人關於日本的議論
——《順天時報》批判之研究

山口早苗

（日本東京大學）

　　與周作人相關的研究，從中國新文化運動的旗手、對希臘文化和日本文化的造詣以及中日戰爭期間與日本的合作等多種角度都有所展開。其中，周作人關於日本的評論，濫觴於 1910 年代對日本文學的翻譯、介紹，在 1930 年代的《談日本文化書》、《日本管窺》達到了一個頂點。另一方面，在 1920 年代關於日本的評論之前，對日本文學的關心和對日本侵略的批判是並存的[註1]。本文所涉及的《順天時報》批判，即屬於後者，可以理解為是以前批判日本帝國主義的文脈的繼續[註2]。周作人自己在晚年的回憶錄中，回顧那時也說「自己看了也要奇怪，竟是惡口罵詈了」[註3]。不過，這種批判的具體背景，尚有待充分探討。周作人對《順天時報》的批判，不僅是對《順天時報》及其幕後的日本當局，也是對當時的中國社會，尤其是對正在復古的中國社會的批判。本文就從這一觀點來研究周作人批判《順天時報》的背景，以 1920 年代周作人對《順天時報》的批判為中心，試圖揭示出更接近於這一時期周作人的真實思想。

[註1] 張鐵榮，〈周作人「語絲時期」之日本觀〉、《周作人平議》（增訂本）（上海：上海遠東出版社，2010 年（2006 年初版，天津人民出版社））。

[註2] 錢理群，《周作人傳》（北京：北京十月文藝出版社，2005 年（1990 年初版）），第 254 頁；張鐵榮，《周作人平議》（增訂本）第 178 頁。

[註3] 周作人，〈一七四　日本管窺〉，止菴校訂《知堂回想錄　下》（石家莊：河北教育出版社，2002 年（《知堂回想錄》1970 年初版，香港三育圖書文具公司）），第 629 頁。

　　筆者認為，周作人的《順天時報》批判，最重要的是他的「表現〔註4〕」，將其看作是當時周作人實際思想狀況的原樣保留是必要的。為此，就需要既能理解其文章中所表現出來的部分，又要充分考慮到包含作者周邊環境在內的多種情況來進行探討研究。

　　以下，首先明確周作人批判《順天時報》的具體內容，然後使用《北京週報》上的相關材料來研究當時周作人與日本之間的諸問題。

一、相關研究概況

　　這一時期周作人關於日本的評論之中，特別是引起許多研究者注目的是周作人一系列批判《順天時報》的文章。《順天時報》是日本人在北京發行的中文報紙，在當時的北京銷售份數非常之高〔註5〕。關於周作人的《順天時報》批判，已有若干研究。

　　首先，木山英雄在《周作人和日本》〔註6〕中指出，「這些（周作人對日本批判的）文章富於破例的直截了當，主要是抓住漢字紙、浪人、中國通這類現象，在諷刺和諧謔之間，然而可以感覺到當時有節制的某種留情。也許與之相關，參與策劃了與義和團事件（北清事變）賠償金的返還問題關聯的、為了將『中日學術協會』（1923 年）及天津同文書院改組為『中日學院』的『中日教育會』（1925 年）等。……而失敗的翻轉，使他的論調忽然變得嚴屬」。認為周作人的《順天時報》批判與同時期周作人密切關聯的義和團賠償金諸多活動的失敗有關，「翻轉」與對《順天時報》的過激批判有關。

〔註4〕本文的線索之一，就是阪野潤治關於福澤諭吉《脫亞論》的研究。阪野認為，福澤諭吉的《脫亞論》不過是「現實」、「認識」、「表現」之中的「表現」而已，有必要從東亞形勢的「認識」來理解福澤；進而指出，將「表現」就照原樣理解為「表現」，將之就那樣看作「思想」是危險的。參見阪野潤治，《明治・思想の実像（叢書身體の思想 8）》（東京：創文社，1977 年（或《近代日本とアジア—明治・思想の実像》，筑摩學藝文庫，2013 年再版））。

〔註5〕《順天時報》刊行時期：1901～1930 年 3 月，創刊者：中島眞雄（東亞同文會），主筆：金崎賢（1919 年 3 月～1930 年 3 月）。日本政府的機關報，用中文發行的報紙，發行份數最高達 2 萬份。當時，日本系報紙有一種治外法權的地位，在就中國內政問題發言之際，較之中國系報紙所受制約較少。因此有更為自由的言論空間，亦為人們所接受。參見小島麗逸，〈《北京週報》（1922年 1 月～1930 年 9 月）と藤原鎌兄〉，《アジア經濟》第 13 卷第 12 號（1972年 12 月），28 頁。

〔註6〕木山英雄，〈周作人と日本〉，周作人著、木山英雄編譯《日本談義集》（東京：平凡社，東洋文庫 701，2002 年），380～381 頁。

其次，伊藤德也列舉了 1920 年代周作人的排日言論，論及那時作爲世界主義者站在對排日運動持批判立場的周作人的變化；而且由於周作人鼓吹排日運動，認爲周作人成爲「排日論者」，經過其後的三一八事件、日本出兵山東等，周作人的排日立場更加徹底〔註7〕。

趙京華從周作人的日本論考察了周作人對日本的深厚同情及其變化，也提到了周作人對《順天時報》的批判〔註8〕。同樣言及《順天時報》批判的，還有許憲國的研究〔註9〕。兩者均認爲，周作人的《順天時報》批判是基於民族主義而產生的。

這些研究中共通的著眼點，就是從《順天時報》批判中所見周作人的日本批判或中國和日本的關係研究來進行研究。筆者也認爲，周作人過激的《順天時報》批判，和參加策劃與義和團事件賠償金返還問題相關的諸團體有關的可能性較高。不過，過激的批判是否僅用「失敗的翻轉」就可以說明呢？筆者以爲，僅從這種視角來理解《順天時報》批判的背景，有以下兩點不夠充分。

第一，因爲周作人批判《順天時報》的 1924～1928 年，中日關係與其前後的時代相比是相對安定的〔註 10〕。如果僅從對日中關係惡化及日本露骨的中國侵略來理解的話，當有必要說明。

第二，由於總數達 34 篇的《順天時報》批判之中，存在有僅從與日本的關係無法理解的部分。而且，這些當時周作人敏感的問題，即與對中國社會復古趨勢的警戒感密切相關〔註11〕。

〔註7〕 伊藤德也，〈第 11 章 廃帝溥儀の処遇をめぐって〉、〈第 12 章 文化事業への
關與〉，《「生活の藝術」と周作人》（東京：勉誠出版，2012 年）。

〔註8〕 趙京華，〈周作人・日本觀の一斷面〉，《一橋研究》第 19 卷第 4 號（1995 年 5
月）；〈周作人の対日連帯感情〉，《一橋論叢》第 122 卷第 2 號（1999 年 8 月）。

〔註9〕 許憲國，〈論周作人的「排日論」〉，《南京工業職業技術學院學報》2005 年 1
期（2005 年 3 月）；〈論周作人對日立場的演變〉，《南京工業職業技術學院學
報》2006 年 1 期（2006 年 3 月）等。

〔註10〕 狹間直樹，〈まえがき〉，狹間直樹編《1920 年代の中國》（東京：汲古書院，
1995 年），第 2 頁。

〔註11〕 關於周作人的反覆古，1924 年社會各方面復古傾向強烈之際，周作人對之進
行了猛烈攻擊，錢理群認爲，「周作人對以上沉渣泛起十分敏感，可以説每一
謬論剛一出籠，周作人即奮起反擊，或揭露，或批判，怒斥之，嘲弄之，旗
幟鮮明，態度堅決。」參照錢理群，《周作人傳》，252 頁。另外，就周作人
和復古，有以「復古」和「歐化」爲軸、與同時期知識人進行比較的研究。
錢理群，〈周作人與錢玄同、劉半農──「復古」、「歐化」及其他〉，《周作人
研究二十一講》（北京：中華書局，2001 年）。

以下，對《順天時報》批判的背景加以整理分析。

二、周作人的《順天時報》批判

周作人的《順天時報》批判，中途變更了批判對象。最初，批判是朝向《順天時報》的報紙性質（「順天時報是日本政府的機關紙」），然而後來轉向了批判具體的報導內容。批判的契機，是「溥儀出宮事件」〔註12〕。

溥儀出宮事件發生於 1924 年 11 月 5 日，馮玉祥迫使溥儀退出紫禁城，同時馮玉祥迫使清室承認了「優待條件」的修正〔註13〕。周作人稱贊了馮玉祥這一連串的行動，在《清朝的玉璽》（《語絲》第 1 期，1924 年 11 月 17 日）中，認爲外國人經營的《順天時報》沒有理解中國的事情，闡述如下：

> 據《順天時報》説「市民大爲驚異，旋即謠言四起，咸謂……
> 奪取玉璽龍屬荒謬」，我眞不懂這些「市民」想的到底是什麼。（中
> 略）外國人不能理解中國的事情。（中略）《順天時報》是外國人的
> 報，所以對於民國即使不是沒有好意，也總是絕無理解

其後，周作人還分別在《李佳白〔註14〕之不解》（《語絲》第 4 期，1924 年 12 月 8 日）中批判日本人鼓吹復辟之事，在《外國人與民心》（《京報副刊》，1924 年 12 月 9 日）中批判外國人干涉中國內政。

1925 年《京報副刊》（國慶特號）上刊登的《中國與日本》（1925 年 10 月 10 日）中，將《順天時報》作爲日本人在中國發行的代表性中文報紙加以批判。

〔註12〕 周作人在溥儀出宮 2 年前的〈爲清室盜賣〈四庫全書〉敬告國人速起交涉啓〉（《北京大學日刊》1922 年 4 月 20 日）中，要求文淵閣四庫全書應由民國政府管理、溥儀當從紫禁城移至頤和園等。可以認爲，周作人對清室的態度，在某種程度上既已確定。

〔註13〕 周鯁生，〈清室優待條件〉，《現代評論》第 1 號，1924 年 12 月 13 日。就皇室優待條件記述道：「清帝復辟。自己已經破壞優待條件存在的根據，民國在道義上也無再承認這項條件的義務」，「總之在民國領土之內，有一個廢帝高居皇宮，仍存帝號，享受種種的特典，原是不合民主精神的一件異樣的事」。另外，〈反對優待清室之運動〉（《申報》1925 年 3 月 9 日第 6 版）收集了反對優待的知識人 253 名（陳大齊、錢玄同等與周作人關係較深之人）的署名。由此可見，周作人的批判，在一定程度上是被知識人或者國內媒介支持的。

〔註14〕 李佳白（Gilbert Reid，1857～1927 年），美國傳教士。辛亥革命後支持袁世凱帝制運動，參加孔教會。周作人在文中稱呼李佳白爲「美國進士」，李佳白批判了反對清室優待條件的修正。

損人而未必利己的是在中國各處設立妖言惑眾漢字新聞，如北
京的《順天時報》等。凡關於日本的事件他要宣傳辯解，或者還是
情有可原，但就是中國的事他也要顛倒黑白，（中略）日本漢字新聞
的主張無一不與我輩正相反

《中國與日本》不久翻譯刊載在《北京週報》〔註 15〕上。該雜誌上還記載了
《北京週報》記者「（周作人的）評論中有大誤解」的辯解。周作人繼續於 1925
年 10 月 20 日撰寫《日本浪人與〈順天時報〉》（《語絲》第 51 期，1925 年 11
月 2 日），批判《順天時報》是「日本軍閥政府的機關」〔註 16〕。

我決不怪日本報紙發表什麼暴論，我們即使不以為應當，至少
是可以原諒的，只要它是用日本文寫的：他們寫給自己的同胞去看，
雖然是說著我們，我們可以大度地不管。但是如用了漢文在中國內
地發行，都可是不同了，它明明是寫給我們看的了，報上又聲聲口
口很親熱地叫「吾國」，而其觀點則完全是日本人的。（中略）《順天
時報》之流都是日本軍閥政府之機關，它無一不用了帝國的眼光，
故意地來教化我們

周作人在此作為《順天時報》的問題格外指出的，是該報完全不理解中國的
事情，儘管是日本人經營的卻不用日語而用中文撰寫報導。

同樣的批判另外還有：《在中國的日本漢文報》（《世界日報》，1926 年 1
月 1 日）認為外國人通過《順天時報》鼓吹有害的舊思想，想把中國變成帝
國主義的奴隸；《關於〈讀《順天時報》〉》（《語絲》第 122 期，1927 年 3 月
12 日）認為《順天時報》是「文化侵略的手段」。

《順天時報》是日本對於中國的文化侵略的最劣惡手段之一（中
略）受用復辟思想的中國人，叫他們隨時隨地利用新聞來顛倒是非，

〔註 15〕 《北京週報》刊行時期：1922 年 1 月～1930 年 9 月（1 號～413 號），經營者：
極東通信社 1 號～280 號，社長：藤原鎌兄。最高發行份數為 1 萬份。用日語
報導北京新聞，接受來訪北京的日本人投稿之外，還採訪當時的中國名人。
〔註 16〕 〈中國與日本〉，在《北京週報》181 號（10 月 18 日）中作〈日本と中國
と〉，在〈日本新聞與《順天時報》〉184 號（11 月 8 日）中譯作〈日本新
聞と日本浪人〉。與之相對，《順天時報》主筆金崎賢投稿《北京週報》185、
186 號（11 月 15、22 日）〈周作人先生の文を讀みて〉。其中，金崎賢認為，
《順天時報》作為「新聞紙」，還加進了復辟思想、共產思想等多種多樣的
情報，其中也包含著並非自分本意的東西，《順天時報》斷然不可被稱為「機
關紙」。

鼓吹於外人及軍閥有利的舊禮教，嘲罵各種的新運動，即如溥儀出
宮時的往事就是鐵證。

在 1927 年 4 月 23 日《裸體遊行考訂》（《語絲》第 128 期）以後的文章中，
周作人舉出《順天時報》的特定報導，以論評的形式展開了批判。

《再是〈順天時報〉》（《語絲》第 146 期，1927 年 8 月 27 日）說，《順天
時報》刊登了「排日即是第三國際之「謀略」」和與南京國民政府的主張同樣
調子的報導〔註17〕。並且，「他〔＝順天時報〕除了是做本國軍閥政府的機關
之外，又兼代中國的各反動勢力鼓吹宣傳，現在已成爲某派（＝國民政府）
的半官報」。

《通信──北京近事》（《語絲》4 卷 28 期，1928 年 7 月 9 日）闡述說，
「日本的漢文報（＝《順天時報》）等本是異族的侵略宣傳機關（中略）不幸
北京市民的意見處處與日本人相近，所以很有一種反動的空氣」，認爲《順天
時報》給予北京市民不良影響。這種被《順天時報》的報導影響的北京市民，
對於周作人而言，是妄想復辟的清朝的「奴隸」〔註 18〕。對《順天時報》給
予市民的影響，周作人甚爲警戒。

在這種周作人對《順天時報》的批判之中頗有意思的是，《順天時報》可
以說是成了日本不好的側面代名詞的符號這點。例如，在《人力車與斬決》（《語
絲》第 140 期，1927 年 7 月 16 日）一文中就有此表現。這是發端於胡適「中
國還容忍人力車所以不能算是文明國」發言的文章，其中周作人嘲諷道：「胡
先生的演說連《順天時報》的日本人都佩服了」。此處的《順天時報》並無特
別意思，明確只是作爲日本批判的修飾詞語。

三、《順天時報》批判的背景

那麼，周作人《順天時報》批判的背景又當如何呢？筆者認爲，至少形
成了對日本的批判和對中國社會的批判這兩個立場的背景，而且，日本批判
和中國社會批判的比重因時期發生了變化。

〔註17〕〈在青島中日人之鬥爭〉，《順天時報》第 2 版，1927 年 7 月 28 日。
〔註18〕周作人亦與北京市民班延兆有過辯論。班延兆反駁周作人的觀點，發表〈讀
〈聽說商會要皇帝〉後〉（《京報副刊》1924 年 12 月 30 日），周作人亦發表〈答
班延兆先生〉（《京報副刊》1925 年 1 月 4 日）應答。此後，周作人曾兩度回
答了班延兆的質疑。其中，周作人揶揄「北京市民」是「中國人中家奴氣最
十足而人氣最少的東西」。

（一）日本批判

首先，是關於日本批判。周作人在開展過激批判《順天時報》的背景中，當然有當時日本和中國之間存在的各種問題。一方面是日本政府對中國的強硬應對，一方面出現了「國內周遊著支那通和浪人，眼前飄颺著《順天時報》〔註19〕」的狀態。

周作人特別作爲問題的，是日本人對使用（非日文的）漢文在中國內地發行的《順天時報》所存在的欺瞞結構。周作人未能容忍《順天時報》一面在紙上接連作親密神態熱心「吾國」，一面卻將日本的想法強加於人的做法。

（二）《順天時報》對中國社會的影響

然而，這種周作人的《順天時報》批判，僅從日本批判的前後關係是無法理解的。因爲，周作人批判《順天時報》結構的背景，可見他對《順天時報》給予中國社會影響的憂慮。

譬如就溥儀出宮事件，周作人的批判，與其說是只是對《順天時報》展開批判溥儀出宮的評論，不如說更加非難了《順天時報》的評論助長北京市民的復古意向。

這，亦可見於回想錄中對《順天時報》的提及。周作人認爲，民國以來，雖然民間顯出「民主的色彩」，然而這與日本人的觀點不合，變成日本人反而支持反動勢力的結果，其影響甚大且有害。並且，作如下陳述：

> 外國人所辦的新聞造謠是常有的，算不得什麼，不值得費筆墨來同它鬥爭，這種理由有一半是不錯的，但是一半也在讀者，要能夠知道它是在造謠才好，可是在中國這怎麼能行呢？至少也是在北京「輦轂之下」，數百年來習慣於專制之淫威，對於任何奇怪的反動言論，都可以接受，所以有些北京商會主張，簡直是與《順天時報》同一個鼻孔出氣的。這個關係似乎很是重大。

加上外國人散佈謠言的行爲，北京市民的狀態是個問題。

這與圍繞義和團事變賠償金問題的周作人的應對向比較，更加明確〔註20〕。此時，剛好在日中之間圍繞義和團事變賠償金的問題展開了評論。對於其動

〔註19〕周作人，〈日本與中國〉，《京報副刊》1925 年 10 月 10 日。

〔註20〕就義和團事變賠償金問題，特別是「東方文化事業」，參照阿部洋，《「対支文化事業」の研究──戰前期日中教育文化交流の展開と挫摺》（東京：汲古書院，2004 年）；山根幸夫，《東方文化事業の歷史──昭和前期における日中文化交流》（東京：汲古書院，2005 年）。

向，中國認爲這在賠償金返還的名目下的日本擴大勢力的「文化侵略」，批判之聲高漲〔註21〕。以賠償金返還的名目，擴大日本的勢力結構，是與《順天時報》「外國人使用中國語，在中國國內開展報導」的結構重疊的。

如此理解的，不僅僅是周作人，這應該是當時知識人之間的共同認識。1924年5月31日，北京國立八校教職員代表連席會議上的《對各國退還庚子賠款之宣言》〔註22〕，也批判了「對支文化事業」的日本應對與歐美諸國不同之點，宣言指出，在外務省中設置對華文化事務局、授予其對華文化事業之全權，是欲將中國的文化事業作爲日本內政之一部；並且，該宣言反對日本政府將與外交、政治、宗教無關的學者、教育家作爲中日兩方的代表。

而且，翌年的《晨報》上也有要求日本方面與中國平等的文章。

> ……吾儕對於日本委員方面，希望其放大眼光，勿以文化事業與一般合辦公司等視，以違事業發起的本質。須知日本此次處理庚款案，枝枝節節，已減卻我國人大部分之好感。（中略）文化事務局原繫日外部附屬機關，不應以總委員會置於其支配之下，吾儕爲日政府體面計，似亦不必於此區區庚款中再有所染指，此應請日委考慮〔註23〕

可見，周作人自己也肯定充分認識到了義和團賠償金中所存在的諸多問題。《順天時報》也刊登了高度評價「對支文化事業」意義的評論，該評論指出，在中國的教育這件事情上，日本已經晚於歐美各國，因此「對支文化事業」是日本利用同文同種的關係，實現共存共榮而挽回的機會〔註24〕。

然而，周作人就義和團賠償金的問題，僅有《中日文化事業委員會爲甚還不解散》言及。並且在此批判的對象，也不是日本的態度，而是在總會上不像樣子吵鬧的中國方面的委員〔註25〕。

〔註21〕〈本校歡宴日本服部博士紀事范校長發表關於日本對華文化事業意見〉，《教育叢刊》北京師範大學，第5卷第2集（1924年4月）；〈日本對支文化事業的第二幕〉，《東方雜誌》第21卷第9號（1924年5月）等。

〔註22〕〈對各國退還庚子賠款之宣言〉，《東方雜誌》第21卷第13期（1924年7月）。

〔註23〕〈社論告「中日文化事業委員」〉，《晨報》第2版，1925年10月16日。

〔註24〕程光銘，〈日本對華文化事業之眞相及我見〉（1）～（3），《順天時報》第4版，1925年1月8日～10日；社論〈日本對華文化事業之進行〉第2版，1925年3月12日。

〔註25〕同樣內容，《晨報》報導如下：在東方文化事業總委員會（周作人認爲的中日文化事業委員會）中，關於權限問題，兩國的意見存在對立，「中國委員在中

> 日本政府將庚子賠款移辦中日文化事業的用意何在，中國委員
> 在總會裏鬧過什麼醜態，這裡暫且不講。我只要問一聲，此刻中日
> 之間還辦什麼鳥文化事業，中國委員會爲甚還不自行解散，或由教
> 部撤消？中國委員如不願，教部如不敢自動地解散，我們國民要求
> 他立即解散〔註26〕。

那麼，周作人對《順天時報》所加的批判，卻在義和團賠償金相關評論中沒
有展開的原因何在呢？其理由，有以下2條。

第一條，是因爲周作人自身並非與義和團賠償金問題相關的北京大學方
面的委員無關，這已爲木山所指出。不過，筆者以爲，或許並非這種消極的
理由，而是因爲周作人對「對支文化事業」的將來還抱有期待〔註27〕。周作
人在晚年的回憶中有如下陳述，由此可以看出，至少最初周作人對中日文化
事業是抱有期待的。

> 民國十二三年便是一九二三至二四年，我們在北大里的一群
> 人，大抵是在文科裏教書的日本留學生，對於中日問題的解決，還
> 有些幻想，所以在對日活動上也曾經努力過，可是後來都歸於徒勞，
> 終是失敗了事〔註28〕。

第二條理由更爲重要，那就是圍繞義和團賠償金的日中之間的問題，是與中
國社會的復古沒有直接關係的。圍繞義和團賠償金的日中之間的問題，儘管
與《順天時報》具有同樣的結構，然而周作人就此幾乎沒有提及，暗示出周
作人關心的不限於日中之間的問題。

那麼周作人憂慮的問題是什麼呢？筆者認爲那就是當時中國社會出現的
復古傾向。其實，在批判《順天時報》的同一時期，周作人通過各種形式，
展開了憂慮中國社會復古的評論。

日文化委員會總會中　不爭權限爭個人地位　因五百元薪水之常務委員　引
起中國委員之內部紛爭」(《晨報》第三版，1925 年 10 月 16 日)；〈日本無誠
意辦中日文化事業〉，《晨報》第 3 版，1925 年 10 月 18、19 日；〈中日文化事
業已告停頓〉，《晨報》第 3 版，1925 年 10 月 20 日。

〔註26〕周作人，〈中日文化事業委員會爲甚還不解散〉，《京報副刊》1926 年 1 月 14 日。

〔註27〕〈文化事業と支那の黨爭〉(《北京週報》第 101 號，1924 年 2 月 17 日)、〈対
支文化事業と北京大學〉(周作人、張鳳舉，《北京週報》第 102 號，1924 年
2 月 24 日) 等指出，在「對支文化事業」調查委員會中國方面委員人選問題
上，存在主導權的爭論。

〔註28〕〈一四二　嗎嘎喇廟〉，《知堂回想錄》。

（三）對「復古」的憂慮

其實，周作人在《順天時報》批判的前後，持續對中國社會的「復古」傾向敲響警鐘。對五四新文化運動的停滯以及思想界的「國粹主義」傾向，周作人論及道：

> 現在所有的國粹主義的運動大抵是對於新文學的一種反抗，但我推想以後要改變一點色彩，將成爲國家的傳統主義，即是包含一種對於異文化的反抗的意義〔註29〕

同年在《復古的反動》（《晨報副鐫》、1922 年 9 月 28 日）中，從道德和文學兩方面論及「復古」，前者，指出是利用《春秋大義》所象徵的舊語言的舊體制的影響和復古（這當也包含著對辜鴻銘 1914 年英文著作 *The Spirit of the Chinese People* 即《春秋大義》的批判）；後者，批判了文學的內容和形式均受到了舊文化的影響。

此外，1923 年 8 月，章士釗發表了攻擊白話文、否定新文化運動的《評新文化運動》；翌年 2 月，東南大學教授柳詒徵通過講演《什麼是中國的文化》，展開了肯定三綱五常的評論。對此，周作人也加以強烈的批判（《復舊傾向之加甚》，《晨報副鐫》1924 年 2 月 24 日等）。

同樣的憂慮，在《讀經之將來》（1925 年 2 月 16 日）、《非宗教運動》（1925 年 4 月 2 日）、《六月二十八日》（1926 年 7 月 1 日）、《日本人的好意》（1927 年 5 月 14 日）、《逆輸入》（1927 年 5 月 21 日）、《關於擦背》（1927 年 7 月 9 日）、《國慶日頌》（1928 年 10 月 22 日）等文中都有反映。

那麼，如何理解周作人自己對「復古」的認識才好呢？正如周作人自己所說，周作人在清末與章炳麟等人一起，曾有想通過活用「復古」來達到社會變革目標的時期。但是，未能留下結果〔註30〕。不過其後，周作人還評價儒教「注重人生實際，與迷信之理性化的一點」〔註31〕，主張其精神凝結在「新文化運動」中，可見周作人對傳統文化也並非是全盤否定的。

周作人批判的「復古」，應該只是針對表現在表面的「復古」。那是復辟、文言的利用等，在表層部分的復古。周作人基於自身經驗，知道通過「復古」來變革中國社會是困難的，這與胡適、章士釗等看不見「復古」警戒感之人的摩擦也有關係。

〔註29〕〈思想界的傾向〉，1922 年 4 月 23 日。
〔註30〕〈我的復古的經驗〉，1922 年 11 月 1 日。
〔註31〕〈清浦子爵之特殊理解〉，1926 年 10 月 23 日。

可以認爲，周作人更加激烈地批判《順天時報》，是因爲周作人認爲《順天時報》是日本侵略中國的象徵，也是促進中國復古的東西。

以上，考察了周作人的《順天時報》批判。顯然，若僅從周作人對日本批判的前後關係來看其對《順天時報》的批判，是不能充分理解到其眞實情況的。確實，批判是從日本浪人、對中國內政的干涉以及《順天時報》中的欺瞞結構的問題展開的。而且，對周作人來說，《順天時報》還是「不良日本」的象徵和符號〔註32〕。

不過，與《順天時報》相同，就被看作是當時日本對華侵略象徵的「對支文化事業」，周作人基本沒有言及，這應當或是因爲該事業與周作人並非沒有關係。然而，周作人認爲更成問題的，是《順天時報》所象徵的日本鼓吹中國社會的復古。周作人的《順天時報》批判，雖然裏著日本批判的外衣，然而其核心部分包含著對（周作人所理解的）當時中國社會復古化傾向的批判。

對周作人而言，《順天時報》既是日本問題點的象徵，同時也是正在復古化傾向的中國社會的象徵。因此，周作人的《順天時報》批判，變得更加過激，有時還乖離實際狀況〔註33〕。

這些事情說明，即便沒有圖謀，也顯示出《順天時報》給予了以北京爲中心的中國社會過大的影響。《順天時報》歷來一頭肩負著日本帝國主義，所以主要被注目的是其「侵略的」一面。但是，考慮到周作人對《順天時報》影響力的想法（也可以說是恐懼），可以說該報頗爲中國社會所接受。

〔註32〕 即使是與直接批判《順天時報》無關的文脈，如「……關於鄰國的事我們不能像《順天時報》那樣任情的說」的形式來論及《順天時報》的，也可複數確認。這顯示出《順天時報》脫離眞實情況，正在符號化。周作人：《漢譯古事記神代卷引言》，1926 年 1 月。

〔註33〕 譬如，一面說不讀《順天時報》的報導，一面卻在其後說「將他的帝國的大道理來訓導我們，看每天的社論就可知道」，還說「《順天時報》的性質我們不很清楚，不清楚也不要緊，反正我們看了實物知道他是怎麽一件東西。」周作人的評論明顯不合邏輯。周作人，〈在中國的日本漢文報〉，《世界日報》1926 年 1 月 1 日；〈關於〈讀《順天時報》〉〉，《語絲》第 122 期（1927 年 3 月）。

主要參引文獻

中文

1. 止菴校訂，《周作人自編文集》石家莊，河北教育出版社，2002 年。

2. 許憲國，〈論周作人的「排日論」〉，《南京工業職業技術學院學報》2005年 1 期，2005 年 3 月許憲國，〈論周作人對日立場的演變〉，《南京工業職業技術學院學報》2006 年 1 期，2006 年 3 月

3. 張鐵榮，《周作人平議》（增訂本）上海，上海遠東出版社，2010 年（2006年初版，天津人民出版社）

4. 鍾叔河編訂，《周作人散文全集》桂林，廣西師範大學出版社，2009 年。

5. 錢理群，《周作人傳》北京，北京十月文藝出版社，2005 年（1990 年初版）

6. 錢理群，《周作人研究二十一講》北京，中華書局，2001 年。

外文

1. 阿部洋，《「對支文化事業」の研究——戰前期日中教育文化交流の展開と挫折》東京，汲古書院，2004 年。

2. 飯倉照平，〈北京週報と順天時報〉，《朝日ジャーナル》14 卷 16 號，1972年 4 月。

3. 伊藤德也，《「生活の藝術」と周作人》東京，勉誠出版，2012 年。

4. 木山英雄編譯，《日本談義集》東京，平凡社，東洋文庫 701，2002 年。

5. 小島麗逸，〈《北京週報》（1922 年 1 月～1930 年 9 月）と藤原鎌兄〉，《アジア經濟》第 13 卷第 12 號，1972 年 12 月

6. 趙京華，〈周作人、日本觀の一斷面〉，《一橋研究》第 19 卷第 4 號，1995年 5 月。

7. 趙京華，〈周作人の對日連帶感情〉，《一橋論叢》第 122 卷第 2 號，1999年 8 月。

8. 山根幸夫，《東方文化事業の歷史——昭和前期における日中文化交流》東京，汲古書院，2005 年。

魯迅小說中兒童觀的變異
——由《示衆》談起

邢　程

（北京大學中文系）

　　1925 年 3 月 18 日，魯迅「夜作小說一篇並鈔訖」[註1]。這篇小說即《示衆》，最初發表於當年 4 月 13 日北京《語絲》週刊第二十二期，後被收錄於小說集《徬徨》。一般認爲，小說《示衆》展示了「首善之區」的市民聚在街頭圍觀殺頭的「群像」，所要表達的旨意，乃是魯迅自其早期開始便一直聲揚的對於國民中麻木的看客的批判。因爲是對「群像」的速寫，所以小說中並無單一的主角，來自城區不同角落的身份不一的麻木看客們作爲「庸衆」，整體性地出場，爭先恐後地圍觀劊子手對死刑犯行刑的過程，整個場面再現了《朝花夕拾・藤野先生》與《吶喊・自序》中提到的「幻燈片事件」爲魯迅帶來的震驚體驗。周作人在幾十年後回顧並紹介魯迅小說原型時，對這篇小說的總結可作爲此種觀點的代表：

　　　　我們看《示衆》這個題目，就可以感覺到著者的意思，他是反對中國過去的遊街示衆的辦法的，這在《吶喊・自序》和《阿 Q 正傳》末章裏可以看得很清楚。他對於中國人的去做示衆的材料和賞鑒者都感到悲憤，但是分別說來，在這二者之間或者還是在後者方面更是著重吧。[註2]

[註1] 魯迅當日在日記中如是說。見於《魯迅全集》第十五卷，人民文學出版社 2005 年，第 556 頁。

[註2] 《徬徨衍義・示衆》，《周作人散文全集》第 12 卷，廣西師範大學出版社 2009 年，第 190 頁。

然而筆者以爲，《示眾》固然包含了魯迅一貫的批判旨意，但作爲《徬徨》時期的小說創作，其深度事實上遠遠超越了「批判麻木的看客」這一個層面。對於這篇短小的速寫性質的小說的細讀，須置於魯迅自《吶喊》以來開出的一系列命題之中展開。相對於《祝福》、《在酒樓上》、《孤獨者》、《傷逝》等明顯晦暗的筆調，《示眾》的行文旋律要輕快許多，從表面看，前述作品中沉重的悲哀與徘徊猶疑的徬徨之感在這裡盡數褪去，取而代之的只是諷刺，然而假如仔細研究作者在這篇小說中陳列出的細節，會發現，它仍然是屬於《徬徨》基調的作品，如《孤獨者》一般的絕望與悲哀雖從文字中隱去了，但仍然被編織在作者對物象的悉心安排中。

概括地說，《示眾》實際上回答了魯迅在《吶喊》集裏埋伏下的一系列問題；而對於「兒童」這一符號化了的特殊人群的關切，則將對這些問題的回答濃縮在了一起。

重讀《示眾》：「兒童」作爲「群像」的中心

周作人在上文已經提過的《徬徨衍義・示眾》中，曾經梳理過小說寫及的人物：

> 我們依照登場的次序列舉出來，有饅頭鋪門口叫賣的胖孩子，禿頭的老頭子，赤膊的紅鼻子胖大漢，抱孩子的老媽子，頭戴雪白的小布帽的小學生，工人似的粗人，挾洋傘的長子，嘴張得很大，像一條死鱸魚的瘦子，吃著饅頭的貓臉，彌勒佛似的圓臉的胖大漢，就是饅頭鋪的主人，來一記嘴巴將胖孩子叫回去的，車夫，戴硬草帽的學生模樣的人，滿頭油汗的橢圓臉，一總共有十三個人。〔註3〕

在如此短的篇幅之內，筆觸涉及十幾個人物，《示眾》因此被認爲是「完全沒有情節的群眾場面的電影鏡頭式的描繪」〔註4〕。確實，這裡所有人物都是無名無姓的，在文中所佔篇幅也幾乎都差不多。但值得注意的是，小說雖然沒有複雜的情節設置，但的確存在一個核心事件，即路人在街上圍觀殺頭；而如果分析魯迅對於這起核心事件的「電影鏡頭式的」的敘述，會發現他在行文過程中有意轉換的敘事視角或許是值得深入思考的。

〔註3〕同上。
〔註4〕李歐梵，《鐵屋中的吶喊》，人民文學出版社 2010 年，第 58 頁。

核心事件是由「胖孩子」的行為開始的：

「熱的包子咧！剛出屜的……」

十一二歲的胖孩子，細著眼睛，歪了嘴在路旁的店門前叫喊。

聲音已經嘶嗄了，還帶些睡意，如給夏天的長日催眠。他旁邊的破舊桌子上，就有二三十個饅頭包子，毫無熱氣，冷冷地坐著。

「荷阿！饅頭包子咧，熱的……」

像用力擲在牆上而反撥過來的皮球一般，他忽然飛在馬路的那邊了。在電杆旁，和他對面，正向著馬路，其時也站定了兩個人：一個是淡黃制服的掛刀的面黃肌瘦的巡警，手裏牽著繩頭，繩的那頭就拴在別一個穿藍布大衫上罩白背心的男人的臂膊上。

在開篇對於「首善之區的西城的一條馬路」進行了一段環境描寫之後，胖孩子是第一個出現的與核心情節相關的角色，這也符合上文引述的周作人陳列出的小說人物的出場次序。去除掉行文中不斷出現的誇張修辭，小說開頭的情節可以整理為：那個瞬間，是巡警牽著囚犯準備行刑這一場面吸引了已經有些睡意的胖孩子，後者不顧一切地飛奔到行刑現場的附近。而在後文的敘述中，正如周作人所提示的，由包子鋪老闆的一個巴掌，讀者可以瞭解到，胖孩子是擅自離開他本應該堅守的包子鋪，迫不及待地去圍觀行刑的，可見圍觀殺頭這件事，對於胖孩子而言並不陌生，且有著巨大而長久的吸引力。

後面出場的、得到稍細緻的外貌描寫的人物是禿頭的老頭子。但是細讀下去會發現，事實上對於禿頭的交代，是由胖孩子的視角發出的，由此銜接到爾後抱孩子的老媽子的出場。作者收回敘述視角之後，在新一個自然段中寫道：

又像用了力擲在牆上而反撥過來的皮球一般，一個小學生飛奔上來，一手按住了自己頭上的雪白的小布帽，向人叢中直鑽進去。

這裡出場的也是一個孩子。並且作者在此處重複使用了皮球的比喻，這種重複揭示了圍觀殺頭對於這個孩子一樣具有極大的吸引力。小學生正在接受教育，胖孩子是包子鋪的幫傭，不同身份甚至不同階層的孩子對於在街上展覽殺頭有著一致的興趣。魯迅在這裡的安排不能說是沒有深意的。而隨著小學生的出場，作者又將敘述視角交付與這個人物，讀者於是隨著小學生「抬頭看」到闊大的脊背，又隨著他「順著褲腰右行」、「從巡警的刀旁邊鑽出來」，

見到紅鼻子胖大漢的正面之後，終於與胖小孩的目光相會，接著，兩個孩子的視角合二為一，成年人的對話由此展開。

殺頭作為高潮過後，人群散去，小說的收束，又回到了胖孩子：

> 胖孩子歪著頭，擠細了眼睛，拖長聲音，瞌睡地叫喊——
>
> 「熱的包子咧！荷阿！……剛出屜的……」

人物的姿態、神情和語言都是對故事開篇那個場景的重複，首尾的呼應暗示了圍觀殺頭這件事在看客那裏只是無聊生活中的一點波瀾，來得快，去得也快。正如李歐梵在談到魯迅短篇小說的寫作技巧時，認為《示眾》「幾乎是《阿Q正傳》中示眾場面的重複，只是寫得更細緻。『看客』形形色色，有小販、學生、懷抱嬰兒的女人、兒童、警察，各以自己的怪異形象被攝入特寫鏡頭。有意的表面形象的描寫恰恰反映了這些人內心的空虛。他們似乎並不注意那示眾的犯人究竟犯了什麼罪，卻只是在『觀景』。當他們再看不見會有什麼新鮮事發生時，就失去興趣，走開去看一個跌了一跤的洋車夫去了。這是對中國庸眾的典型敘述，它再次使我們回想起魯迅著名的關於庸眾觀看剝羊的比喻。」〔註5〕這番論述，正是對《示眾》所展現出的群像的心理與活動的概括。但如果只是用「群像」一筆帶過地領會小說主旨，恐怕還是有些潦草了。

這篇小說被看作「對庸眾『看客』的集體的描寫」〔註6〕，但是這種觀點在形式與內容兩方面都沒有真正說明這篇小說的獨特之處。《示眾》所嘗試的小說寫作技巧，不能說體現了《狂人日記》那樣程度的「格式的特別」〔註7〕，而篇幅又如此之短；更為重要的是，對看客的群體性的批判，在魯迅實在是一個老舊的命題，即便是在《徬徨》同時期，在表達對看客的憎惡這一題旨上，《野草》中的《復仇》就藝術水平來說似乎也遠遠超越了作為小說的《示眾》〔註8〕。然而如果看到《示眾》的敘事視角中，「孩子」作為一種符號所佔據的中心位置的話，或許可以體會到這篇小說中的「看客」所承載的批判意味已經較此前相比更進了一步。魯迅在小說中的敘事鏡頭，由孩子始，由孩子終，且其筆下的兩個孩子，除了具有兒童的生理特徵（身形小，行動迅

〔註5〕李歐梵，《鐵屋中的吶喊》，人民文學出版社2010年，第79頁。

〔註6〕同上。

〔註7〕魯迅1935年為《中國新文學大系》做《小說二集》做導言時，曾以「表現的深切與格式的特別」概括自己在小說方面為文學革命創造的實績。

〔註8〕《野草》中的《復仇》作於1924年12月，魯迅在《〈野草〉英文譯本序》中曾指明這篇短文的題旨：「因為憎惡社會上旁觀者之多，作《復仇》第一篇。」

捷）之外，從神情舉止，到對世情的認知與體察，皆與成人無異。對麻木的看客的批判，固然是魯迅一貫的關切，但在《示眾》這篇小說中，或者說進入到《彷徨》時期的魯迅，這種批判又被增添了一些新的意味。那就是，魯迅在這裡，將「孩子」這一群體列入到了被批判對象的那個集合中，「孩子」從《吶喊》時期「希望」的寄託者悄無聲息地變成了吃人世界的共謀者。而這一點，是需要特別關注的。換言之，當魯迅在小說中再次涉及批判看客這個「舊命題」的時候，他並非只是簡單的重複與強化，而是傳達出了新的絕望的意味。

作為「風景」的兒童

現代文學內蘊了諸多社會性命題，兒童問題可以說是其中一支。新文學的領軍人物如周氏兄弟者對此的主動關切已經得到了一些學者的討論。相比於周作人在理論方面的著力，魯迅的創作在另外一個層面上提供了那一時期「兒童觀」的樣貌。儘管從整體上來看，在新文學時期，「兒童」這一類群體並不構成魯迅小說世界的主角，但正如上文對於《示眾》的分析所顯示出的，小說題旨的深意，可能往往存在於對細節的安排上。而另一方面，如果我們承認魯迅的許多小說作品具有現實主義的批判性意義的話，那麼，兒童作為活動於日常生活中的必要性元素，其被作家攝入筆下時的形態，則直接或者曲折地反映著作家的認知方式。

因此，分析小說中出現的兒童形象，就在一定程度上具備了方法論的意義。這正合於柄谷行人在論述日本現代文學時提出的一套理論，即「風景」與產生「風景」的現代文學裝置。

柄谷行人提出的「風景」其實就是在現代意義上的「個體」被發現之後，經由個體意識的主動認知，被強烈個性化了的外物。「風景的發現」是從「內面之發現」──即個體的自覺──開始的，或者說，發現風景，實際上就是一種現代性的個體意識的自覺。在這個意義上，即使自稱或被目為「寫實主義」的東西，因為其作者是已經獲得了自覺意識的個體，所以其所描寫的「風景」，並不是一開始就存在於外部的，而須通過對『作為與人類疏遠化了的風景之風景』的發現才得以存在」〔註9〕。這樣一種「裝置」的邏輯被柄谷行人

〔註9〕柄谷行人，《日本現代文學的起源》，趙京華譯，生活‧讀書‧新知三聯書店 2006 年，第 19 頁。

稱爲「顛倒」。「顛倒」的秘奧就在於，蘊藏在文字之中的「風景」，並非眞實的，而是經過自覺的個體以其自己所選擇的認知方式「透視」出來的結果，「透視」造成了「顛倒」。在這樣的裝置中，人也可以作爲風景獲得文學性的呈現。柄谷行人在《日本現代文學的起源》中特撰一節，討論「兒童」作爲「風景」被發現的問題。柄谷行人指出，現代以來對於「兒童」的發現，儘管無不包含著對古典兒童觀的批評，但事實上，其主動認知兒童時盡力強調的某種所謂的「眞實」，也只是一種現代意味的「顛倒」：「與風景一樣，兒童也是作爲客觀性的存在而存在著，並且被用於觀察與研究」，「所謂孩子不是實體性的存在，而是一個方法論上的概念」。〔註10〕

　　以這種思路來觀照周氏兄弟的兒童觀，會發現其彷彿確乎也被籠罩在這一「顛倒」的邏輯之中。周氏兄弟二人在兒童問題上用力的方面不同，但歸結起來，大抵都是把這個問題纏繞在倫理層面的考慮之中。安德魯‧瓊斯曾經指出過周作人等民國人士早期兒童文學觀所內含的悖論：一方面認爲童話是「小說的童年」，一方面卻又對其賦與了文明教化的功能〔註11〕。借「顛倒」的裝置來看，造成這樣一種悖論的原因，其實是急切的倫理期待與不甚清晰的進化論題旨扭結在一起，成爲了周氏等人的「透視」法則之故。而後，當「透視」法則被調試爲明晰狀態的時候，顯現在這面「風景」之中的矛盾也就跟著消失了。

　　柄谷行人試圖在廣義的文學史視野下闡明現代機制中「風景」的起源。落實到具體的作家，其所發現並將之文學化了的「風景」，如果存在某種類似於「起源」的東西，那麼就是柄谷行人建構起來的那個顛倒裝置中的「透視法」了，也就是作家看待並運用某種意象的方式，或者說是這些意象被組織和拼接在作品中、作爲固定的素材所承載的屬於作者自己的意識形態。魯迅筆下，「兒童」作爲「風景」，其在作品中呈現出來的樣貌，事實上也是「透視」的結果。這樣說的前提，是將魯迅的作品納入到了新文學的整體脈絡之中，無論其表現出的文學天賦如何獨特、令人感到不可思議，他的題旨，終歸可以被置於時代的宏觀語境之中被觀照。兒童問題的凸顯是與那段時期現

〔註10〕同上，第114、124頁。
〔註11〕安德魯‧瓊斯，《發展的童話：魯迅、愛羅先珂和現代中國兒童文學》，收於徐蘭君、安德魯‧瓊斯主編《兒童的發現：現代中國文學及文化中的兒童問題》，北京大學出版社2011年。

代民族國家話語、對進化論的懵懂關切、對科學主義近乎迷信的聲揚、個體意識的自覺等時代性命題相關聯的。魯迅並未跳出這套歷史的邏輯。他帶著自己的關切、同時也和著時代的拍子持續觀察和思考，這種狀況之下，「兒童」於是作爲「風景」被發現了。藤井省三曾經撰文考察魯迅對荷蘭童話《小約翰》的翻譯以及對安徒生的接受，結論之外，值得注意的是藤井指出，對於《小約翰》的翻譯乃是魯迅在「四‧一二政變」之後抗爭現實的某種寄託〔註12〕。這份研究提供了一個例證，即兒童世界，在魯迅的視域裏，事實上正是經由了「透視」而形成的「風景」，在這個顛倒的裝置中，「風景」本身的客觀原型已經不重要了，值得人們關注的是，發現了風景的作者究竟採取了何種透視法則，而這也正是將文學史轉化爲思想史的過程。

　　兒童作爲一個概念首先出現在作爲新文學家的魯迅的小說裏，正是魯迅在新文化運動中的登場之作《狂人日記》。這篇小說創作於 1918 年 4 月，以十分現代性的技巧傳達了「舊中國的歷史是一部吃人的歷史」的觀點，其所展示的世界事實上是對「鐵屋」〔註13〕比喻的具體化的再現：所有人「吃人」而不自覺，並終於（如小說開篇意味深長的文言小序所顯示出的）同化了曾經清醒過的人。然而在篇末，魯迅卻爲這個荒謬的世界製造了一道裂縫：

　　　　沒有吃過人的孩子，或者還有？

　　　　救救孩子……

這裡的兒童，並未實際出場，而是存在於狂人的幻想與期待之中，「孩子」在小說的末尾，作爲一種被符號化了的東西由狂人「吶喊」出來，寄託著「毀壞鐵屋」的「希望」。此處的孩子，是被魯迅特地區隔在成年人這一群體之外的。被風景化了的兒童，其背後的透視立場實際上與改造國民性的命題以及對進化論的懵懂接受相關。兒童必須是區別於成年人的，因爲前者相較於後者，更容易導向光明的前景。

〔註12〕藤井省三，《魯迅與安徒生──兒童的發現及其思想史的意義》，收於陳福康編譯《魯迅比較研究》，上海外語教育出版社 1997 年。

〔註13〕《吶喊‧自序》中記述了魯迅對金心異在 S 會館槐樹下的談話：「假如一間鐵屋子，是絕無窗戶而萬難破毀的，裏面有許多熟睡的人們，不久都要悶死了，然而是從昏睡入死滅，並不感到就死的悲哀。現在你大嚷起來，驚起了較爲清醒的幾個人，使這不幸的少數者來受無可挽救的臨終的苦楚，你倒以爲對得起他們麼？」以《狂人日記》中描述的情況對照來看，「熟睡的人們」正是「狂人」眼中那些可怕的他者，而他們構成的世界則正是「鐵屋」的本體。

　　《狂人日記》完成後約一年半，1919 年 11 月，魯迅在《新青年》上發表了《我們現在怎樣做父親》，這篇文章除了述明父母對於子女的作用只是一個「過付的經手人」，完全是「義務的，利他的，犧牲的」，也申明了「後起的生命，總比以前的更有意義，更近完全，因此也更有價值，更可寶貴……」這樣一個具有濃厚進化論意味的觀點。

　　　　自己背著因襲的重擔，肩住了黑暗的閘門，放他們到寬闊光明
　　的地方去；此後幸福的度日，合理的做人。

這個主張很快在魯迅的小說創作中得到了再次說明。完成於 1921 年初、後被收錄於《吶喊》中的小說《故鄉》，以「我」與閏土、宏兒與水生這平行同構的兩代人復現了「幼者本位」的觀念。由《我們現在怎樣做父親》的圖式來解讀《故鄉》，則閏土的墮落與「我」的無可奈何，正是父輩落後的表徵，而水生與宏兒經由一代人的進化，不是不可能抵達「幸福的度日，合理的做人」的光明未來的：

　　　　希望是本無所謂有，無所謂無的。這正如地上的路；其實地上
　　本沒有路，走的人多了，也便成了路。

魯迅對於毀壞鐵屋的態度雖然遲疑，始終沒有開出關於「希望」的承諾，但並不願意以「必無」否定「可有」，「孩子」作為可能實現這種「可有」的寄託，在這一時期，實際上是被魯迅他者化於自身之外的：無論是記憶中的閏土與童年時的「我」，還是現在時狀態下的水生與宏兒，都被作者有意地劃分在成人世界之外，這也正是當閏土叫出一聲「老爺」的時候，「我」所深深感到的那一層「厚障壁」所割開的兩個世界。而這樣的被風景化了的兒童，在文本的修辭中有直接的表現。對少年閏土不惜筆墨的描寫，所指向的人物特性，在勇敢、機智等等之外，最重要的是身為兒童的天真，可以毫無保留地與不同階層的作為少爺的「我」談笑玩耍。中年閏土叫出一聲「老爺」，則正像狂人終於做了候補道，美好的回憶坍塌了，「鐵屋」又回覆到死寂的狀態，閏土與「我」的童年，中途變質，並沒有持續下來，成為侵入晦暗現實並使之改變的力量，正如「狂人」的「狂」，到底還是被消磨殆盡，並沒有抵制住「吃人」世界的同化。而《故鄉》與《狂人日記》的象徵性同構則體現在，狂人與閏土雖然最終變成了可怕現世的一部分，但兒童卻仍然是留存給新世界的可能性。

　　　　宏兒和我靠著船窗，同看外面模糊的風景，他忽然問道：
　　　　「大伯！我們什麼時候回來？」

「回來？你怎麼還沒有走就想回來了。」

「可是，水生約我到他家玩去咧……」他睜著大的黑眼睛，癡癡的想。

宏兒與水生的關係即是「我」與閏土童年光景的復現，這種關係會怎樣發展，在循環（即重複「我」所經歷的）與進化之間，魯迅的意見傾向於後者。也正是由此，「兒童」在這個時期，一直被他精心地描述著，作為區隔於成年人的特殊的「風景」，以天真童趣的情態，顯示著魯迅「希望是在於將來，決不能以我之必無的證明，來折服了他之所謂可有」〔註14〕的「透視法」。

「兒童」的成人化：「風景」的變異：

回到文章一開始分析的《示眾》。「兒童」作為「群像」的中心，是魯迅在小說敘事視角上暗藏的玄機，但從他賦予人物的意義這個層面上來看，「兒童」卻又是匯入「群像」中的一部分。無論是周作人還是李歐梵，都對小說情節和人物有細緻的梳理，而這篇小說的某種特殊性也正藏在這種對「演員表」的不厭其煩的陳列中：「兒童」在這裡，已經與其他「庸眾」一樣，以「自己的怪異形象」，被「攝入」群像之中。如果說在《吶喊》中，「兒童」是被有意區隔在成人這一群體之外的，那麼到了《徬徨》，「兒童」已經被成人化了，「示眾」的「眾」就意味著這層區隔的被取消。

而考察魯迅在寫及兒童時所使用的修辭，則可更清楚地看出其思想與情感的變化傾向。

《示眾》中，作者著力展示的，是胖孩子參與圍觀殺頭時的躍躍欲試之態。非常突出的修辭就是使用了「皮球」這一比喻。「皮球」的表層狀貌特徵，對應著「胖孩子」之「胖」；其動態特徵，則對應著胖孩子飛奔之快。但僅僅讀到這個層面，恐怕還是不夠。魯迅在描述了胖孩子看包子鋪的無精打采之後，忽然筆鋒一轉，將之飛奔至事發現場的樣子形容為「像用力擲在牆上而反撥過來的皮球一般」，這一句話裏包含了兩個重要的省略。第一是在事件發展的邏輯上，魯迅省略了胖孩子從看鋪子到發現有人即將被殺頭再到決定去圍觀的這一系列的心理活動過程。這一省略，以一種「毋庸贅言」的姿態表明：在胖孩子那裏，發現有人被當街行刑就要去圍觀，已經成為一種慣性的、

〔註14〕語出《吶喊・自序》，魯迅為《新青年》撰稿之時，對於「啟蒙」的倫理意義是遲疑的，然而對於「希望」，他並不全然報以消極的態度。

下意識的行為；而要圍觀，動作必須要快，否則難以在人群中找到合適的落腳之處，也已經成為他腦中根深蒂固的具有某種規定性的事情。更值得注意的是第二個省略，在「皮球」這個比喻中，作者悄無聲息地使用了一個被動式的語法——「用力擲在牆上而反撥過來的」，卻沒有指出「用力擲」這個動作的施動者。被略而不提的那個擲皮球的施動者，是一個故意留出的空白。聯繫魯迅一貫以來批判國民性的邏輯，這個空白處的隱喻指向哪裏，應該是不言而明的。但在另一方面，「擲皮球」比喻的受動者也意味著，兒童，在《示眾》中所表現出來的，乃是被一種無形的力量操控，或者說被這種力量同化的形象，換言之，兒童自身的主體性在這裡已經被取消了。而在小說中另一個兒童「小學生」那裏，魯迅也重複使用了這個比喻，以表現人物發現有事可觀時，與胖孩子別無二致的興奮情狀。這也證明了以「皮球」作為喻體，其意味絕不僅僅停留在狀貌的相似上。而這種意味深長的寫法，恐怕不能被簡單地看作是魯迅對於新的小說技法的嘗試。

　　除了著力形容兒童的狀貌之外，魯迅並沒有給人物安排發聲的機會。人物描寫中一個很重要的元素「語言」，在小說所寫的兒童身上，幾乎是沒有的。胖孩子的語言只有為了賣包子而發出的吆喝，但是假如把吆喝的發聲人換做成年人，引號裏面的內容大概是不會發生變化的。也就是說，胖孩子這唯一的有聲記錄，是不具備任何識別性的，並不能標注出他「兒童」的身份。小說中另一個兒童小學生，更加沒有說一句話。而這樣的寫法，在《徬徨》中另一篇涉及兒童人物的小說《孤獨者》裏，似乎更為明顯。

　　《孤獨者》講述了「我」在與老友魏連殳的交往中，觀察到的他的令人悲哀的人生。兒童並非小說的主角，但在故事裏，房東家的孩子大良們，卻是魏連殳倍加珍愛的對象。魯迅在故事的敘述中，提到兒童時，與聲音相關的表現只是簡略地一筆帶過：

> 我正想走時，門外一陣喧嚷和腳步聲，四個男女孩子闖進來了。
> 大的八九歲，小的四五歲，手臉和衣服都很髒，而且醜得可以。但是連殳的眼裏卻即刻發出歡喜的光來了，連忙站起，向客廳間壁的房裏走，一面說道：
>
> 「大良，二良，都來！你們昨天要的口琴，我已經買來了。」
>
> 孩子們便跟著一齊擁進去，立刻又各人吹著一個口琴一擁而出，一出客廳門，不知怎得便打將起來。有一個哭了。

倍受魏連殳喜愛的大良二良們，出場時是沒有具體的語言的。分析故事情節會知道，人物在此處並非眞的沒有對白，從魏連殳的一系列反應來看，大良二良應該是頗說了一些話的，只是作者在這裡並沒有將之納入到敘事的線索之中，如實地記錄下來。這當然是出於精簡敘事目的的省略。但這種安排，也從另一個側面暗示了，諸如大良、二良這類人物，說了什麼並不重要，因爲他們的話語完全是可以根據上下文被推測出來的，話語的被取消，正像徵著主體性的被取消。作者事實上已經不把大良們當作兒童來看待了。

而魯迅並沒有就此罷休。他一方面省略掉了大良們對魏連殳說的話，另一方面卻記下了另一個孩子的話——某一次魏連殳來拜訪「我」，講起來路上的見聞時敘述道：

「想起來眞覺得有些奇怪。我到你這裡來時，街上看見一個很
小的小孩，拿了一片蘆葉指著我道：殺！他還不很能走路……」

尚不會走路的孩子卻十分嫻熟地演繹著「殺！」，這不能不讓人想起《示眾》中皮球一樣被擲出去的胖孩子和小學生。其共同之處就在於生理上沒有成年的孩子已經被成人世界的認知模式與行爲模式深深浸染，這種浸染是何時發生、如何發生的，作者並沒有試圖進行分辨。無論如何，兒童作爲不同於成年人的一個群體，其本來應該具有的特性，除了外貌上的表現之外，已經蕩然無存了。

沒有直接對白的大良二良，在小說《孤獨者》的末尾、房東太太對「我」的講述中，乾脆學起了狗叫。這一節雖被作者一筆帶過，但畢竟可以視作整個故事裏，兒童這類角色在「殺!」之外唯一發聲的場景了。這不能不說是別有深意的。

回看以上由細讀展開的文本分析，無論是」皮球」比喻中隱含的被動式與施動者的缺席，還是胖孩子、小學生、大良二良們話語和心理活動的被省略，都指向了兒童這一群體的主體性在作者筆下已經被完全取消了。這並不能僅僅被解釋爲敘述技巧的更新，它應該更爲深刻地指向作者認知方式的變化。如果說此前在《吶喊》的一系列篇目中，魯迅是在故意區隔兒童與成人這兩個群體，那麼到了《徬徨》，他則更傾向於對「兒童」這一對象進行「成人化」的處理。

而同樣是住客的身份，愛羅先珂在《鴨的喜劇》中與屋主孩子的對話卻被魯迅記述了下來：

> 有時候，孩子告訴他說，「愛羅先珂先生，他們生了腳了。」他
便高興的微笑道，「哦！」

> 「伊和希珂先，沒有了，蝦蟆的兒子。」傍晚時候，孩子們一
見他回來，最小的一個便趕緊說。

後一句，不但記錄了孩子的話，而且故意在字詞和語法上再現了因為年幼而尚未通於語言表達的稚拙的情態，孩子的天真之狀躍然紙上。愛羅先珂所寄居的院子裏的孩子，與魏連殳房東家的大良二良，作為小說中的配角，雖然出場不多，但情狀卻很值得對比。兒童的主體性問題，在客觀的歷史中，從《鴨的喜劇》的 1922 年到《示眾》、《孤獨者》的 1925 年，真的存在本質性的變化嗎？魯迅對其形象的塑造所以有雲泥之差，恐怕並不是基於具體的現實情況。是否將主體性歸還於筆下的兒童，關鍵在乎作者自身認知與思考的立場。也就是說，兒童的成人化，聯繫著的是魯迅在 1920 年代中期，經歷了一系列個人生活與社會歷史的動盪之後，關於「惟黑暗與虛無乃是實有」的深刻體認。

兒童觀的變化，提示了魯迅在 1920 年代中期思想的轉變，要探尋這個問題，需要去瞭解和分析那個時期具體的微觀語境對魯迅造成的影響，這同時可能也意味著魯迅本身某種「生活者」的面向的真正展開。當魯迅筆下的「兒童」匯入「成人」、變為「庸眾」的時候，魯迅的內面性的轉變，是值得注意的，這種看起來彷彿消極的變化，可能正是魯迅更為深刻的所在。

主要參引文獻

1. 《魯迅全集》，北京，人民文學出版社 2005 年。
2. 《周作人散文全集》，鍾叔河編，廣西，廣西師範大學出版社 2009 年。
3. 李歐梵，《鐵屋中的吶喊》，尹慧珉譯，北京，人民文學出版社 2010 年。
4. 《兒童的發現——現代中國文學及文化中的兒童問題》，徐蘭君、安德魯·瓊斯主編，北京，北京大學出版社 2011 年。
5. 柄谷行人，《日本現代文學的起源》，趙京華譯，北京，生活·讀書·新知三聯書店 2006 年。

（原刊《漢語言文學研究》2016 年第 4 期）

專題五・詞章與說部

經世與微言：
譚獻詞學與《公羊》學的關係

吳志廉

（香港大學附屬學院中國語言、文學及文化學部）

一、引言

　　譚獻（1832～1901），字仲修，號復堂，浙江仁和人，是晚清著名學者、詞學家，其論詞話語散見於《篋中詞》、《譚評詞辨》、《復堂日記》以及數篇詞集序跋，其弟子徐珂於譚獻身後輯成《復堂詞話》，然其所輯多有遺漏，今人譚新紅有《重輯復堂詞話》，文獻相對完整。葉恭綽云：「仲修先生承常州派之緒，力尊詞體，上溯風騷，詞之門庭，緣是益廓，遂開近三十年之風尚。論清詞者，當在不祧之列」；〔註 1〕龍榆生更認為譚獻是「近代詞壇之一大宗師也」，〔註 2〕諸人肯定譚獻主一時壇坫、開一代風氣的詞學貢獻。學界對於譚獻的詞學研究相對豐富，但大多孤立地觀照其詞學論述，鮮有結合其詞論以外的《復堂日記》、《復堂類集》、《復堂文續》、《董子定本》予以闡述。本文嘗試在譚獻全集基礎上，論證晚清《公羊》「經學」一定程度成為了譚獻「詞學」的理論資源，這種異源而同軌的思想轉移，催化「理論」與「政治」的聯繫趨勢，迸發出不同文本被重新詮釋與定位的潛在力量。

〔註 1〕葉恭綽：《廣篋中詞》（北京：人民文學出版社，2011），頁 121。
〔註 2〕龍榆生：《近三百年名家詞選》（上海：上海古籍出版社，1979），頁 146。

二、譚獻的「比興」詞學

據譚獻《復堂詞話》記載：

> 魯川廉訪珂謹按：即馮志沂。官比部時，予入都遊從，屢過
> 談藝。一日酒酣，忽謂予曰：「子鄉先生龔定庵言詞出於《公羊》，
> 此何説也。」予曰：「龔先生發論，不必由中，好奇而已。第以意
> 內言外之旨，亦差可傅會。」魯翁曰：「然則近代多豔詞，殆出於
> 《穀梁》乎。」蓋魯翁高文絕俗，不屑爲倚聲，故尊前諧語及此。
> 〔註3〕

晚清馮志沂轉述龔定盦「詞出於《公羊》」之説，據字面直解，其説大意是：
詞源於《公羊》學，蓋兩者具相似意涵。無論「詞出於《公羊》」説出自何人，
譚獻對於此説，釋之爲「龔先生發論，不必由中，好奇而已。第以意內言外
之旨，亦差可傅會」，他雖認爲此論不無炫奇成份，然亦道出自身體會。在譚
獻眼中，「詞」之所以通於《公羊》，是因爲「意內言外」可作爲連繫兩者的
「橋樑」。所謂「意內言外」，顯然是推衍張惠言〈詞選序〉之説：「意內而言
外謂之詞」。譚獻是常州詞派重要一員，在定盦所論基礎上，強調詞體某些特
質可打通《公羊》的界限，我們不妨緣此探本溯源，爲譚獻勾勒出一個看似
獨立卻相互連繫的治學框架。

譚獻「意內言外」説，是強調詞作蘊含著豐富的言外之意有待抉發，此
概念得以建構起來，需立足於《詩》、《騷》的「比興」傳統，據此法則，他
認爲讀者可擁有近乎「再創作」的詮釋權利、興發意志，其〈復堂詞錄序〉：
「是故比興之義，陞降之故，視詩較著，夫亦在於爲之者矣。上之言志永言，
次之志絜行芳，而後洋洋乎會於《風》《雅》……又其爲體，固不必與莊語也，
而後側出其言，旁通其情，觸類以感，充類以盡。甚且作者之用心未必然，
而讀者之用心何必不然」，〔註4〕主張以抽絲剝繭的「比興」眼光，抉發出詞
體「意內言外」的嚴肅內容，一定程度鬆動了作者之心與讀者之心的聯繫關
係。可見「比興」是其「意內言外」的核心依據，若要論「意內言外」，得從
「比興」談起。

〔註3〕譚獻：《復堂詞話》，載唐圭璋：《詞話叢編》（北京：中華書局，2012 年），冊
　　　4，頁 4014。

〔註4〕譚獻著，譚新紅輯：《重輯復堂詞話》，載葛渭君編：《詞話叢編補編》（北京：
　　　中華書局，2013 年），冊 2，頁 1307。

除了《復堂詞錄》，〔註5〕譚獻花了畢生精力編纂當代詞選《篋中詞》，錄清代各時期詞家約 375 人，詞作數量達 948 闋，是晚清極重要的選本，冒廣生（1873～1959）云：「仁和譚仲修獻，循吏文人，倚聲巨擘。篋中一選，海內視爲玉律金科」，〔註6〕指出其選集影響之深、傳播之廣。譚獻開宗明義說：「予欲撰《篋中詞》，以衍張茗柯、周介存之學」，〔註7〕意欲張大以張、周爲首的常州詞派。緣此，譚獻以「比興」作爲去取標準，「予欲訂《篋中詞》全本，今年當首定之。選言尤雅，以比興爲本，庶幾大廓門庭，高其牆宇」；〔註8〕「檢閱止菴《宋四家詞選》，皆取之竹垞《詞綜》，出其外僅二三篇。僕所由欲刪定《篋中詞》，廣朱氏所未備。選言尤雅，以比興爲本，庶幾大廠門庭」。〔註9〕「比興」作爲一種表現手法，在詩歌發展史上一直與「政治寄託」互爲隱諭產生作用，〔註10〕當充滿暗示性之「比興」成爲常州詞派之綱領，他們所承繼的是漢儒解《詩》與清初箋晚唐詩者的價值取向。就詮釋言，常州詞派慣把風花雪月、男女哀樂等的詩歌物象都認定爲深婉的政治譬諭；就創作言，他們期許時人將家國情懷「曲折」地蘊含在詩歌裡，也就是透過「比興」技巧傳達政治「寄託」。換言之，他們預設了詞體大多關乎政治，無論表層意象涉及到怎樣的物象，在他們眼中都只是用來建構政治隱諭，把外在景物只是作爲觸發作者情感的媒介的可能性去掉，是一種言在此而意在彼的詮

〔註 5〕《復堂詞錄》是譚獻選錄由唐至明之詞選集，收詞約千闋，惜此書未正式刊行，稿本藏於國家圖書館，但從〈復堂詞錄序〉可窺見其選詞理念。

〔註 6〕冒廣生：《小三吾亭詞話》，載《詞話叢編》，冊 5，頁 4671。

〔註 7〕譚獻著，范旭侖、牟曉朋整理：《復堂日記》（石家莊：河北教育出版社，2001年），頁 72。

〔註 8〕《復堂日記》，頁 129。

〔註 9〕《復堂日記》，頁 299。

〔註 10〕朱自清指出，漢儒解《詩》所謂的「興」，就是借外在事物「譬諭」政治，本身就具有「比」的意味，但要稱作「興」還需要多一個條件，就是該譬諭要出現在發端，但因爲「比」與「興」具相似性，導致後世常是「比興」連稱，見《詩言志辨》（長沙：嶽麓書社，2011 年），頁 48，76；張健指出，清初馮班兄弟提倡晚唐詩，提倡比興，後來吳喬繼之，所繼承的就是漢儒所建構的美刺比興傳統，見《清代詩學研究》（北京：北京大學出版社，1999 年），頁168；顏崑陽指出，漢儒箋詩與清初箋李商隱詩者，都排除了「興」那種直覺引觸感發的意義，而把「比興」窄化爲「比」，因爲他們老早預設了詩歌所寄託的情義，必然與政教的諷諭美刺或個人政治上的出處進退有關，再輔以「知人論世」、「以意逆志」的操作方法做到「詩史互證」，見《李商隱詩箋釋方法論》（台北：里仁書局，1994 年修訂版），頁 143～144。

釋視角。一心弘揚常州派家法之譚獻，並非只把「比興」掛在口上而已，而是透過大量相關詞評，將此概念所蘊含的力量釋放出來，附錄（一）臚列了《篋中詞》、《譚評詞辨》、《復堂日記》有關政治美刺、士人出處進退、反映時事之話語。

不難察覺《譚評詞辨》、《復堂日記》與《篋中詞》都有相似論述，揭示譚獻有一以貫之的詞學傾向，下文以《篋中詞》展開闡述。從附錄可知，《篋中詞》滿是政治導向、強調比興之詞評，昭示詞體非作者苟為雕琢曼辭而已，而是士人刻意經營、潛心摸索的創作，自是寄寓深遙，忠厚纏綿。當然，該選集不乏直述時事之詞，如張景祁（1827～？）〈秋霽‧基隆秋感〉、鄭文焯（1856～1918）〈摸魚兒‧金山留雲亭餞沈仲夏中丞，酒半聞江上笛聲，起亂煙衰柳間。感音而作，不知覺其辭之掩抑也〉等，譚獻將它視作感時憂世的載體，自無不妥。但附錄詞評更多是預設無直接反映時事之詞啟動了「比興」隱諭機制，讓譚獻扮演著解碼者將其潛在意涵抉發無遺。

在愛情詞方面，如蔣春霖（1818～1868）〈踏莎行〉，其表層刻畫屬「閨怨詞」，譚獻卻將其傷春情緒歸咎於「金陵淪陷事」，指咸豐三年（1853），太平軍血腥攻陷南京之役。按照其「戀語痴語，推之忠愛」之邏輯，「無人小院纖塵隔。斜陽雙燕欲歸來，捲簾錯放楊花入」，非僅寫庭院之凋零、婦人之落寞，而是指涉滿目瘡痍的南京，那裏連嬌小燕子都無法覓得棲身地，百姓之顛沛流離不難想見，故發出「東風一夜轉平蕪，可憐愁滿江南北」之深刻慨嘆。詠物詞方面，許宗衡（1811～1869）〈霓裳中序第一‧秋柳〉、姚正鏞（1843～？）〈淒涼犯‧寒鴉〉，譚獻分別視作「念亂憂生」、「念亂之言」，以詞中衰頹之草木，悽惶之鳥獸，為世變滄桑的側影；朱彝尊（1629～1709）〈綺羅香‧和宋別駕牧仲咏螢〉、錢芳標（？～？）〈水龍吟‧咏螢〉，譚獻分別視作「刺詞」、「當時貳臣倖進，詞人刺之」，乃認為趨吉避凶之螢，當指涉朝中勢利小人，說明詞體何嘗不可介入政治，發揮諷諭力量。感懷詞方面，宋琬（1614～1673）〈蝶戀花‧旅月懷人〉，譚評「憂讒」；黃長森（？～？）〈踏莎行‧秋懷〉，譚評「失職不平，婉曲可以諷矣」；馬汝輯（1900～1977）〈二郎神〉，譚評「士屈於不知己」；馮煦（1842～1927）〈一枝花‧曉經秦郵，過故居作〉，譚評「幽咽怨斷，夢華詞境，感遇為多」。這些詞作纏綿悱惻，幽怨暗生，多透露難以名狀的複雜情緒，然其本事多被隱去，在根據不足情況下，譚獻卻一律視作仕途之反映。上文分類闡釋是為了便

於論說，事實上《篋中詞》不同類別之選詞，都經常被附上有關政治歷史、仕途進退之綜合評斷。

　　詞之爲體，本是小道，向有吟風月、拈花酒、寫愛情之深遠傳統，所以常被稱作「側豔之詞」，不必讓它承擔言志載道之責任，令詞體創作相對自由，士人能藉此抒懷寫恨、宣洩情慾，釋出一些於詩文不敢直陳的眞感情。但這些眞感情宜透過委婉深致的藝術手法傳達出來，因詞體創作多追求「要眇宜修」的美學，若直抒胸臆則非「當行本色」。故詞外之事常內化爲詞中之情，如夢似幻，恍惝迷離，交織成一連串有待解構的暗碼，輒衍生許多「不確定性」，誘發讀者以文化記憶、歷史經驗對不同意象群作出相應聯想。譚獻等人即根據「比興」傳統，喜把歧義性、模糊性、模稜兩可之詞，一併坐實到具體的政治語境，將常州詞派的尊體技倆踵事增華，發揚光大。

　　譚獻對「比興」的堅持可謂甚矣，並以此作爲評騭詞集之標準。其〈笙月詞敘〉即稱該集「致兼情文，雅備比興」；〔註11〕其〈蘋洲漁唱敘〉云：「公束去年賦《春柳》四詩，傳唱東南。身世之感，民物之故，託興如見」；〔註12〕其〈留雲借月庵詞敘〉云：「世稱塡詞爲詩餘者，豈不以流連哀樂，推燁比興」；〔註13〕其〈三家詞序〉云：「賦當六藝之一，宋景嵋於詞出八代而還比興十九……綺藻麗密，意內而言外；疏放豪逸，陳古以刺今……纏綿忠愛，香草之寄」；〔註14〕其〈願爲明鏡室詞稿敘〉云：「主於風喻，歸於比興」；〔註15〕其〈蹇盦詞〉云：「大端則詞尚比興，小而字句各有氣類」；〔註16〕其〈鶴緣詞〉云：「定予塡詞婉麗，樂府之餘，而通於比興，可諷詠也。」〔註17〕上引充分說明，詞體深婉委曲的修辭傾向，屢被譚獻視作美人香草的寄託，並將它導向更深刻、更精邃的政治意涵，爲本處於文學邊緣位置的詞體掙得合理生存空間，讓它躋身詩文行列而承擔載道致用的責任。

〔註11〕譚新紅：《重輯復堂詞話》，載《詞話叢編補編》，冊2，頁1308。
〔註12〕譚新紅：《重輯復堂詞話》，載《詞話叢編補編》，冊2，頁1309。
〔註13〕譚新紅：《重輯復堂詞話》，載《詞話叢編補編》，冊2，頁1312。
〔註14〕譚新紅：《重輯復堂詞話》，載《詞話叢編補編》，冊2，頁1313。
〔註15〕譚新紅：《重輯復堂詞話》，載《詞話叢編補編》，冊2，頁1314。
〔註16〕譚新紅：《重輯復堂詞話》，載《詞話叢編補編》，冊2，頁1318。
〔註17〕譚新紅：《重輯復堂詞話》，載《詞話叢編補編》，冊2，頁1319。

三、詞學之「意內言外」與《公羊》學之「微言大義」

　　上文闡述了「比興」是譚獻「意內言外」的依據，兩者互爲因果構成一套政治化的詞學體系。譚獻對「詞出於《公羊》」說，作出《公羊》學通於詞學「意內言外」之解釋，那麼兩者得以聯繫起來的媒介到底爲何物？那就是「微言大義」，這必須從譚氏的治學歷程談起。譚獻自 22 歲起習詞，〔註18〕30 歲刻《復堂詞》，〔註19〕50 歲編成《篋中詞》與《復堂詞錄》，〔註20〕而《復堂日記》亦載有他從 31 歲至 70 歲之間的不少詞話。同時，詞學家譚獻亦是一位今文學者，他年幼已習《春秋》學：「夫惟董子，《春秋》大師，則儒家所傳百二十三篇不離其所宗。吾生十五年而讀《春秋》，年二十而讀董子」，〔註21〕西漢今文經師董仲舒，人稱董子，其《春秋繁露》發揚《春秋》之旨，因多主《公羊傳》，董子向被視作《公羊》學的奠基人物。但有關董仲舒之著作，散佚不全，篇目混雜，有鑑於此，譚獻耗三十多年精力編纂《董子定本》，〔註22〕重審篇目，闡發義理，夏寅官（1866～1943）云：「《董子》十六篇爲先生致力最深之書」，〔註23〕此書現被收錄入《叢書集成續編》第 37 冊，重新命名爲《譚儀所敘董子》，後有錢基博之序，錢氏對此書雖稍有微詞，然亦肯定此書「綱舉目張，附萼相銜，然後董子之書，神明煥然」。〔註24〕在譚獻看來，董仲舒於抉發孔子意旨貢獻極大，值得耗時間鑽研，嘗云：「讀董子。大賢亞聖，吐辭爲經，豈徒師儒之望」；〔註25〕「讀董子《實性》諸篇。深明聖誼，孟子書遜其粹矣。《五行》等篇論陰陽之理，深明大人之故、德刑

〔註18〕譚獻〈復堂詞錄序〉：「二十二旅病會稽，乃始爲詞」，載譚新紅：《重輯復堂詞話》，《詞話叢編補編》，冊 2，頁 1306。

〔註19〕譚獻：〈復堂諭子書〉：「三十歲時，在閩刻《復堂詩》三卷，詞一卷」，載羅仲鼎，俞浣萍點校：《譚獻集》（杭州：浙江古籍出版社，2012 年），頁 682。

〔註20〕馮煦爲《篋中詞・序》題有「壬午秋七月」，即光緒八年（1882），時譚獻 50 歲，見《續修四庫全書》，冊 1732，頁 615。《復堂日記》：「寫定《復堂詞錄》……予選詞之志亦二十餘年，始有定本」，該條日記繫於壬午年，見《復堂日記》，頁 131～132。

〔註21〕〈董子敘〉，《譚獻集》，頁 131。

〔註22〕譚獻〈董子敘〉：「始從事於咸豐戊午六月，卒業於光緒壬辰六月」，《譚獻集》，頁 132。

〔註23〕夏寅官：〈譚獻傳〉，載錢儀吉等編：《清碑傳合集》（上海：上海書店，1988），頁 3745。

〔註24〕錢基博：《譚儀所敘董子・後序》，載《叢書集成續編》（台北：新文豐出版公司，1989 年），冊 37，頁 624。

〔註25〕《復堂日記》，頁 6。

之原，觀其《對策》，宏綱皆在於是。大儒之不負所學也」；〔註26〕「董子爲《春秋》第一師。故雜論政道，皆推本聖緒，醇備可見施行。至於陰陽五行，大義微言，洞達天人之故，固當鼎足孟、荀，覺賈生尙多粗粗」。〔註27〕可見譚獻不時將董仲舒上攀孟、荀，甚至認爲洞悉天人消息的董子，比孟子更得《春秋》深意，這些論述固是一家之言，然譚獻於董子的頂禮膜拜，可資說明他一生致力數十載、用功極深的是鑽研董子《公羊》學。

董仲舒《公羊》學，一如後世《公羊》學家般重視《春秋》大義，其《春秋繁露》云：「《春秋》，義之大者也」；「《春秋》，大義之所本耶」，〔註28〕並據此提煉出「孔子素王說」、「《春秋》爲改制之作」、「三統說」等影響深遠的《公羊》學理論。〔註29〕具體文辭上，董仲舒《春秋繁露》能掌握《春秋》筆削之意，據余治平《董子春秋義法辭考論》的研究，〔註30〕可知董仲舒從「常辭」、「移其辭」、「況辭」、「去明、著未明」、「婉辭」、「微其辭」、「溫辭」、「惡戰伐」、「辭指關係」、「尤賤尤貴之辭」、「不君之辭」、「不子之辭」、「諱大惡之辭」、「事辭同異」、「詭辭」、「愼於辭」、「無達辭」、「奪繼位辭」、「誅意不誅辭」、「君子辭」、「內事起外辭」、「複辭」的視角，突出孔子旁敲側擊、指桑罵槐、筆削是非曲直的語言藝術，揭示《春秋》如何對君王朝臣作出「政治褒貶」，並發揚孔子的「治國理念」。換言之，董仲舒解讀《春秋》每一字、每一句都斟酌再三，再援用「屬辭比事」之法比照史事文獻、相關言辭，旨在剖開文本表層，探取曲折的言外之意——「微言大義」。

專研董仲舒的譚獻，嘗云：「閱莊先生《春秋正辭》，此絕業也。兼採程伊川、胡康侯，或者《尙書旣見》之意乎？博大深至，條舉件繫，卓乎屬辭比事之教」，〔註31〕稱許《公羊》學家莊存與（1719～1788）之餘，宣示擅用「屬辭比事」之史家，可達到「博大深至，條舉件繫」之境，能有條不紊地挖掘經典深意。這種評價標準、詮釋意識很大程度承繼自《公羊》學巨擘董仲舒。長期耳濡目染，側重「微言大義」的《公羊》學全方位滲透至譚獻的

〔註26〕《復堂日記》，頁218。

〔註27〕《復堂日記》，頁14。

〔註28〕董仲舒著，蘇輿撰，鍾哲點校：《春秋繁露義證》，頁12，143。

〔註29〕詳見黃開國：《公羊學發展史》（北京：人民出版社，2013年），頁162～242。

〔註30〕余治平：《董子春秋義法辭考論》（上海：上海書店出版社，2013年），頁291～357。

〔註31〕《復堂日記》，頁3。

骨髓肌理，其〈諭子書〉云：「予之略通古今，有志於微言大義」，〔註32〕以
《公羊》學的標誌性特徵——挖掘「微言大義」——作爲治學目標，令他治
經史、治文學都傾向抽絲剝繭地抉發文本深邃之義，是以《清史稿》言譚獻：
「治經必求西漢諸儒微言大義，不屑屑章句」。〔註33〕不妨一窺他如何具體而
微地側重大義闡發。

　　譚獻〈名理〉云：「未有考證，先有義理，孔門所謂微言大義，皆義理之
學」，〔註34〕強調治學當以義理爲歸宿，考證僅是工具。其〈蒿庵遺集敘〉云：
「（莊棫）時時以微言發其素尙，不求凡人之知也」，〔註35〕肯定莊棫（1830
～1878）的經學研究能夠縝密地闡發微言。其〈雙研齋筆記敘〉云：「聲音
文字，以通於微言大義之郵……以告後之求微言大義者」，〔註36〕說明文字
訓詁、古音蠡探固是入門之徑，但更關鍵的是藉此挖掘要義閎旨。「欲撰《復
堂繹聞錄》，始事於今月之朔。蓋雜識經疑，或於微言大義有所窺，則記之」，
〔註37〕揭示譚獻治經史的習慣是稽查有無大義深蘊其中。「閱《說文解字釋
例》、《句讀》卒業……予猶欲以吳西林理董之例，鯤理其微言大義，以爲由
後漢求周秦至西京經學之途徑」，〔註38〕譚獻表明欲透過考據手段而獲得經學
眞諦。譚獻「讀《中論》。偉長漢末巨儒，造就正大。微言大義，昭若發蒙……
寓意託諷」，〔註39〕乃激賞《中論》擅於抉發儒學寓託，立意甚高。「宋于庭
先生《論語說誼》。《公羊》專門之學，由大義以通微言。《論語》二十篇，子
夏等撰，集先聖微言，大校明《春秋》之旨，標性道之教」，〔註40〕宋翔鳳以
《春秋》之義貫於《論語》，認爲兩者可互爲闡釋，進窺孔子之義，譚獻或受
其論影響，判斷《論語》藏有幽微的政治訊息。「（溫㷍莊）《象傳論》斗亂不
亂，有物有序，而言外之旨尤廣。《象象論》大義微言，同條共貫……經說皆
非空言，可以推見時事，乾嘉之際，朝章國故隱寓其中」，〔註41〕譚獻認爲因

〔註32〕《譚獻集》，頁679。
〔註33〕趙爾巽等撰：《清史稿》（北京：中華書局，1977年），頁13441。
〔註34〕《譚獻集》，頁139。
〔註35〕《譚獻集》，頁151。
〔註36〕《譚獻集》，頁160～161。
〔註37〕《復堂日記》，頁5。
〔註38〕《復堂日記》，頁39。
〔註39〕《復堂日記》，頁94。
〔註40〕《復堂日記》，頁157。
〔註41〕《復堂日記》，頁161～162。

微見著的《易》學義理，可以有系統、有條理地折射出一代典章制度、歷史掌故。其〈周易通義敘〉亦云：「（莊械）少治《易》，通張惠言、焦循之學。又如讀緯，以爲微言大義，非緯不能通經」，〔註42〕指出莊械爲推算天人消息，乃參照具迷信色彩的緯書，對於此法譚獻並無異議，顯然以有無微言大義判斷著作優劣。其〈桐城方氏七世遺書敘〉：「我朝通儒輩出，以名物訓詁求微言大義於遺經，尋厥濫觴，實始於密之先生之《通雅》」，〔註43〕認爲清人通過考據探得要義的治學精神，可溯源自方以智。相反，譚獻「閱《九經古義》。大都是正文字，未及大義微言，於『古義』之目未滿分量耳」，〔註44〕對於僅止步考據而未能進窺義理之學，是語帶鄙夷的。更甚者，「假藹人行篋《天演論》讀畢。西學中之微言大義，殊有精邃，不敢易視」，〔註45〕即便是西洋著作，譚獻首要關注的仍是其表層下有無深意。對於文學，其〈明詩〉亦云：「凡夫學有本末，皆有合於微言大義者也」；〔註46〕「閱《樂府詩集》。南朝兵爭奢亂，嘗於《吳歌》、《西曲》識其憂生念亂之微言」，〔註47〕可見從經史之學到辭章之學，譚獻都以「微言大義」作爲評鑑尺度，不吝稱譽一些能從隱晦之辭挖出深邃之義的著作，反之則受到其訾議。

　　進而稽察譚獻的詞學取向，不難察見其詞學僅是隸屬其學術下之一環。譚獻〈學宛堂詩敘〉云：「世治則可以歌詠功德，揚盛烈於無窮。世亂則又託微物以極時變，風論政教之失，得綢繆婉篤於倫理之中。遇之如近，而尋之實深，此誠足以通《春秋》之教旨也」，〔註48〕認爲世變文學當發揮諷論傳統，以《春秋》辭隱旨閎的語言策略達到經世效果，這比直陳其事的文學更具批判力量，此論可作爲其文藝觀的核心綱領。從附錄（一）可知，《篋中詞》評蔣春霖〈渡江雲〉爲「詞當作於庚申。前使李謨事，後閱以天寶應之，鉤鎖精細」，譚獻根據文辭典故「李謨」（因戰亂飄泊的唐朝樂工）、「天寶」（天寶年爆發安史之亂，大唐由盛轉衰），判斷此詞作於咸豐十年庚申（1860），是年，英法聯軍侵佔北京，火燒圓明園，此詞揭示內憂外患的史實，不無諷諭

〔註42〕《譚獻集》，頁 13。
〔註43〕《譚獻集》，頁 135。
〔註44〕《復堂日記》，頁 312。
〔註45〕《復堂日記》，頁 403。
〔註46〕《譚獻集》，頁 8。
〔註47〕《復堂日記》，頁 75。
〔註48〕《譚獻集》，頁 25。

朝政日衰的意味。譚獻稱許此詞「鉤鎖精細」，其實他的詮釋眼光也稱得上「鉤鎖精細」，系統地透過文辭、典故、文獻的類比勾連，精細推敲詞中微言隱義，並將它落實爲政治褒貶，深得《春秋》學「屬辭比事」之法。此外，《篋中詞》評林蕃鍾（1746～1784）〈玉樓春〉爲「微詞可悟」；評王廷鼎（1840～1892）〈玉京秋〉乃「託興幽微」；評汪初（1777～1808）〈湘月〉得「意内言外」；評葉英華（1802～1865）　詞「託興幽微」；評莊棫〈鳳凰臺上憶吹簫〉「消息甚微」；評張琦（1764～1833）〈摸魚兒〉「諷刺隱然」等等，都極側重幽微詞體背後的可能寓義，極盡索隱探賾之能事。譚獻此番詮釋傾向，同時體現在其論詞之序，其〈微波詞敘〉：「卷中有句云：『人爲傷心才學佛。』予舉似邁孫，以爲倚聲家觸類之微言在是矣」；〔註49〕其〈秋夢庵詞敘〉云：「煙柳唱危闌之倚，亂鴉送歸夢之濃。識忠愛之微言，固怨悱而不亂」，〔註50〕乃不厭其煩地爲詞體鑲嵌更深厚的政治微言。

　　如果上述類比還不夠明顯，還有數則材料可證譚獻的《公羊》造詣統攝著其詞學論述。一是其〈井華詞敘〉云：「國朝文儒微言大義之學，推極於文章之正變，於是乎倚聲、樂府無小非大，《雅》、《鄭》之音昭昭然白黑分矣」，〔註51〕所謂「國朝文儒微言大義之學」，顯然指向以《公羊》學爲核心的今文學派，說明其學風所披，主導了文學思潮，即便是倚聲小道之「詞」，都以積極推動政教、弘揚微言爲宗，可見晚清學術風氣影響之深廣；二是其〈亡友傳〉云：「（莊棫）讀書好微言大義，口吃，善言名理，學通《易》、《春秋》，踰冠箸書，以董子《蕃露》爲師……後有哀憤，則託於樂府古詩，回曲其辭以寓意，至倚聲爲長短句，皆是物也」，〔註52〕將莊棫「微言大義」之學術與「回曲其辭」之詞作相提並論，顯然將兩者視作緊密的唇齒關係。對此，馮煦〈篋中詞序〉一語道破譚獻之用心：「是選與青浦王氏、海鹽黃氏，頗有異同，旨隱辭微，且出二家外」，〔註53〕指出《篋中詞》不同於一般的清詞選本（王昶《續詞綜》、黃燮清《國朝詞綜續編》），而是以「旨隱辭微」作爲選詞基準，這不能不溯源自譚獻的學術淵源。

〔註49〕譚新紅：《重輯復堂詞話》，載《詞話叢編補編》，冊2，頁1310。
〔註50〕譚新紅：《重輯復堂詞話》，載《詞話叢編補編》，冊2，頁1311。
〔註51〕譚新紅：《重輯復堂詞話》，載《詞話叢編補編》，冊2，頁1309。
〔註52〕《譚獻集》，頁251。
〔註53〕見《續修四庫全書》（上海：上海古籍出版社，2002年），冊1732，頁615。

　　還有一條材料可窺視譚獻的《公羊》學如何主宰其文藝觀，並能藉此解釋他爲何偏嗜「意內言外」的文學作品。其〈蒙廬詩敘〉云：「知人論世之學，亦通於《春秋》，所見、所聞、所傳聞之教，文儒修辭，未有不可推大者邪」，〔註54〕除了披露出經學與文學得以交融外，更重要的是，「所見、所聞、所傳聞」是《公羊》學專有術語，即是「所見異辭、所聞異辭、所傳聞異辭」，簡稱「三世異辭」，三見於《春秋公羊傳》。〔註55〕「三世異辭」具有歷史變易之特質，是後世《公羊》學者「三世說」之立論基準。「異辭」之採用，是因爲時代遠近不同，史料掌握詳略不同，文字處理因而不同，若時代愈近，孔子因懼禍而有所忌諱，故多採用隱晦之說法，〔註56〕這類於《公羊傳》提倡的「爲尊者諱，爲親者諱，爲賢者諱」。〔註57〕因此，《公羊》學者在詮解《春秋》經文時，特別側重不同敘述方式背後所隱藏的微言，往往於簡單文句闡發出重要的思想意涵。換言之，孔子採「異辭」其中一個原因是「不得已」，這自然讓我們憶起張惠言「極命風謠里巷男女哀樂，以道賢人君子幽約怨悱不能自言之情」之說，譚獻非但爲此說作一延續，更爲此說提供一個深厚的哲學基礎；他強調文學解讀需秉承「知人論世」法則，以窺見賢人君子「不得已」的忌諱，藉此抉發其背後所深隱的政治寓意，一如《公羊》學家測窺孔子「異辭」背後的政治微言。

　　可見譚獻認爲經學與文學之詮釋都要瞭解語境、體貼人性，這種「不得已」之理念高度體現在其文藝觀。就詩學而言，其〈小雲巢詩錄敘〉云：「長言永歎，發爲歌詩，獨弦之哀，變徵之中，出於不自知，成於不得已」；〔註58〕其〈懷佩軒詩敘〉云：「夫《風詩》肇興，大率勞人思婦，放臣逐子，有難言之隱，託物以寓其意，怨思深矣……謂當世不足與莊語，姑託爲男女贈答離別之

〔註54〕《譚獻集》，頁177。
〔註55〕隱公元年十二月，公子益師卒：「何以不日？遠也。所見異辭，所聞異辭，所傳聞異辭」；桓公二年，滕子來朝：「三月，公會齊侯、陳侯、鄭伯於稷，以成宋亂。內大惡諱，此其目言之何？遠也。所見異辭，所聞異辭，所傳聞異辭」；哀公十有四年，春，西狩獲麟：「《春秋》何以始乎隱？祖之所逮聞也。所見異辭，所聞異辭，所傳聞異辭」，見《春秋公羊傳注疏》（北京：北京大學出版社，2000年），頁30～31，83～84，716～717。
〔註56〕陳其泰：《清代公羊學・增訂本》（上海：上海人民出版社，2011年），頁15～16。
〔註57〕《春秋公羊傳注疏》，頁224。
〔註58〕《譚獻集》，頁155。

作，以攄怨思，此亦美人香草，不得已之心也」；〔註59〕〈金亞匏遺詩敘〉云：
「《風》之變，變之極者，所謂不得已而作也」；〔註60〕〈幸草亭詩敘〉云：「流
連身世之所遭占，所謂不得已而作者，詩數百篇，往往如見古人」。〔註61〕就
詞學而言，譚獻評莊棫詞「向序其詞有曰：『閨中之思，靈均之遺，則動於哀
愉而不能已』；〔註62〕其〈井華詞敘〉云：「乃以可言者寄之詩，一言當言未及
得言者，脈脈焉以寄之詞」。〔註63〕這些論述爲豔詞提供一個正當性解釋，說
明士人的政治訊息之所以不直陳，是因爲懼於犯諱觸忌，爲免有違「溫柔敦厚」
的詩教，才「不得已」以美人香草的修辭策略進行託諭，爲「冶豔」之詞注入
致用載道的新血，讓其體益尊，道益明。可見譚獻之所以推崇透過「比興」傳
達「意內言外」之詩歌，除了想捍衛含蓄蘊藉的詩歌美學之外，還因爲受到《公
羊》學影響，他主要借《公羊》「三世異辭」之說，強調「知人論世」的重要
性，並藉此直探作者「不得已」背後的政治寓言。此番思維模式，讓詩歌詮釋
提升到經學詮釋之層次，達到一定的理論高度，是其學術涵養的高度體現。

綜上，可知譚獻以「比興」作爲其詞學立足點，藉此進窺古今詞作的政
治寄託，也就是常州詞派一再強調的「意內言外」。今文學者譚獻，其治學模
式深受《公羊》學影響，於經史之「微言大義」無不執意求索，這與其對詞
體「意內言外」之勘探如出一轍。要之，譚獻對「詞出於《公羊》」說，作出
《公羊》學通於詞學「意內言外」之解釋，這緣於兩種學說對「微言大義」
的共同追求，亦緣於譚獻既治《公羊》也治詞的生命歷程。

四、「經世致用」之《公羊》學與詞學

上文闡述了譚獻的學術如何主導其詞學，不妨以此視角釐探兩者之可能
關係。從譚獻的詞學話語可知，凡是與歷史政治有關的詞作都能得到他的垂
青，說明他念茲在茲畢竟是文學的政教功能，這大抵可溯源自其經世觀。譚
獻作爲晚清《公羊》學派之一員，與常州學派成員素有來往，〔註64〕故極推

〔註59〕《譚獻集》，頁175。
〔註60〕《譚獻集》，頁184。
〔註61〕《譚獻集》，頁196。
〔註62〕譚新紅：《重輯復堂詞話》，載《詞話叢編補編》，冊2，頁1256。
〔註63〕譚新紅：《重輯復堂詞話》，載《詞話叢編補編》，冊2，頁1309。
〔註64〕詳見朱惠國：《中國近代詞學思想研究・譚獻與常州學派》（上海：上海古籍
　　　　出版社，2005年），頁110～124。

崇以《公羊》學爲中心的常州學派，其《復堂日記》嘗列《師儒表》，〔註65〕
分十一類品評清代學者，按次第爲：絕學一、名家二、大儒三、通儒四、舊
學五、經師六、文儒七、校讎名家八、輿地名家九、小學名家十、提倡學者
十一。當中「絕學一」乃包括莊存與、劉逢祿、宋翔鳳、龔自珍、魏源等《公
羊》學家，更認爲推動《公羊》復興之莊氏家學「精於惠，大於王矣」，〔註66〕
表彰其學勝於乾嘉名儒惠棟（1697～1758）、王鳴盛（1722～1797），這是極
高的稱譽，其膜拜之情可謂甚矣。《復堂日記》中，更不時稱許學有專精之
《公羊》學家，如「閱《春秋正辭》。莊先生書多未竟之業，然宏綱畢舉矣」；
〔註67〕「閱劉申受先生《說公羊》諸書。如寒得裘，如客得歸，耳目神志皆
適」。〔註68〕因此，當莊棫將譚獻納進常州學派，後者難掩得意之情：「莊中
白嘗以常州學派目我，諧笑之言，而予且愧不敢當也」，〔註69〕雖謙稱愧不敢
當，內心喜悅溢於言表。凡此，錢基博（1887～1957）對譚獻的描述頗爲客
觀：「以吾觀於復堂，就學術論，經義治事，薪向在西京，揚常州莊氏（莊存
與、述祖、綏甲祖孫父子）之學；類族辨物，究心於流別，承會稽章氏（學
誠）之緒。惟《通義》徵信，多取《周官》古文，而譚氏宗尙，獨在《公羊》
今學」，〔註70〕精要道出譚獻的學術貢獻在於高揚今文經學之旗幟、復興《公
羊》學之墜緒。

乾嘉學派側重章句訓詁，以實事求是、無徵不信之考據爲尙，然其研究
多與政治現實脫軌，有鑑於此，晚清今文學者嘗試矯正乾嘉學風之失，賦予
經史「經世致用」的使命，迸發出以學術介入政治之時代思潮。首先，《公
羊》學具有「政治性」、「變易性」、「解釋性」之鮮明特徵，於世變之際，其
學說多能釋出「以經議政」之批判力量，這種變易的歷史哲學屢爲敏銳之思
想家利用、改造，乃至於大膽詮釋，形成一套反映時代前進脈搏之革新學說。
〔註71〕清中葉以降，今文學派發軔於常州武進縣，此派由莊氏家族開其風氣，
他們特意標舉《春秋公羊傳》之「微言大義」，並透過宗族血緣的連繫力量而

〔註65〕《復堂日記》，頁28～31。
〔註66〕《復堂日記》，頁4。
〔註67〕《復堂日記》，頁21。
〔註68〕《復堂日記》，頁41。
〔註69〕《復堂日記》，頁44。
〔註70〕《復堂日記‧序》，頁5。
〔註71〕陳其泰：《清代公羊學‧增訂本》，頁46～47。

取得豐碩的科舉成績，漸形成一股經世的學術思潮，並以迂迴的方法抨擊政治。〔註72〕嘉道年間，龔自珍、魏源張大其說，每借《公羊》學針砭時弊，力主改革，為當時學界帶來極大衝擊，是以梁啟超云：「（自珍）往往引《公羊》義譏切時政，詆排專制」、「故後之治今文學者，喜以經術作政論，則龔、魏之遺風也」。〔註73〕對此「通經致用」的學術思潮，錢穆（1895～1990）有一扼要概述：「常州之學，起於莊氏，立於劉、宋，而變於龔、魏，然言夫常州學之精神，則必以龔氏為眉目焉。何者？常州言學，既主微言大義，而通於天道、人事，則其歸必轉而趨於論政，否則何治乎《春秋》？何貴於《公羊》？左氏主「事」，公羊主「義」，義貴褒貶進退，西漢公羊家皆以經術通政事也。亦何異於章句訓詁之考索？故以言夫常州學之精神，其極必趨於輕古經而重時政，則定菴其眉目也」，〔註74〕極力表彰定菴於常州學派發揮著樞紐作用，掀起經世議政之學術熱潮。

及至光緒年間，廖平、康有為更把孔子視作萬能之「預言家」。諸人大膽懷疑東漢晚出之「古文經」皆為劉歆偽造，繼而斷定六經全是孔子「託古改制」之作，旨在全盤瓦解六經之「信史性」；既然六經皆出自孔子的人為加工，那麼六經有關周朝歷史、禮樂制度的記載都不能當成「史料」看待，因為孔子只是借一些歷史敘述去建構其治世「寓言」，也就是今文經學一再強調的「微言大義」。〔註75〕像康有為認為《公羊》的「三世說」是寓託了孔子為萬世製法的藍圖，故以「三世說」闡述從「君王專制」到「君王立憲」再到「民主共和」是天下萬國的共同規律，乃以偷樑換柱的手段為其維新改革提供哲學基礎。〔註76〕可見康有為的治學理念是「借經術以文飾其政論」，〔註77〕具有強烈的預設性、目的性，容易為覓得改革依據而扭曲經典，並將學術視作政治的附庸，使經史研究失去了自主性，雖然不能「求真」，卻能「致用」，可作為高呼改革、救亡圖強之一大利器。

〔註72〕詳見艾爾曼著，趙剛譯：《經學、政治和宗教——中華帝國晚期常州今文學派研究》（南京：江蘇人民出版社，1998年），頁74～79。
〔註73〕梁啟超：《中國近三百年學術史》（附《清代學術概論》）（台北：里仁書局，2009年），頁64～66。
〔註74〕錢穆：《中國近三百年學術史》（台北：商務印書館，1996年），頁590～591。
〔註75〕詳見王汎森：《古史辨運動的興起・清代今文家的歷史詮釋》（台北：允晨文化實業股份有限公司，1987年），頁61～208。
〔註76〕詳見陳其泰：《清代公羊學・增訂本》，頁250～254。
〔註77〕梁啟超語，見《中國近三百年學術史（附《清代學術概論》），頁11。

　　譚獻一生經歷了道光、咸豐、同治、光緒四朝，目睹清王朝轉衰並走向沒落，其間鴉片戰爭、太平天國戰爭、中法戰爭等動亂，都讓他體會深刻：「五十以前，遭遇之困，鮮民之痛，不死於窮餓，不歿於賊，不溺於海，皆幸耳幸耳」，〔註78〕他曾「慨乎島夷、索虜，兵革相尋，天下因之鼎沸，民命幾於剿絕。雖《春秋》紀載，弒君滅國，有其過之」，〔註79〕無奈地認為戰亂頻仍、家國淪喪的晚清局勢可比擬春秋亂世。歷經世變，無疑強化了譚獻的憂患意識，故他與上述《公羊》學家多有切磋交流，《復堂日記》就屢提及莊存與、龔自珍、魏源、康有為等人及其著作，〔註80〕對於他們標舉「通經致用」之旗幟了然於胸。

　　譚獻作為《公羊》學家之一員，大抵順應著今文學派之學術思潮，將其致用理念一以貫之，以實際言辭回應動盪時代的急切訴求。梁啟超《中國近三百年學術史》云：「欲知思潮之暗地推移，重要注意的是新興之常州學派。常州派有兩個源頭：一是經學，二是文學；後來漸合為一。」〔註81〕指出常州經學與常州文學得以交融無礙，構成內在聯繫，究其因由，這很大程度是緣於政局動盪，那時的經學與文學都急需貫徹淑世精神以回應風雨飄搖的世代。此論用來描述私淑常州學派之譚獻亦頗為恰當，從附錄（二）可知，無論是評詩文，談經史，譚獻亦高懸了一個「經世致用」的價值觀作為評鑑基準，其〈明詩錄敘〉、〈謝氏世雅集敘〉、閱《圍爐詩話》均提及「詩史」概念，與《篋中詞》多次提及的「詞史」概念（見附錄〔一〕）互為印證，如他評王憲成（？～？）〈揚州慢〉云「醨網既壞，海氛又惡，杜詩韓筆，斂抑入倚聲，足當詞史」，揭示其冀望以詞作反映政局板蕩、百姓屈辱的文藝觀。譚獻〈金元詩錄敘〉、〈小雲巢詩錄敘〉、〈春暉草堂詩敘〉亦肯定寓有「優生念亂」之詩文，不難察覺「優生念亂」一辭，亦常見於其詞話論述（見附錄〔一〕），如他評鄧嶰筠（1776～1846）《雙研齋詞》云「三事大夫，優生念亂，竟以新亭之淚，可以覘世變也」；相類似的，譚氏評蔣春霖〈浪淘沙〉云：「蓋感兵事之連結，人才之惰窳而作」，乃稱許一些憫時憂國的詞體。此外，譚獻要求詞體以諷諭美刺的方式介入政治，如他評王沂孫〈埽花遊〉為：「刺朋黨日繁，風刺」、評錢芳標〈水龍吟〉為：「貳臣倖進，詞人刺之」、評張琦〈摸魚兒〉為：「諷刺隱然」，都將詞體視

〔註78〕　《譚獻集‧復堂諭子書》，頁681。
〔註79〕　《譚獻集‧古詩錄敘》，頁16。
〔註80〕　如譚獻極推許龔自珍及其著作，詳見《復堂日記》，頁3，4，20，21，28，31，35，41，45，46，54，59，64，72，124，141，209，215，218，230，257。
〔註81〕　梁啟超：《中國近三百年學術史》（附《清代學術概論》），頁36。

作干涉世變的致用工具，這些話語於前文屢述，不贅。可見譚獻要求詞人超越個人榮辱得失、男女哀樂的私情，展現與家國興衰相關的政治情感，也就是規範著創作者從「私」的抒情區域提升到「公」的抒情區域，主張面對世變的知識分子，即使不能站在最前線捍衛家國，也應設法以詞體作爲諷諭美刺、描繪戰亂、凝聚民心、鼓吹抗敵的利器，從而釋出強大的經世能量。

從附錄可知，此番價值趨向實濫觴於譚獻的致用觀：「予治文字，竊以有用爲體」、「獻平生之言文章二要，曰有實，曰有用」，並自我期許：「通經致用，命世儒者」、「讀有用書、成偉人」，可見其政治思維很大程度主導其審美旨趣、經史理論，明乎此，就能理解爲何他一再嚴厲批判「無用之學」。像〈明詩錄敘〉斥「鍾、譚爲亡國之訞」，〔註82〕認爲追求幽深孤峭的竟陵詩派迴避現實，脫離致用，必須承擔亡國之責。其〈徐先生遺文跋〉云：「讀徐先生此篇，意內言外，可以摧陷廓清剿賊之文、虛憍之文、空言無事實之文、諧笑酬酢俳優之文，皆如大風之吹垢」，〔註83〕乃藉徐文攻詆一些無病呻吟、故弄玄虛之文，其言辭之激烈，當是針對文壇末流而言；在閱《顏氏學記》時，又道出「聖緒茫茫，無用之言日出，晦盲否塞，誰爲夜行之燭」，〔註84〕世變日亟，學界卻充斥無用之學，令譚獻扼腕難過，他甚至認爲：「有宋之世，文士好多言，蘇氏父子最傳，最無實用」，〔註85〕被文壇尊奉的蘇氏父子，也因其作不達實用標竿而被訾議。

除了消極地批評，譚獻於〈衢言〉、〈續衢言〉〔註86〕花了相當篇幅主張「理墾荒，束胥吏，止淫祀，戒奢侈」的政治改革，並就著浙江鹽運與稅收提出具體可行的建議，望能達到「有鹽利而無鹽弊」、「安民生而無漕弊」的正面效益，不失爲有用之言。此外，譚獻亦有自省的一刻：「念劬來，談及俄國有注《禹貢》者，證明雍田上上。有注《史記》者，於紀傳中戰地皆有圖，考形勢，求出入向方，深辨是非……吾人之不能專心於圖籍以求實用，愧乎不愧？」〔註87〕目睹晚清盛行的地理學及海外著述，深愧不能爲此盡一分力。1896 年，上海成立《時務報》，譚獻認爲此報「所載《盛世元音》及重譯《富

〔註82〕 《譚獻集》，頁 19。
〔註83〕 《譚獻集》，頁 213。
〔註84〕 《復堂日記》，頁 91。
〔註85〕 《復堂日記》，頁 97。
〔註86〕 《譚獻集》，頁 10～12，125～127。
〔註87〕 《復堂日記》，頁 386。

國策》，此皆有實有用者」，〔註88〕對於其緊貼時代需要的題材稱譽有加。凡此，《清史稿》稱譚獻：「少負志節，通知時事。國家政制典禮，能講求其義」，〔註89〕洵為的評。當然，僅用致用與否的尺度評斷詩詞、臧否經史，文學最根本的藝術本質、抒情需要，以及學術的自主性難免遭到貶損，但這些話語有力揭示出，譚獻強烈的經世傾向，是晚清今文學派銳意入世的思想延伸，也是《公羊》學家以微言干涉世運之一大縮影，諸因素深切相關，讓我們不能孤立地瞥視其詞學觀，否則難免見樹不見林。

五、結語

襲鵬程〈晚清詩人諷寓的傳統〉：「常州學者論詞，本是要與『詩賦文筆同其正變』（見《篋中詞》三）的。葉恭綽稱此說『開近三十年之風尚』。在詩，也是如此……他們是用治經的方式來研究詩詞的。由公羊家的推察微言，而漸著重辭章的比興。比興的方法，自來存在著，詩人們也不斷地運用著；但從沒有一個時代像這樣刻意提出，成為創作的準繩，而鼓蕩成一時風氣的」，〔註90〕不唯是常州學人，鮮有晚清文人不對盛極一時的《公羊》學有基礎瞭解的，也許《公羊》學對文學的籠罩式影響遠超出我們的想像，值得再深入挖掘；本文在闡述過程中，多次涉及到「比興」概念，但筆者絕非將「比興」與「《公羊》學」置於一個二元對立的關係，而是將二者視為唇齒相依的緊密關係，揭示晚清詞論家之所以大張「比興寄託」的旗幟，背後是有其學術思潮推動著的，若孤立地觀照詞學發展難免忽視了這層聯繫。透過研究，望能察見兼是《公羊》學家、詞學家的學者，其學術涵養如何過渡到詞學理論，亦提供另一個側面窺見晚清詞學與經學有著千絲萬縷的關係。

附錄（一）：《篋中詞》、《譚評詞辨》、《復堂日記》有關政治之詞話

《譚評詞辨》	內容節錄	《重輯復堂詞話》頁碼
評溫庭筠《菩薩蠻》	以《士不遇賦》讀之最確	1193
評馮延巳《蝶戀花》	必有寄託	1194
評晏殊《踏莎行》	刺詞	1195
評歐陽脩《蝶戀花》	小人常態，君子道消	1195

〔註88〕《復堂日記》，頁386。
〔註89〕趙爾巽等撰：《清史稿》（北京：中華書局，1977年），頁13441。
〔註90〕襲鵬程：《中國詩歌史論》（北京：北京大學出版社，2008），頁298。

評柳永《傾杯樂》	忠厚俳惻	1196
評周邦彥《大酺》	此亦新亭之淚	1197
評陳克《菩薩蠻》	風刺顯然	1198
評王沂孫《眉嫵》	寓意自深	1200
評王沂孫《齊天樂》	亦寓言	1200
評王沂孫《埽花遊》	刺朋黨日繁，風刺	1200
評辛棄疾《祝英臺近》	託興深切	1204

《復堂日記》	內容節錄	《重輯復堂詞話》頁碼
評前後十家詞	元之張仲舉稍存比興	1162
閱黃氏《詞綜續編》	常州派興，雖不無皮傅，而比興漸盛	1165
評鄧嶰筠詞	三事大夫，憂生念亂，竟以新亭之淚，可以覘世變也	1170

《篋中詞》	內容節錄	《重輯復堂詞話》頁碼
評龔鼎孳《東風第一枝》	有諷	1208
評李雯《菩薩蠻》	亡國之音	1208
評李雯《虞美人》	《九辨》之遺	1208
評李雯《虞美人》	故國之思	1208
評李雯《風流子》	同病相憐	1209
評宋琬《蝶戀花》	憂讒	1209
評宋徵輿《憶秦娥》	身世可憐	1209
評宋徵輿《蝶戀花》	俳惻忠厚	1209
評王士禎《浣溪沙》	風人之旨	1210
評孔尚任《鶗鴣天》	哀於《麥秀》	1211
評曹貞吉《留客住》	投荒念亂之感	1211
評顧貞觀《石州慢》	貧士失職	1213
評徐倬《金縷曲》	詞中杜陵	1213
評錢芳標《水龍吟》	貳臣倖進，詞人刺之	1214
評高詠《聲聲慢》	便爾身世難堪	1215
評朱彝尊《臨江仙》	風諭三昧	1217
評朱彝尊《金縷曲》	人才進退，知己難尋，所感甚深	1217
評朱彝尊《綺羅香》	刺詞	1217
評陳維崧《滿江紅》	失職不平	1217
評陳維崧《夏初臨》	故家喬木，語自不同	1217

評沈岸登《珍珠簾》	漸開常州一派	1219
評沈岸登《浣溪沙》	比興溫厚	1219
評錢肇修《滿庭芳》	此危辭也	1220
評王太岳《憶秦娥》	紆回隱軫，《騷》、《辨》之遺	1224
評蔣士銓《長亭怨慢》	詩人比興	1224
評林蕃鍾《玉樓春》	微詞可悟	1225
評林蕃鍾《探春慢》	蕭條溫厚	1225
評沈清瑞《東風第一枝》	語含比興	1226
評沈蓮生《蝶戀花》	浮雲白日，與此同慨	1229
評張琦《摸魚兒》	諷刺隱然	1231
評張琦《南浦》	深美閎約	1231
評周濟《金明池》	諷詞	1233
評周之琦《思佳客》	寄託遙深	1236
評汪潮生《木蘭花慢》	《士不遇賦》，不徒作孤憤語	1237
評王曦《憶舊遊》	有諷	1239
評袁祖悳《金縷曲》	危苦之言	1241
評王憲成《揚州慢》	䲜網既壞，海氛又惡，杜詩韓筆，斂抑入倚聲，足當詞史	1241
評黃增祿《浪淘沙》	比興	1243
評許宗衡《霓裳中序第一》	念亂憂生	1244
評王錫振《疏影》	書劍從軍，觚稜望闕，感兼身世，語合情文	1244
評何兆瀛《壺中天慢》	神明於《樂府補題》，乃覺賦、比、興皆備	1244
評張炳堃《湘月》	工而不縟，寄託遙深	1245
評范凌□《邁陂塘》	詞史	1247
評郭麐《淡黃柳》	金陵陷後作	1248
評馬汝輯《二郎神》	士屈於不知己	1248
評姚正鏞《淒涼犯》	念亂之言，源於《小雅》	1248
評蔣春霖《浪淘沙》	蓋感兵事之連結，人才之惰疲而作	1249
評蔣春霖《踏莎行》	詠金陵淪陷事，此謂詞史	1249
評蔣春霖《東風第一枝》	憂時盼捷，何減杜陵。南國廓清，詞人已死。其志其遇，蓋可哀也	1250
評蔣春霖《渡江雲》	詞當作於庚申。前使李謨事，後闋以天寶應之，鈎鎖精細	1250
評王詒壽《清平樂》	戀語、癡語，推之忠愛	1253

評高望曾《一萼紅》	通於比興	1254
評莊棫《鳳凰臺上憶吹簫》	消息甚微	1256
評莊棫《唐多令》	二詞皆於時事多根觸，非苟作者	1256
評馮煦《一枝花》	幽咽怨斷，夢華詞境，感遇爲多	1257
評徐燦《踏莎行》	興亡之感，相國愧之	1257
評賀雙卿《惜黃花慢》	忠厚之旨，出於《風》、《雅》	1258
評鄧廷楨《金縷曲》	寓言十九	1265
評鄧廷楨《高陽臺》	竟有新亭之淚	1265
評鄧廷楨《酷相思》	三事大夫，憂生念亂，敦我之歡，其氣已餒	1265
評黃長森《踏莎行》	失職不平，婉曲可以諷矣	1265
評趙對澂《乳燕飛》	觸類引申，人物身世之感，不得以狎詞少之	1268
評趙對澂《鳳凰臺上憶吹簫》	《長門賦》本是寓言，消息可以微悟	1268
評葉英華詞	託興幽微，辭條豐蔚	1271
評張景祁《秋霽》	笳吹頻驚，蒼涼詞史，窮發一隅，增成故實	1273
評徐廷華《蝶戀花》	海氛正亟，褭進群言，寓意顯然	1278
評戴敦元《減字木蘭花》	清節名臣，情深語婉，希文、永叔之流亞	1281
評儲徵甲《洞仙歌》	溫厚俳惻	1281
評黃宗彝《步蟾宮》	託興入事	1284
評宗山《一萼紅》	一味本色語，爲有寄託，樂府上乘	1285
評沈兆霖《洞仙歌》	民物之懷，觸緒自露	1287
評吳江三家詞	寓興長短句，是爲緒餘，是爲正軌	1290
評孔廣淵《百字令》	憂患之言，不嫌太盡	1290
評葉衍蘭《垂楊》	去國之思，韻合《騷》、《辨》	1291
評江順詒《摸魚兒》	比興貞正	1292
評潘鍾瑞《長亭怨慢》	《士不遇賦》，含悽古淡	1292
評楊葆光《瑤華》	杜詩韓筆，凌厲無前，此事自關襟抱	1292
評楊葆光《沁園春・詠帳》	寓言身世，倜儻權奇	1292
評汪初《湘月》	有春事，有春人，意內言外	1293
評諸可寶《蝶戀花》	眾中制淚，澤畔行吟	1293
評汪清晃《高陽臺》	此亦令威城郭之痛	1293

評汪清晃《齊天樂》	浩劫茫茫，是爲詞史	1293
評楊廷棟《玲瓏玉》	體物賦心，可通《風》興	1294
評鄭文焯《摸魚兒》	名士新亭之涕	1295
評蘇謙《摸魚兒》	「濺淚」、「驚心」，杜陵詩句	1297
評蘇謙《醉蓬萊》	寓興徘徊，深於《騷》、《辨》	1297
評張僖《木蘭花慢》	託興幽遐	1297
評許玉瑑《一萼紅》	因寄所託	1299
評況周儀《南浦》	字字《離騷》屈、宋心	1300
評沈昌宇詞	才人失職，侘傺不平，身世多感，託諸倚聲，填詞百篇，皆商聲也	1301
評王廷鼎《玉京秋》	託興幽微，聲辭相副	1302

附錄（二）：《譚獻集》《復堂日記》有關經世致用之話語

相關文章	內容節錄	《譚獻集》頁碼
〈唐詩錄敘〉	詩也者，根柢乎王政，端緒乎人心，章句纂組，蓋其末也	17
〈金元詩錄敘〉	予輒錄當時憂生念亂之言，以求世變之亟	18
〈明詩錄敘〉	吾觀北地李夢陽，質有其文，始終條理。匪必智過其師，亦足當少陵之史矣	19
〈稼書堂詩敘〉	獻夙謂詩可以觀政，可以觀化。何以明之？賢士君子哀樂過人，以詩爲史。風諭得失，陳說疾苦，而當時德禮政刑之跡，閱千載而如見	24
〈雋疏於薛論〉	吾觀《說苑》、《新序》，皆諫書也，封事數上，辭若龜鑑。廣德若以直諫開其先耳，凡此皆經術之致用者也	120
〈尹緯論〉	古之君子，道濟天下，功在萬世	123
〈桐城方氏七世遺書敘〉	其爲學也既世，又不爲昌狂無涯之言，束經教而推究世用	135
〈謝氏世雅集敘〉	詩者，古之所以爲史……丁部之總集，可附於史家	147
〈小雲巢詩錄敘〉	生當近世，無休明之遇，有憂生念亂之所託	155
〈春暉草堂詩敘〉	時兵火偪東南，少年意氣，相見輒誦天寶詩人憂生念亂之篇，於是以詩相唱和，以舒憂而娛哀	157
〈徐先生遺文跋與陸祁生書〉	獻平生之言文章二要，曰有實，曰有用	213

相關議題	內容節錄	《復堂日記》頁碼
閱漁洋文	予服漁洋中和敦厚，可覘世運，所謂詩可以觀化者在此	8
論清朝學術	開國之初，人才皆明代之遺，議論志趣略尚文辭，又好言經世，只為幾、復兩社餘波	18
閱胡石莊《繹志》	誠經國大業、不朽盛事也。通經致用，命世儒者	27
閱《圍爐詩話》	且二李立言之旨，實不愧於詩史	47
讀褚叔寅、右軒詩文	予治文字，竊以有用為體，有餘為詣，有我為歸，取華落實	48
與樊增祥定交	讀有用書、成偉人，斯光寵耳	64
閱《歷代地理沿革圖》	補六、馬兩家所未備，頗有益於世用	90
閱《尉繚子》	《將理》、《原官》、《治本》三篇，以民事為重，尤為知本	97
閱《湖海文傳》	王侍郎意在考證掌故，故文多翔實有用	121
閱《謙齋詩集》	家世儒術，銳意為世用	139
閱《賭棋山莊文集》	論學頗持漢宋之平，而歸於有用，其言明且清矣	147
閱《味經堂遺書》	《繫辭傳論》依經立誼，旁推文通，致用之學，非經生之業	161
閱《國朝文棟》	所錄皆關繫世教，抑小有實有用者矣	396～397

典範與絕唱：近現代詩歌中的梅村體

潘靜如

（中國社會科學院文學研究所）

引言

　　相比西方，中國古代敘事詩算不得發達，所以近現代中國詩的「抒情傳統」說一直很流行。與之相對的另一種觀點，則力主中國與西方一樣，也是先有敘事詩，後有抒情詩的，只是前者不便記誦，佚而不存了〔註1〕。這說法太渺茫難徵，很大程度上是機械比附西方所導致的「想當然」。不過，《詩經》裏就收有不少敘事詩是千真萬確的。自七言盛行以後，詩的敘事功能增加了，技巧也更加圓潤和豐富；像〈秦婦吟〉或〈琵琶行〉〈長恨歌〉〈連昌宮詞〉這樣的長篇敘事詩都產生於唐代，不是偶然的。尤其是元、白歌行，經過吳偉業的發揚，成爲古代敘事詩的一個典範，世號「梅村體」；吳偉業自己也張口向旁人說「一編我尙慚長慶」〔註2〕，這樣看來，梅村歌行而成爲一「體」，是吳偉業「一眼覷定」後有意識的發展的結果〔註3〕。梅村體給人的整體感覺是，儘管是敘事，可詩人還是要不失時機地點綴些情或景，來營造或烘託詩情畫意，決不肯把筆墨、心思全給用在敘事上，生怕走了詩味或損了詩體，這也許恰好表明中國的敘事詩多少還受著抒情傳統的牽引。

〔註1〕章炳麟，〈正名雜義〉，《訄書》（上海：中西書局，2012年），頁194。

〔註2〕吳偉業，〈秋日錫山謁家伯成明府臨別酬贈〉，收於靳榮藩，《吳詩集覽》卷七下（乾隆十四年淩雲亭刻本）。

〔註3〕趙翼，《甌北詩話》（北京：人民文學出版社，2005年），頁131。

很容易觀察到，梅村體形成的時代是亂世。當時很多詩人大約都有一種「詩史意識」，在顧炎武、錢謙益等人的詩裏頭，我們常能嗅到這股氣息。只不過他們好像不比吳偉業還有著極敏銳的「文體意識」，所以並不特別藉重長慶體來記事。道咸以來，世變日亟，詩人內心深處的「詩史意識」一下子復活了。梅村體作爲敘事詩的典範之一，歷史並不長，但足以與杜甫〈北征〉體相媲美，極受詩人的青睞，在近代詩篇裏，自成一國。

一、「梅村體」溯源及其在近代的興起

吳偉業的歌行在清初就很被傳誦和稱道。有人引錢泳《履園談詩》做七古要「以張、王、元、白爲宗，以梅村爲體」爲說，以爲這是最早稱吳偉業詩爲一體的〔註4〕。這是不對的，《履園叢談》最早的刊本是道光十八年（1838）述德堂刊本，已經很晚了。考吳應和編選的《浙西六家詩鈔》就稱：「梅村體多尙婉轉流麗。」〔註5〕這部詩鈔有道光七年（1827）紫薇山館刊本，不用說，比錢泳來得早。吳偉業的近體詩受七子的影響，但似乎還不如七子，常顯得臃滯笨拙，給人一種「堆垛死屍」的感覺，完全夠不上「婉轉流麗」，所以詩鈔評語「梅村體」指的梅村歌行是沒有疑問的。但這也不是最早的。周春的《耄餘詩話》說：「今詩家所云梅村體，即初唐四子體也，其音節出於〈西洲曲〉。」〔註6〕此詩話的清鈔本有嘉慶十四年（1809）自序，成書當然在此前了；依「今詩家所云梅村體」之語，「梅村體」一說是相當流行的。更往上溯，乾隆時，吳騫《拜經樓詩集》裏就有一首作者標明「效梅村體」的歌行，下面還將論及。那麼，梅村體到底指的什麼？

吳偉業的詩，道咸以前，評論的人就很多，這裏不去徵引。《四庫提要》說：「歌行一體，尤所擅長。格律本乎四傑，而情韻爲深；敘述類乎香山，而風華爲勝。韻協宮商，感均頑豔，一時尤稱絕調。」〔註7〕很具代表性，是說吳偉業的歌行雖然脫胎於長慶體，趙翼所謂「其秘訣實從《長慶集》得來」〔註8〕，但在格律、音節上還有初唐四傑的遺風，只是更加注重情韻。假

〔註4〕曾垂昭，〈「梅村體」辨〉，《廈門教育學院學報》，2002年4期，頁6～9。
〔註5〕吳應和選、近藤元粹評訂，《評訂浙西六家詩鈔》卷五（嵩山堂鉛印本），頁11。
〔註6〕周春，《耄餘詩話》卷八（清鈔本）。
〔註7〕永瑢等，《四庫全書總目》（北京：中華書局，1965年），頁1520。
〔註8〕趙翼，《甌北詩話》，頁132。

如把吳偉業的〈圓圓曲〉跟盧照鄰的〈長安古意〉相比較，格律上承襲的那部分可以一望而知：差不多每隔四句換一韻；每四句的後兩句一般以對仗的方式結束，——順便說一句，近人汪祐南《山涇草堂詩話》裏說「若長慶體、梅村體取音調諧暢，律句則不忌也」，自以為說的很精到，其實保守得有點失實，律句豈惟「不忌」，簡直可以說是基本要求，就是陳寅恪那首被他們家老爺子嘲笑為「七字唱」〔註9〕的〈王觀堂先生挽詞〉都謹守規矩，未逾半步；細到每一聯都比較的符合近體詩的格律要求。總之，格律、音節是梅村體的靈魂。

關於「梅村體」的概念，近年來學者也多作論說，免不了有些歧異；最近林宗正先生新撰一文專門討論吳偉業的敘事詩，雖然其著眼點並不在「梅村體」義域的辨析，但他通過對吳偉業敘事詩的文本細讀，運用現代敘事學（narratology）理論來探討吳偉業敘事詩的敘事者類型、聚焦結構以及包括吳偉業敘事詩在內的中國古典敘事詩的「人稱的書寫傳統」，是對以往吳偉業敘事詩研究（包括梅村體研究）的長足推進。〔註10〕。本文則希望趁著對近現代梅村體詩的梳理，追溯「梅村體」的起源，並且，儘量從歷朝詩人所明確標揭的「仿梅村體」詩歌中尋找依據。前文提到，吳騫是老早就打出「效梅村體」的旗號的，即使不是第一個，大約也是最早效法者之一。此詩題為「同馮爾修鮑遠堂兩茂才遊拙政園效梅村體」〔註11〕，從全詩來看，用詞上非常流麗清婉，內容上圍繞拙政園主人過去的「繁華一夢」展開，又添入了柳如是、陳環兩位女性與拙政園的因緣。結構上共二十八聯，每兩聯一轉韻，後一聯以對仗結束，十四聯中只有四聯例外（最後一聯不算），可知又是十分注重音節的。詩中在換韻的地方有曰：「七年清淚滴邊笳，萬里歸魂生馬角。馬角邊笳限玉關，銅駝荊棘愴時艱。」可知吳騫還有意識地通過「頂針格」來銜接、切換，這與〈圓圓曲〉由「哭罷君親再相見」切到「相見初經田竇家」

〔註9〕陳寅恪〈癸巳秋夜〉詩自注中說：「昔年撰王觀堂先生輓詞，述清代光宣以來事，論者比之於七字唱也。」據說，這「論者」不是旁人，正是「尊人散原」；這個說法有待證明。分別見陳寅恪《陳寅恪集・詩集》（北京：三聯書店，2001年），頁59；陳隆恪《同照閣詩集》（北京：中華書局，2007年），頁386。

〔註10〕參見嚴迪昌，〈梅村體論〉，《語文知識》2007年3期，頁4～7；葉君遠，〈論梅村體的形成和發展〉，《社會科學輯刊》2005年1期，頁151～156；林宗正，〈多重聚焦與時間交錯下的歷史書寫：吳偉業的詩史敘事〉，收於張伯偉、蔣寅，《中國詩學》第18集（北京：人民文學出版社，2014年），頁176～199。

〔註11〕吳騫，《拜經樓詩集》卷七（嘉慶八年刻本）。

是一致的。吳騫的同輩沈叔埏有一首〈還硯圖歌效吳梅村體爲馮百史戍同年作〉詩，也符合這個要求。據編集次第，可知此詩作於乾隆五年庚申（1740）。〔註12〕前面提到的《浙西六家詩鈔》還有幾處涉及梅村，在吳錫麒〈黃星橋重摹盛子昭黃鶴樓圖令兄書厓屬題〉後評曰：「情致纏綿，辭旨典麗，置之梅村集中，亦是傑作。」〔註13〕這首詩恰是每四句換一韻，而且後兩句嚴格對仗的。在袁枚〈春雨樓題詞〉後評曰：「全用梅村體。循循規矩之中，仍有氣勢。」〔註14〕需要注意的是「循循規矩」四個字。可知，至少在吳騫、沈叔埏、吳興和等人那裏，「梅村體」是一個相當明確的概念，有著自己的「規矩」，並不是吳偉業七言古都可算到這裡頭來。再看光緒初年易順鼎、樗寄散人分別明碼標出「效梅村體」〔註15〕的兩首詩，尤與假定的體式相合。看來至少從乾隆起，詩人關於梅村體有一個共識，規矩是很嚴的。

　　道咸以後，一直到民國，做梅村體的人多了起來，還連帶著發生了長慶體、梅村體優劣異同的問題。王國維說：「以〈長恨歌〉之壯採，而所隸之事只『小玉雙成』四字，才有餘也。梅村歌行，則非隸事不辦。白、吳優劣，即於此見。」〔註16〕這樁公案裏，沈增植就扮演了不太光彩的角色。樊增祥〈後彩雲曲〉後有一段自評：「近作〈後彩雲曲〉，自謂視前作爲工，然俗眼不知，惟沈子培云：的是香山，斷非梅村，亦不是牧齋。眞是行家語。」看來樊增祥是頗爲得意的，還不忘給記下來，公之於眾。可是，據王蘧常《國恥詩話》，沈增植又曾對王甲榮說過「樊山不過梅村，子則眞長慶體，不可同日而語也」〔註17〕這樣一句話來。長慶體是否一定優於梅村體，這裡不去評說。近代詩人或學者論說梅村體的時候，常常順手與長慶體作個比較，像錢仲聯先生就是這樣的；總的意見是說梅村用事太多，在對偶和換韻上有著更自覺的要求，雖然元、白的三篇歌行，已經相當注重格律、音節了。這種討論的發生，正說明梅村體在近代的影響之大。連晚清幾種書畫史性質的書，

〔註12〕沈叔埏，《頤彩堂詩鈔》卷十（道光二十八年刻本）。

〔註13〕吳應和選、近藤元粹評訂，《評訂浙西六家詩鈔》卷六，頁 29。

〔註14〕吳應和選、近藤元粹評訂，《評訂浙西六家詩鈔》卷五，頁 13。

〔註15〕易順鼎，〈四月八日集榕山古歡閣效梅村體賦長句紀之〉，《琴志樓詩集》（上海：上海古籍出版社，2012 年），頁 80～81。樗寄散人，〈拂水山莊懷古仿梅村體〉，《益聞錄》1885 年 474 期，頁 304。

〔註16〕王國維，〈人間詞話〉，《王國維文學論著三種》（北京：商務印書館，2010 年），頁 35。

〔註17〕錢仲聯，《清詩紀事》（南京：江蘇古籍出版社，1987 年），頁 12640。

在介紹吳偉業時，都不忘提一句「梅村體」。比如葛嗣浵的《愛日吟廬書畫別錄》說：「詩名滿寰宇也，稱梅村體。」〔註18〕李濬之《清畫家詩史》也稱：「詩名最重，世稱梅村體。」〔註19〕汪祐南還觀察到：「近代作七言古詩，喜歡轉韻，轉韻則容易成篇，如幾首七絕湊成者。」〔註20〕他說的未必是梅村體，但卻是梅村體的一個特徵。這個小小的觀察興許可以作爲梅村體在近代影響極大的旁證。

梅村體的興起，跟近代的整個詩學轉向有關係。像楊鍾羲《雪橋詩話》、孫雄《詩史閣詩話》，一望而知，作者是有意存史的；汪辟疆先生還有一編題名爲《光宣以來詩壇旁記》的著作，「旁記」二字同樣透露了這個心理。這跟嘉慶以前的不少詩話還正兒八經的「談藝」大不相同，現在其第一義往往是落在備掌故、存國史上，談藝倒居其次了。所以，有人說「民國詩話多具史意」〔註21〕。在創作上，詩人不再畏首畏尾，流連或局限於雍容華貴、溫柔敦厚之境，而常常要肩負起「詩史」的責任來，忍不住發些出位的議論；有學者給清代詩學分期，主張咸豐是個關鍵期，學理是很充分的〔註22〕。這裡不妨引兩句時人的詩。石銘吾〈讀石遺室詩集呈石遺室老人八十八韻〉說：「諸公丁世亂，雅廢詩將亡。所以命辭意，迥異沈（德潛）與王（士禎）。」〔註23〕陳三立〈題師鄭詩史閣圖〉也說：「竹垞阮亭標一宗，自許正變歸牢籠。君今繼起掌甄錄，叔季已異歌元豐。」〔註24〕因此之故，比較適宜記事的梅村體，很快流行了開來。想來最讓詩人中意的是，跟其他記事詩不同，梅村體不但能記事，還能滿足好奇、獵奇、傳奇的心理，還能鋪采摛文，充分發揮詩人的才情學識，更能不失時機的添些想像來「合理杜撰」、「筆補造化」，並且，詩人假使要議論或諷諫，也不必直白無味地說出來，而是可以把朦朧的甚至曖昧的想法妥帖從容地融入整個詩歌的敘述裏，含而不露，引而不發，只在必要的時候「顯志」，很好地保證了詩歌的藝術水準。算得上近代最早的帶有

〔註18〕葛嗣浵，《愛日吟廬書畫別錄》卷四（民國二年葛氏自刻本）。

〔註19〕李濬之，《清畫家詩史》（北京：中國書店，1983年），頁6。

〔註20〕汪祐南，〈涇山草堂詩話（卷一）〉，《學術世界》1937年2卷4期，頁72。

〔註21〕季惟齋，《徵聖錄》（上海：華東師範大學出版社，2010年），頁309～311。

〔註22〕參見蔣寅，《清代詩學史》（北京：中國社會科學出版社，2012年），頁53～55。

〔註23〕陳衍，〈石遺室詩話〉卷二九，《陳衍詩論合集》（福州：福建人民出版社，1999年），頁399。

〔註24〕陳三立，《散原精舍詩續集》（上海：上海古籍出版社，2003年），頁502。

存史意圖的《射鷹樓詩話》特地強調「七言古學長慶體，而出以博麗，本朝首推梅村」〔註25〕也許不是沒有原因的。

二、尤物與家國：以八首〈彩雲曲〉爲例

　　說起來，白居易的〈琵琶行〉〈長恨歌〉都帶些傳奇色彩。元稹第一個受〈長恨歌〉的影響，〈連昌宮詞〉把「史才詩筆議論諸體」都融貫在一詩裏〔註26〕。吳偉業充分繼承了長慶體，像〈圓圓曲〉〈聽女道士卞玉京彈琴歌〉〈鴛湖曲〉〈楚兩生行〉等，都是通過個人的悲歡離合來敘說家國興衰和時代主題；跟宮廷發生過關係的妃子、宮人、藝人或者太監之類，當然是首選。有了這些個典範，以後的詩人都彷彿受了蠱惑，絕不肯放過這樣的好材料、好機會。例如，當時就有吳兆騫〈白頭宮女行〉仿著梅村體吟詠了一個「長安女尼妙音」，她是「舊時先帝宮人」，陳宏緒也爲甲申難中的「宮人費氏」作了一篇歌行。這兩首詩是收在陳維崧的《婦人集》裏頭的〔註27〕。再比如，乾隆時，王亶望有個小妾，亶望被抄家斬首後，她被權貴贈給和珅，繼而和珅亦敗，她最終流落民間，淒慘過活，這即刻觸發了詩人的同情和靈感，像孔昭虔、陳文述兩人就做了同題詩〈憐卿曲〉，不用說，這是仿的梅村體〔註28〕。這種「觸發機制」，還穿越了國界，——朝鮮明成皇后閔茲映在乙未事變中被日本人殺害在景福宮裏，很使丁傳靖傷懷和感憤，製了一曲〈題朝鮮王妃閔氏遺像〉，博得了旁人的誇讚：「其音節直與〈永和宮詞〉〈圓圓曲〉相頡頏矣！」〔註29〕丁傳靖曾費了很大工夫去考證陳圓圓故事和〈圓圓曲〉〔註30〕，可見他於此體是頗加留心的。寫到這，不妨舉一個西洋人的例子。愛倫坡曾呼籲詩人要做「純」（pure）詩，他以爲哀愁（melancholy）是詩歌的最高標準，甚至乾脆說：「一個美麗女人的死毫無疑問是世界上最天然的詩歌主題（the most poetic topic）。」假如他只說了這些，不值得引起我們的關注，但他進一步說，相比於內容，眞正的詩歌惟一重要的是韻律、節奏和音樂性，還舉了自己的那首〈烏鴉〉作爲典範：這首詩不短不長，只有 108

〔註25〕林昌彝《射鷹樓詩話》（上海：上海古籍出版社，1988 年），頁 51。
〔註26〕陳寅恪，《元白詩箋證稿》（上海：上海古典文學出版社，1958 年），頁 5。
〔註27〕分別見陳維崧，《婦人集》（北京：中華書局，1985 年），頁 3～4、頁 58～59。
〔註28〕徐世昌，《晚晴簃詩彙》卷一百十六（民國退耕堂刻本）。
〔註29〕陳作霖，《可園詩話》卷六（民國八年《可園叢書》本）。
〔註30〕孫雄，《眉韻樓詩話》卷七（益森公司《晨風閣叢書甲集》本）。

句，每 6 句一節，總共 18 節，音節上無可挑剔，情調上惋傷淒美，爲了死去
的佳人〔註 31〕。這與〈長恨歌〉或〈圓圓曲〉是何等的相似；假如把換一次
韻勉強當作一節的話，二者更暗合得令人吃驚。愛倫坡當然不能代表西洋詩
人，正如吳偉業不能代表中國詩人一樣，然而相似的標準和追求，總說明梅
村體在近代的風行還有它審美上的依據。

　　但是，〈烏鴉〉只相當於我們所謂的悼亡詩，而〈圓圓曲〉卻不是。詩人
煞費筆墨地去寫伶人歌伎一流人物，一方面是源自一種文人趣味，但另一方
面卻是爲了存史。一位詩人老實不客氣的招供道「民國以來，有一詩史中絕
好資料」，什麼「絕好資料」呢？「寫鳳仙即可渲染松坡也」，雖然詩人「久
欲以長慶體寫之而未就」〔註 32〕，但後來總算寫了前、後〈胡蝶曲〉兩首，
彌補了這個缺憾。近代詩人大都藏著相近的心眼，遇到湊手的好題目，生怕
落了人後。可是，小鳳仙、胡蝶一流人物，原是奇氣所鍾，可遇而不可求的，
沒法滿足詩人用不完的熱情和詩興，因此有些人要到歷史裏找資料去，譬如
周鍾嶽在 1930 年代做了〈後圓圓曲〉，再譬如那位寫梅村體寫上癮了的楊圻
還追制了〈長平公主曲〉和演繹香妃事跡的〈天山曲〉。另一方面，正如過去
名士清談手頭一時沒有塵尾，總要揀條松枝來替代，詩人找不到「絕好資料」，
也樂得給一些名氣不大但又有點故事的女子作詩，例如連〈春樹曲〉、劉善澤
〈鳳珠曲〉、曾緘〈雙雷引〉、秦烈〈曼青曲〉、蔣箸超〈愛珠曲〉等〔註 33〕。
就是奇女寫完了，還有男藝人引起詩人的興味，比如杜關的〈呂郎曲〉就把
呂郎當成李龜年來寫近代國事，末了還不忘嘆道：「閒與張徽聽夜曲，卻話開
元全盛年！」〔註 34〕這都可見梅村體在近代的風行。

　　近代最有名的風塵女子大概要數賽金花了，她是與本土狀元、洋人統帥
有過故事的，最妙的是她還在庚子一役中保全了億萬蒼生，──這事的真假

〔註 31〕　參 Poe,E.A,「The Poetic Principle.」*Norton Anthology of English Literature*,Vol,I,
　　　　　p.1330. 另參 Maureen Cobb Mabbot，「Reading the Raven.」*The University of
　　　　　Mississippi Studies in English 3*，1982，pp.96～101.
〔註 32〕　錢仲聯，《夢苕盦詩話》（濟南：齊魯書社，1986 年），頁 49～50。
〔註 33〕　分別見連橫，《劍花室詩集》（臺灣：大通書局，1987 年），頁 36～38。劉善
　　　　　澤，《天隱廬詩集》（長沙：湖南大學出版社，1989 年），頁 695～696 頁。曾
　　　　　緘，〈雙雷引〉，《近代巴蜀詩鈔》（成都：巴蜀書社，2005 年），頁 1409～1410。
　　　　　秦烈，〈曼青曲〉，錢仲聯編《清詩紀事》，頁 14890。蔣箸超〈愛珠曲〉，《清
　　　　　詩紀事》，頁 15137～15138。
〔註 34〕　杜關，〈呂郎曲〉，《巴蜀近代詩鈔》，頁 753～754。

並不重要。詩人不肯放過這個好題目。一般人只知道有樊增祥的前、後〈彩雲曲〉，至多再加上王甲榮的同題之作。實際遠不止此數。假如不計薛紹徽的〈老妓行〉，單是以彩雲曲為題的梅村體詩，據筆者涉獵所知，就有八首。這裡不妨列一簡表：

題　目	作　者	時間與版本（民國以前）
彩雲曲	樊增祥	作於 1900 年。《樊樊山詩集》本（為避冗詞，不列樊山詩集舊刻）。《眉韻樓詩話》本。《蘇鐸月刊》本（箋疏本）。《詩群》本（選本）。陶然亭石刻本（毀於文革）。《靈飛集》本。《現代中國文學史》本〔註35〕。
後彩雲曲	樊增祥	作於 1904 年。《樊樊山詩集》本。陶然亭石刻本（毀於文革）。《靈飛集》本。《現代中國文學史》本。
彩雲曲	王甲榮	初作於 1900 年左右，1920 年代有續補。《鄉心月刊》本。《夢苕盦詩話》本〔註36〕。
和樊山使君彩雲曲	曾廉	作於 1900 年代初。《【蠡瓜】庵集續集》本〔註37〕。
續彩雲曲	碧葭塘主	時間不詳。《靈飛集》本〔註38〕。按，此詩體制類〈聽女道士卞玉京彈琴歌〉，不是「標準」的梅村體。
續彩雲曲	宗子威	作於 1936 或 1937 年。《虞社》本〔註39〕。
彩雲曲	湯炳正	作於 1935 年初。《大公報》本〔註40〕。
彩雲曲	蕭公權	作於 1930 年代初。《大公報》本。《空軒詩話》本〔註41〕。

相信還有不少的遺漏。樊增祥的前、後〈彩雲曲〉都寫於 1900 年代初期，一時洛陽紙貴。咸豐以來，儘管倣仿梅村體的詩作漸多，並且還有了王闓運

〔註35〕除了樊增祥個人詩集而外，還有不少版本。分別見孫雄，《眉韻樓詩話》卷七（《晨風閣叢書甲集》本）。沈定鈞，〈樊山老人與彩雲曲〉，《蘇鐸月刊》1941年 2 卷 2 期，頁 29～35。沈宗畸輯錄，〈詩群〉卷一，《國學萃編》1908 年 1期，頁 2～6。張次溪《靈飛集》舊有 1939 年天津書局本，今有整理本，樊詩見龔勝鐸編，《賽金花本事》（長沙：嶽麓書社，1986 年），頁 155～157。錢基博，《現代中國文學史》（北京：中國人民大學出版社，2007 年），頁 185～186。

〔註36〕王甲榮，〈彩雲曲〉，《鄉心月刊》1937 年 3 期，頁 21～22。錢仲聯，《夢苕盦詩話》，頁 1～3。

〔註37〕曾廉，〈和樊山使君彩雲曲〉，《清代詩文集彙編》784 冊（上海：上海古籍出版社，2011 年），頁 444。

〔註38〕龔勝鐸編，《賽金花本事》，頁 159～161。

〔註39〕宗子威，〈續彩雲曲〉，《虞社》1937 年 226 期。

〔註40〕湯炳正，〈彩雲曲〉，《大公報》1935 年 1 月 16 日。

〔註41〕巴人，〈彩雲曲〉，《大公報》1932 年 4 月 12 日。吳宓，〈空軒詩話〉，《吳宓詩話》（北京：商務印書館，2005 年），頁 248～249。

〈圓明園詞〉引起一點小小的轟動，但並沒有井噴式的出現。樊氏〈彩雲曲〉問世之後，梅村體才算得上山洪式的爆發。關於樊作，並世及後來的評論很多，這裡不去摘引。除了有人覺得兩詩有失實之處而外，大致是非常推賞的；只有葉昌熾的意見比較奇特，誇讚〈彩雲曲〉之餘，因它涉及同鄉洪鈞，所以立刻嫌它「口吻輕薄，亦非吳人所願聞也」〔註42〕了。從表中可以看出，〈彩雲曲〉的創作高峰有兩個，一個是 1900 年代，一個是 1930 年代。很明顯，第一次高峰在庚子事變以後，坊間傳聞說傅彩雲以一人之力保護了京城的周全。第二次高峰則源於 1930 年代初賽金花被傳媒重現「發現」〔註43〕，她過往退敵的功績和現在境況的蕭條被不斷渲染，——時當九一八事變之後，這條新聞的價值不言而喻。

假如說樊、王、曾三人作〈彩雲曲〉還可以在傳統脈絡裏加以闡釋的話——比如「詩史」意識、文人趣味、傳奇色彩等等，那麼蕭、宗、湯等人作〈彩雲曲〉則又增添了新內容或新意義：它們與現代傳媒的結合更加緊密，這幾首詩都是載在即時的期刊或報紙上的。但這還只是表面的。夏衍的戲劇〈賽金花〉是被推爲現代「國防文學」的代表作之一的，但好像論者還沒注意到它與傳統話語的關係。碧葭堂主〈彩雲曲〉自序不滿樊增祥渲染賽金花的淫蕩，「詈之惟恐不至」，講道：

> 一青樓妓者，庸足持春秋之義責之乎？顧庚子之變，聯軍犯闕，九城震驚，人無死所，微彩、瓦交歡，默移潛化，其所以保全者，寧能若是之遠且大歟？〔註44〕

光緒年間，李伯元談到輿論苛責青樓女子時也說過類似的話：

> 抑余更有說者，甲午一役，中朝士大夫尚不免委身媚敵，而乃以朝秦暮楚、送舊迎新責青樓弱女子，不亦慎乎？〔註45〕

再往上溯，錢謙益也說過：

〔註42〕葉昌熾光緒三十二年八月初十日記，見葉昌熾，《緣督廬日記抄》卷十二（民國上海蟬隱廬石印本）。

〔註43〕〈鳳泊鸞飄往事不堪回首 風鬟霧鬢半姿猶似當年〉，《實報》1932 年 3 月 22 日。接著又刊載〈賽金花傷心談往事〉、〈張競生致靈飛書〉、〈請求豁免賽氏房捐〉等文，引起巨大反響。

〔註44〕龔勝鐸編，《賽金花本事》，頁 159。

〔註45〕李伯元，〈遊戲主人答客論開花榜之不易〉，收於陳無我，《老上海三十年見聞錄》（上海：上海書店，1997 年），頁 194～195。

　　　　　國破君亡，士大夫尚不能全節，乃以不能守身責一女子耶？〔註46〕
這是說，不能以對士大夫的要求來苛責女子。但假如以青樓女子而做得比士
大夫還要好呢？那當然是了不起的英雄人物。因此，1900年代樊增祥歌頌賽
金花之餘，還不忘罵她是禍水，但在中日局勢吃緊的1930年代，詩人們忽
然對她只有毫無保留的贊美和歌頌。更要重的是，在吳偉業歌行裏，詩人只
是借陳圓圓、卞玉京等女子的遭遇來經緯國事，訴說國破家亡的淒婉，好比
把她們當作一個棱鏡、一個窗子，來折射、透視一個時代，但賽金花不同，
她是跟八國聯軍德人瓦德西討價還價過、有過退敵之功的，詩人也好，劇作
家也罷，從她身上直接抽取了宣揚民族主義所需要的東西，在現代傳媒的牽
合下，賽金花充當了「國防文學」的資源。就是說，1930年代的詩人創作〈圓
圓曲〉重點並不在充當「詩史」，而是倒與所謂「國防文學」有著近似的需
求。

　　不過，不管詩人用意在哪，首先是賽金花的事跡既不失傳奇性，又與家
國有著實實在在的聯繫。這才成爲了一個好題材。楊圻的《檀青引》以一女
子來貫串咸、同、光三朝史事，雖然不免用力過度，到底還在藝術與事實可
允許的範圍內。這方面有個反面教材。1932年有人作了一首〈後鴛湖曲〉，是
鋪敘徐志摩、陸小曼的故事的〔註47〕。這首詩修辭和才情上的缺陷且不去說，
內容上處處想著牽合局勢，實在是掃興而且無據得很；徐、陸跟抗日沒什麼
太大的瓜葛，那個疑似的王賡丟地圖一案撐不起一個像樣的故事。但它至少
說明近代詩人做起大題目的時候，很容易想起梅村體。

三、名園與興亡：從圓明園、頤和園、寧壽宮到布達拉宮、浩園

　　長慶體當然包括元稹的〈連昌宮詞〉，自從洪邁開了個頭，說它比白居易
的《長恨歌》要好，後人還打起了一場筆墨官司。這樁舊案不值得再摻合，
但〈連昌宮詞〉在歷史上確有不小的影響力。吳偉業〈永和宮詞〉算是這一
脈的發揚。從王闓運〈圓明園詞〉以來，近代詩人繼承了這一「名園＋興亡」
的模式。詩是這樣的多，不妨適當作個限制：詩人寫得很賣力也很精彩，但
並不是嚴格的梅村體的不收，像瞿鴻機的〈浩園長歌〉、孟森的〈頤和園詞〉、
鄭詩的〈愛儷園夜遊行〉、李光漢的〈圓明園詞〉等；詩人寫得很精彩，詩也

〔註46〕陳寅恪，《柳如是別傳》（臺灣：里仁書局，1985年），頁686。
〔註47〕五石，〈後鴛湖曲〉，《新晨報》1932年3月12日。按「五石」當即鄧之誠。

是嚴格的梅村體，但跟興亡大事聯繫不緊密的也不收，像吳之英的〈桂湖〉》等。這裡仍先列一簡表。

	〈圓明園詞〉	王闓運	以圓明園興廢經緯國事。近代雜誌及詩話，轉載、評論甚多，此不臚列。
圓明園	〈西園引〉	毛澂	西園即圓明園。序末曰：「以（圓明）園在西直門之西，故以西園命篇云爾。」〔註48〕
	〈圓明園遺石歌〉	柳詒徵	參昌黎〈石鼓歌〉一境，未盡合梅村體。詩載《南京高等師範學校校友會雜誌》、《學衡》等。〔註49〕
	〈圓明園詞〉	高祖同	全詩載《清華學報》。〔註50〕
	【附】〈清華園詞〉	吳宓	圓明園、近春園（清華園前身）比鄰，同遭劫火，故附。自序謂此是民國三年春肄業清華時所作。〔註51〕
	【附】〈西園王孫草書墨竹歌〉	瞿兌之	詞甚清遒。非專詠圓明園者，乃詠咸豐以來史事者，以無可隸屬，故附此。汪辟疆評曰：「頗有〈圓明園詞〉筆意。」西園王孫，即溥桐，世稱紅豆館主，善皮黃，喜書畫。〔註52〕
頤和園	〈頤和園詞〉	王國維	王國維致鈐山豹軒函：「前作〈頤和園詞〉一首，雖不敢上希白傅，庶幾追步梅村。蓋白傅能不使事，梅村則專以使事為工。』是專從寫作技巧立說矣。」〔註53〕
	〈頤和園詞〉	鄧鎔	以頤和園興廢經緯國事，早於王國維之作。《清詩紀事》載之。按《新紀元星期報》嘗載之。〔註54〕
	〈頤和園詞〉	饒智元	《夢苕盦詩話》提及。詩未見。考《新紀元星期報》嘗載鄧鎔〈圓明園詞〉，末附「本館識」，有曰「北京某報曾載饒智元君〈頤和園詞〉」云云，今亦不詳是何報。書此待考。
	〈頤和園感懷〉	劉咸滎	以頤和園興廢經緯國事。〔註55〕

〔註48〕 毛澂，〈西園引並序〉，《稊瀣詩集》卷四（民國六年鉛印本），頁9～12。

〔註49〕 柳詒徵，〈圓明園遺石歌〉，《南京高等師範學校校友會雜誌》1918年1卷1期，「文苑」頁9。柳詒徵，〈圓明園遺石歌〉，《學衡》1922年4期，頁「詩錄」5～6。

〔註50〕 高祖同，〈圓明園詞〉，《清華學報》191？年3卷2期，頁107～109。

〔註51〕 吳宓，《吳宓詩集》（北京：商務印書館，2004年），頁56～58。

〔註52〕 汪辟疆，〈瞿蛻園《西園王孫草書墨竹歌》〉，《汪辟疆詩學論集》（南京：南京大學出版社，2011年），頁252～254。

〔註53〕 王國維，〈頤和園詞〉，《王國維詩詞箋注》（上海：上海古籍出版社，2013年），頁117。

〔註54〕 鄧鎔，〈頤和園詞〉》，收於錢仲聯，《清詩紀事》（南京：鳳凰出版社，2003年），頁14686～14689。鄧鎔，〈頤和園詞〉，《新紀元星期報》1912年1卷3期，「文苑」頁1～4。

〔註55〕 劉咸滎，〈頤和園感懷〉，《靜娛樓詩存續刻》（民國石印本），頁9～10。

	〈頤和園詞〉	張懷奇	詳於戊戌、庚子間事。詩載於《夢苕盦詩話》。〔註56〕
	〈頤和園詩〉	張鵬一	《夢苕盦詩話》提及，然僅一掛其名。今按，作於辛亥壬子之交，有序及自注。詩轉載於《學衡》（此本刪序及自注）、《秦風週報》等。〔註57〕
	〈頤和園誦〉，一作〈頤和園歌〉	吳之英	《夢苕盦詩話》提及。今按，《吳之英詩文集》載其詩。復考《國學薈編》載其《西蒙詩鈔》，亦鈔有此詩，題〈頤和園誦〉；《學衡》本題作〈頤和園歌〉。〔註58〕
	〈頤和園詞〉	李國瑜	全詩載《儉德儲蓄會月刊》。〔註59〕
	〈頤和園歌〉	姚德鳳	全詩載《江蘇文獻》刊物，有自注。〔註60〕
瀛臺	〈瀛臺〉	孟森	詠光緒帝事。〔註61〕
寧壽宮	〈寧壽宮詞〉	孫景賢	詠李蓮英事。〔註62〕
	【附】〈長安宮詞〉	胡延	非傳統以絕句組詩為宮詞者，乃梅村體，自撰紀事，其意殆合〈長恨歌〉〈長恨歌傳〉為一手。以庚子八月兩宮巡幸西安為發端，漫衍鋪敘，演晚清一段歷史。門人盧天白曰：「重先朝故實，即尊師說為詩史之意也。」〔註63〕
慈寧宮井	〈金井曲〉	薛紹徽	詠珍妃事。〔註64〕
	〈宮井篇〉	金兆蕃	詠珍妃事。錢仲聯：「步武梅村，無愧詩史。」〔註65〕
	〈宮井詞〉	王景禧	詠珍妃事。作甚晚，在民國十六年。〔註66〕
	【附】〈崇東陵詞〉	鄧鎔	詠珍妃事。〔註67〕

〔註56〕錢仲聯，《夢苕盦詩話》，頁 30～32。
〔註57〕《學衡》1922 年 4 期，「詩錄」頁 5～6。《秦風週報》1935 年 1 卷 29 期。
〔註58〕吳之英，〈頤和園誦〉，《國學薈編》1914 年 8 期，頁 38～39。吳之英，〈頤和園歌〉，《學衡》1922 年第 11 期，「詩錄」頁 6～8。
〔註59〕蕙孫，〈三餘漫載〉，《儉德儲蓄會月刊》1920 年 2 卷 1 期，「雜俎」16 至 17 頁。
〔註60〕姚德鳳，〈頤和園歌〉，《江蘇文獻》1944 年第 3/4 期，第 97 至 98 頁。
〔註61〕孟森，〈瀛臺〉，收於徐鼎一，《藝衡（第 4 輯）》（北京：國家圖書館出版社，2010 年），頁 96。
〔註62〕孫景賢，〈寧壽宮詞〉，收於錢仲聯，《清詩紀詩》，頁 14542～14545。
〔註63〕盧天白，〈師黎閣詩話〉，《枕戈（上海）》1932 年 1 卷 13/14、15 期。按《長安宮詞》另有光緒二十八年刻本、光緒三十年成都圖書局活字排印本、民國二十一年成都美學林排印本。
〔註64〕薛紹徽，〈金井曲〉，《薛紹徽集》（北京方志出版社，2003 年），頁 51～52。
〔註65〕金兆蕃，〈宮井篇〉，《安樂鄉人詩集》（臺灣：文海出版社，1974）年，頁 16～22。錢仲聯，《夢苕盦論集》，頁 381。
〔註66〕孫景禧，〈宮井詞〉，收於錢仲聯，《清詩紀事》，頁 13551～13554。
〔註67〕鄧鎔，〈崇東陵詞〉，收於錢仲聯，《清詩紀事》，頁 14689～14690。

豐澤園	〈豐澤園爲袁世凱作〉	曾緘	詠袁世凱稱帝及六君子事。〔註68〕
布達拉宮	〈布達拉宮詞〉	曾緘	詠六世達賴倉央嘉措事。〔註69〕
浩園	〈浩園詞〉	陳天倪	浩園在曾國藩祠。〔註70〕

　　表中不少詩有宮詞的傳統。過去的宮詞一般歌詠的是後宮的寂寞、蕭疏與清寂，當然也包括一些宮禁祕聞，像晚近黃榮康、魏程搏等人以上百首絕句組成清宮詞本事詩，就屬於宮詞嫡傳，儘管也免不了甚至原意也在記史，但首先是得保留住正宗的「宮詞味」。〈圓明園詞〉一類作品，循的則是〈連昌宮詞〉的傳統，而且更加刻意去附會或貫串史事，不是「宮詞」一詞可以囊括的了，至於〈豐澤園爲袁世凱作〉〈浩園詞〉一類作品，乾脆脫去了一切宮詞的痕跡。因此，本文用「名園＋興亡」模式來指稱這一類作品。過去的登臨名園之作，不管是散文還是詩詞，也常常流露出一種興亡無常之感；上列的長慶體或梅村體歌行，還存有這種意境或精神，但是，在這裡，「興亡」不只是一種感慨，詩人更是要通過一個園子來敷衍史事。民國元年有一家報館附識說：「頤和園爲前清亡國史上一大紀念品。北京某報曾載饒智元君〈頤和園詞〉，哀感頑豔，不減吳祭酒。今復得鄧君此作，延平津兩龍劍，猶未知誰爲雄雌也。」〔註71〕「大紀念品」四個字，我們能夠心領神會，這跟前舉一位詩人以小鳳仙爲「絕好資料」正是一個意思。名園也好，尤物也罷，在詩人這兒不但成爲了才情的競技場，還承載起詩史的任務來。比如陳天倪的〈浩園詞〉，詠浩園就是詠曾國藩，詠曾國藩就是詠近代史，這是和諧統一著的。

　　表中的歌行有些是膾播人口的，能找出相當多的評論來。還有一些是默默無聞，絕未經人提起的。但本文不去理會這些，只強調一點，這些詩幾乎沒有一首像〈長恨歌〉或〈連昌宮詞〉一樣把典故牢牢地關在門外，包括瞧不上梅村體用事太多的王國維那首〈頤和園詞〉也同樣犯著這個病，而且病得還不輕——如果用事算是病的話。這個現象，是從梅村體的創始人吳偉業那裏就有了的；它是唐宋以來「資書以爲詩」傳統裏的一部分。錢鍾書先生《宋詩選注》王安石那一段評傳曾考察了詩人用典的由來，其中一條是詩人

〔註68〕曾緘，〈豐澤園爲袁世凱作〉，《近代巴蜀詩鈔》，頁1403～1404。
〔註69〕曾緘，〈布達拉宮詞〉，《近代巴蜀詩鈔》，頁1406～1407。
〔註70〕陳天倪，〈浩園詞〉，《尊聞室剩稿》（北京：中華書局，1997年），頁817。
〔註71〕《新紀元星期報》1912年1卷3期，「文苑」頁4。

「未必有那許多真實的情感和新鮮的思想」〔註72〕，是極確的。王國維以為白居易不用事是因為「才有餘」，吳偉業只能靠用事來彌補才情的不足，其實是一偏之見。近代詩人包括吳偉業在內是不是才情一定不如白居易？這是說不准的；問題出在別處。〈長恨歌〉做出來就是典範，含著「新鮮的思想」，以後的詩人再做這個題材的詩，描寫上固已失了先著，但更重要的是很難再有「新鮮」的東西，非得變個花樣不可。在白居易那兒，委曲反覆的寫宮裏的那些風物、唐明皇的那段情，就算完成任務了，儘管我們不妨從勸諷的角度加以解讀。但後人是要「變花樣」的，意在經緯出一段宏大歷史，因此不肯把筆墨耽擱在某一具體的事、景或情上，去展開曲折幽微的描述。所以，事也好、情也好、景也好，在吳偉業尤其是近代詩人那裏，好比一種點染、一種穿插、一種審美上的殘留，常常並不是詩人的主要目的所在：他們是要寫史的。陳伯瀾評吳宓〈清華園詞〉說它「藻飾之工太少」〔註73〕，這部分地跟詩人的才情不足有關，但詩人恨不得把所有重要故事都給寫進去，分散了自己的注意力和精力，也是一重要因素；像王闓運〈圓明園詞〉、姚德鳳〈頤和園歌〉裏面密密麻麻的有關園子的真實歷史事件的小注就透露了這個消息。連帶而及，詩人免不了要用經濟的語言來展現豐富的主題，富於包蘊性的典故既省力又不失為切用的工具，當然好使，這是藝術上的考慮。對個體而言，它確有逞才學或彌補才情不足等考慮；當然，用事不是每個人都善用的，它仍要靠才情來駕馭。西洋詩裏的典故（allusion）雖然不像中國舊體詩這麼觸目皆是，但也是存在的，而且同樣有個前提，默認作者跟讀者分享著同樣的知識；像艾略特（T.S. Eliot）、喬伊斯（James Joyce）那樣故意用晦澀的僻典的畢竟是少數，——並且，不要忘了，他們那樣做恰是有藝術和思想上的考慮的。有法國學者用互文（intertextuality）理論來分析「用典」，強調典故「以簡蘊繁」的功能，還是不夠圓融。近來有學者作了極大的補正，把互文分為歷時（diachronic）和共時（synchronic）兩種，而且綿密地分析各種形式的用典所具有的各種功能〔註74〕。不得不佩服這位學者的耐心和細心，例如中國詩人在用事上有一種「自我作古」現象，居然在他的理論裏找到對應的一席之地；像樊增祥的〈彩雲曲〉〈後彩雲曲〉就是一個明顯的例子。據

〔註72〕錢鍾書，《宋詩選注》（北京：三聯書店，2002年），頁66。
〔註73〕吳宓，《吳宓詩集》，頁58。
〔註74〕Machacek, Gregory.「Allusion.」*PMLA*, 03/2007, Vol.122, N. 2, pp. 522 - 536.

此，用典萬不能一概而論，尤其是當我們考慮到近代詩人創作梅村體常常不是就事詠事，而是意在經營一段宏大的歷史，就更能明白這一點。

上面討論了近代歌行裏的用典現象，並不是說它的用典只能從那幾個角度去論說。本文只是就地取材，從近代歌行身上肩負的「詩史」任務出發來加以闡釋。近代這些寫名園的梅村體詩歌，在任務上與〈長恨歌〉不同，或者說在目標上比〈連昌宮詞〉更明確而機械。可是，詩人眞個煞有介事地把詩做成史，那就免不了遭受別人的指謫。當時，姚大榮以爲既然王闓運〈圓明園詞〉有意「詩以紀事」，那麼就不應該「虛誣顛倒」，所以他要援引史籍，逐條批駁〔註 75〕。換句話說，詩是一種語言藝術，本來是容許或容忍「虛誣顛倒」的，但詩人作出一副自己不是在寫詩而是在記史的樣子，那就是侵佔了「史」的領地，自然得經受「史」的考驗。顯然，對於詩人來說，「詩史」一說可以自高，但如果失了分寸，那就變成了一個陷阱。梅村體詩可以再現一段段名園與家國興亡史，但它們首先是詩。

四、梅村體的衰亡

近現代梅村體的興盛是前所未有的，可說是吳偉業以來的新的巔峰。從上文的分析，可以明顯看出的是，這些梅村體詩歌背後都隱含著詩人主動而強烈的詩史意識。這種詩史意識是如此的強烈，以至於詩歌所詠的對象常常成了「道具」一樣的存在，亦即詩人缺少對這一對象懇摯而深入的體察與描繪，使其被密集的歷史事件或歷史敘述所沖淡、掩蓋。這是與白居易、元稹的〈琵琶行〉〈長恨歌〉或〈連昌宮詞〉不甚相同的地方。在營造詩史的野心上，也要比吳偉業的歌行走得更遠，相應的，在情韻上，明顯不如吳偉業的歌行。很難把這一現象歸因於近代詩人的才情匱乏，比較有說服力的結論是，近代詩人接受了梅村體的詩史意識，但逐漸走向了極端。不過，在篇什繁富的近代詩歌中，梅村體依然是一個令人矚目的存在。

在整個古代社會，一篇妙文出來，會風行海內，作者也隨之飲譽天下。步入近代以來，文本傳播上的便利增加了詩人的熱情，一定程度——這個程度也許很細微——上促進了梅村體的流行。比如，前面提到 1930 年代賽金花被人們重新發現，在現代傳媒的推波助瀾下，她迅速成爲了一個公共人物，也因此產生了一個公共話題，並且持續了三、四年之久；她 1936 年死後，更

〔註 75〕錢基博，《現代中國文學史》（北京：中國人民大學出版社，2007 年），頁 44。

是引發了一次新的紀念熱潮。這當中，很多詩人也加入其間，跟現代傳媒完成了甜蜜之旅，——至少這幾首詩都是載在現代刊物上的，而且搭了傳媒關注賽金花的便車。但是，這當中也含著危機。這幾首詩作並沒有引起多大的反響。現代傳媒還起了妨礙作用。像賽金花這種傳奇人物，在現代是所謂明星；近代產生了一種專門爲她們服務的刊物——「小報」。「小報」問世於1890年代的上海，其格調是高雅、庸俗並存的，像名妓、「戲子」是主要關注對象，當然一些官員醜聞也會在這裡登出來〔註76〕。它對過去傳播傳奇故事的載體和方式產生了不小的威脅。更不用說新文學的衝擊。

但是，到底還有人做了〈彩雲曲〉這樣的歌行，說明在民國還是有市場的。這道理很簡單，很多民國時期的人成長在固有傳統之內，有著近似的文化背景和文化趣味，還足以形成一個頗具規模的圈子。隨著政治、文化、經濟的不斷變革，這個傳統越來越難以維繫。尤其是，從20世紀開始，在世界範圍內包括亞洲在內，介入城市生活、代表城市文化或寄寓城市記憶的載體一變而爲（現代）建築、影視等新興物，文學倒退而居其次了〔註77〕。於是，近代盛極一時的梅村體不可避免的走向沒落；今天當然還有創作梅村體的人，但我們知道，那是一種很私人化的東西。

主要參引文獻

1. 近代巴蜀詩抄編委會，《近代巴蜀詩抄》，成都，巴蜀書社，2005年。
2. 汪辟疆，《汪辟疆詩學論集》，南京，南京大學出版社，2011年。
3. 葉凱蒂，《上海・愛：名妓、知識分子和娛樂文化（1850～1910）》，北京，三聯書店，2012年。
4. 陳無我，《老上海三十年見聞錄》，上海，上海書店，1997年。
5. 陳衍，《陳衍詩論合集》，福州，福建人民出版社，1999年。
6. 陳寅恪，《元白詩箋證稿》，上海，上海古典文學出版社，1958年。
7. 陳維崧，《婦人集》，北京，中華書局，1985年。
8. 林昌彝，《射鷹樓詩話》，上海，上海古籍出版社，1988年。
9. 季惟齋，《微聖錄》，上海，華東師範大學出版社，2010年。

〔註76〕 參見葉凱蒂，《上海・愛：名妓、知識分子和娛樂文化（1850～1910）》（北京：三聯書店，2012年），頁212～219。
〔註77〕 參見 Watson, Jini Kim. *the New Asian City: Three-dimensional Fictions of Space and Urban Form*, University of Minnesota Press, 2011.

10. 錢仲聯，《夢苕盦詩話》，濟南，齊魯書社，1986 年。

11. 錢仲聯，《清詩紀事》，南京，鳳凰出版社，2003 年。

12. 錢基博，《現代中國文學史》，北京，中國人民大學出版社，2007 年。

13. 龔勝鐸，《賽金花本事》，長沙，嶽麓書社，1986 年。

14. 蔣寅，《清代詩學史》，北京，中國社會科學出版社，2012 年。

15. 汪祐南，〈涇山草堂詩話〉，《學術世界》1937 年 2 卷 4 期。

16. 嚴迪昌，〈梅村體論〉，《語文知識》2007 年 3 期。

17. 葉君遠，〈論梅村體的形成和發展〉，《社會科學輯刊》2005 年 1 期。

18. 林宗正，〈多重聚焦與時間交錯下的歷史書寫：吳偉業的詩史敘事〉，《中國詩學》第 18 集，北京，人民文學出版社，2014 年。

（原刊《中國詩學》第 22 輯（2017 年 3 月））

凡爾納小說《鐵世界》在近代初期中日韓三國的傳播與變異[註1]

竇新光

（日本神戶大學人文研究科中國・韓國文學系）

一、序

　　19 世界末 20 世紀初，東亞世界的中日韓三國都處於劇烈的歷史變動期。在文學領域，翻譯文學運動興起，促使各國文學從傳統向近代轉型。當時，政治小說、科學小說、冒險小說、偵探小說、教育小說、外交小說、軍事小說、家庭小說等從西方引進的嶄新小說類型紛紛登場，在東亞三國廣泛流通。

　　其中，19 世紀法國著名科學小說作家儒勒・凡爾納（Jules Verne，1828～1905）的《月界旅行》、《環遊月球》、《地底旅行》、《空中旅行記》、《海底旅行》、《八十日環遊記》、《世界末日記》、《十五小豪傑》、《鐵世界》等眾多作品也在此時進入東亞，並被視爲科學小說的經典之作。

　　其中，《鐵世界》是一個至今尚未得到充分研究的案例。該作品今譯《蓓根的五億法郎》或《印度貴婦的五億法郎》，凡爾納最初發表於 1879 年，敘述了法國醫生薩拉贊和德國化學教授蘇爾策用意外獲得的巨額遺產、按不同理念建立的法國城和德國城之間相互對抗的故事。近代中日韓三國都翻譯引進了這部作品。日本最早翻譯這部作品是在 1887 年，由紅芍園主人（森田思軒）譯爲《佛曼二學士の譚》連載於報刊，同年改題爲《鐵世界》出版單行

〔註 1〕本文是在日本學術振興會科學研究費助成事業（課題編號：15J04686）的資助下完成的。

本。中國最早翻譯這部作品是 1903 年，由包天笑譯爲《科學小說 鐵世界》出版。韓國最早翻譯這部作品是 1908 年，由李海朝譯爲《텰셰계（鐵世界）》出版。

經調查確認，《鐵世界》從西方傳入東亞的翻譯路徑爲：法文→英文→日文→中文→韓文，共經歷了多達四次轉譯，這在當時是不多見的。作爲一個聯結法、英（美）、日、中、韓各國近代文壇的傳播個案，該作品具有重要的研究價值和意義。

然而，這部作品長期以來並未引起研究者的充分重視。在中國近代翻譯文學的相關著述中，關於這部作品提及很少，至今尚未出現一篇專門探討這部譯作的中文論文，算是一個研究空白。在日本和韓國，也只有少量的幾篇論文（見文末的參引文獻），在簡單提示翻譯底本和源流的基礎上，對該作品的本國譯本的內容性質進行了探討。

筆者認爲有必要擴大視野，把握《鐵世界》從西方到東亞的傳播過程的全貌，將各國譯本放在這個完整的翻譯鏈條之中，理清作品在各個傳播階段如何一步步發生變化，仔細比較前後譯本的異同，方能更加準確地認識把握各國譯本的特點。在本稿中，筆者試圖初步梳理清楚這部作品從西方傳入近代東亞各國的過程，尤其是在東亞內部的傳播及變異狀況。

二、從法國到英美：英文譯本《The Begum's Fortune》

這部作品並不是從法文直接傳入東亞的，而是經過了英語的轉譯。因此在探討該作品在東亞內部的傳播變異之前，有必要簡單交代一下英文譯本的情況。

這部作品的法文原著爲《Les Cinq Cents Millions de la Bégum》（意爲蓓根的五億法郎），是凡爾納在普法戰爭（1870～1871）法國戰敗之後創作的作品。1879 年 1 月 1 日～9 月 15 日，在巴黎的雜誌《Magasin d'Éducation et de Récréation》上連載；同年 9 月 18 日，出版無插圖單行本；後於 10 月 20 日和 11 月 17 日，又由 Pierre-Jules Hetzel 出版社出版了兩個有插圖的單行本。全書共 20 章，各章均有小標題〔註2〕。凡爾納在作品中塑造了一個理想的烏托邦社會（法國城），贊頌了法國人面對巨大武器威脅時的愛國主義精神，也表現出對公共衛生防疫事業的重視；另一方面塑造了一個與其對立的反烏托邦社

〔註 2〕此書最後還附有凡爾納的一篇短篇小說《Les Revoltes De La Bounty》。

會（德國城），批判了德國人的極端民族主義、人種主義、帝國主義思想，也首次表現出對科技發展的警惕意識。

《鐵世界》法文原著問世以後，不僅立即被翻譯到英語世界，而且幾乎是在英、美兩地同時連載和出版，這反映出凡爾納作品在當時西方世界所受關注的程度。法文原著問世的同一年（1879 年）7 月 19 日至 11 月 8 日，英文版以《The Begum's Fortune》為題在英國倫敦的雜誌《The Leisure Hour》上分 17 次連載；同年 11 月，由倫敦的 Sampson Low, Marston, Searle and Co.出版社和費城的 J.B. Lippincott and Co.出版社分別在英國和美國出版（均有插圖），譯者標「W.H.G. Kingston」〔註 3〕。該英文版所標譯者 W.H.G. Kingston 當時已身患重病、債務纏身，其妻子 A. K. Kingston 作為實際上的主要翻譯者，此時也難以專注於該作品的翻譯。或許是因為這個原因，這個英文版的翻譯質量並不理想，甚至受到指責，稱有損於凡爾納在英語世界中的聲譽。

但若與後來日、中、韓譯本相比，英譯本對法文原著還是比較忠實的。首先在分量上，法文原著正文為 163 頁、每頁 37 行，英文版為 239 頁、每頁 26 行，整體上篇幅相差不大，基本一致，可見英文版對法文版的內容並未進行大幅刪減或增加。其次在目錄上，英文版對法文版的章節構成並未進行改動，仍以 20 章譯出，且各章節標題都基本忠實於法文原著，這一點從以下章節對照表中不難看出。再次在文本上，英文版採用句句對譯的方式，內容傳達也無太多偏離原意之處。最後關於非文本部分，英文版還保留了法文原著中的 40 餘幅插圖。

章節	法：《Les Cinq Cents Millions de la Bégum》（1879）	英：《The Begum's Fortune》（1879）
1	Où Mr. Sharp fait son entrée	Enter Mr. Sharp
2	Deux copains	A pair of chums
3	Un fait divers	Effect of an item of news
4	Part à deux	Two claimants
5	La Cité de l'acier	Stahlstadt
6	Le Puits Albrecht	The Albrecht pit
7	Le bloc central	The central block
8	La caverne du dragon	The dragon's den

〔註 3〕 W.H.G. Kingston 譯本後於 1883 年和 1887 年在倫敦再版。據查，在日文版出現的 1887 年之前，該作品的英文版除此之外，還有美國 George Munro 譯本，題為《500 Millions of the Begum》。

9	PPC	P.P.C
10	Un article de l' Unsere Centurie, revue allemande	An article from 'Unsere Centurie,' a German review
11	Un dîner chez le docteur Sarrasin	At dinner with doctor Sarrasin
12	Le Conseil	The council
13	Marcel Bruckmann au professeur Schultze, Stahlstadt	News for the professor
14	Branle-bas de combat	Clearing for action
15	La Bourse de San Francisco	The exchange of San Francisco
16	Deux français contre une ville	A brace of Frenchmen capture a town
17	Explications à coups de fusil	Parley before the citadel
18	L'Amande du noyau	The kernel of the nut
19	Une affaire de famille	A family affair
20	Conclusion	Conclusion

可以說，英文版基本上忠實地傳達出了法文原著的內容。

三、從英美到日本：森田思軒譯本《鐵世界》

日本是該作品傳入東亞的第一站。1887 年 3 月 26 日至 5 月 10 日，標「紅芍園主人譯」的《佛曼二學士の譚》刊於東京的日報《郵便報知新聞》，分 39 次在「報知叢談」欄上連載。同年（1887）9 月，改題為《鐵世界》由東京集成社出版單行本，定價 45 錢。此外，同年 10 月，還以《佛曼二學士の譚》為題，全文收錄於由大阪大庭和助出版的小說集《才子妙案　天外奇談》（第 141 至 293 頁）。

（一）譯者檢討與底本確認

關於這部作品的日本譯者，目前尚存在爭議。連載版《佛曼二學士の譚》，每期開頭標「紅芍園主人譯」；單行本《鐵世界》，封面標「紅芍園主人譯述」，封二頁標「森田文蔵譯述」，〈鐵世界序〉末尾標「思軒居士撰」，〈凡例三則〉末尾標「紅芍園主人識」，正文開頭標「紅芍園主人譯述　思軒居士刪潤」，版權頁標「譯者兼出版人　森田文蔵」。

一直以來的主流觀點，都將《鐵世界》視為森田思軒的譯作，認為「紅芍園主人」是森田思軒的諸多別號之一，《鐵世界》是森田思軒在報刊上連載《佛曼二學士の譚》之後的改題出版。如谷口靖彥在《明治的翻譯王傳記森田思軒》中提到，森田思軒 1883 年「三月至五月，標『紅芍園主人譯』，將儒勒‧凡爾納的《佛曼二學士譚》登載於『報知叢談』。（略）。九月，將

《佛曼二學士譚》改題爲《鐵世界》，由集成社刊行。」〔註4〕中國方面也大都採用此觀點，如郭延禮在《中國近代翻譯文學概論》中提及包天笑譯本的日文底本時講到：「包氏不懂法語，這本小説並不是自原文翻譯的，而是由日本人紅芍園主人（即森田思軒）的《佛曼二學士談》的日譯本轉譯的。」〔註5〕

但也有質疑者認爲，紅芍園主人另有其人，眞正譯者應是紅芍園主人，而森田思軒只是校正潤色者。但如果紅芍園主人不是森田思軒，那他究竟是誰，目前無法得知，以他的名義留下來的作品，也只有《佛曼二學士の譚》一種，其他基本上只有在作爲森田思軒的別號之一被介紹時才能看到這個名字。而且這種質疑忽略了另一種可能，即有可能是森田思軒故意使用筆名，假託爲他人所譯。如有研究在分析與日譯《鐵世界》存在相似爭議的譯本《幻影》和《盲目使者》時指出：「也有一種可能是，按照當初由多數譯者進行翻譯的設想，實際上使用自己的其他筆名，假裝似乎是別人一樣。」〔註6〕關於該作品的日本譯者，筆者目前仍傾向於認爲是森田思軒，但這還有待日後加以進一步考證。

但無論紅芍園主人和森田思軒是同否爲同一人，可以確認無疑的是，日譯本是根據英文版譯出的。森田思軒在〈鐵世界序〉中明確提到了英文底本：「近日吾友紅芍園主人譯述儒勒凡爾納《The Begum's Fortune》，題曰鐵世界。吾略刪潤之，且作序文。」〔註7〕據此可知，日譯本所依據的英文底本是 W.H.G. Kingston 譯本《The Begum's Fortune》。

（二）外形方面的變化

那麼與英文底本相比，日文版有多大變化？表面上看，兩者的分量似乎沒有明顯差別。英文版單行本正文爲 239 頁，日文版單行本正文爲 200 頁，相差不大。但在實際內容上，日文版對英文版作了相當大的改動，對此我們可從以下幾個方面分析。

〔註4〕谷口靖彦，《明治の翻譯王傳記　森田思軒》（岡山：山陽新聞社，2000 年），第 256〜257 頁。

〔註5〕郭延禮，《中國近代翻譯文學概論》（武漢：湖北教育出版社，1997 年），第 426 頁。

〔註6〕桑原丈和，〈《嘉坡通信　報知叢談》論──メディアとしての小説〉，《文學‧藝術‧文化》21（1），2009 年 9 月，第 23 頁。

〔註7〕森田思軒，〈鐵世界序〉，《鐵世界》（東京：集成社，1887 年），第 10 頁。

　　首先，日文版更改了英文版的標題和封面。英文版標題爲「The Begum's Fortune」（意爲蓓根的財產），日文版在連載時標題爲「佛曼二學士の譚」（意爲法、德二學士的故事），改動後的標題更加接近作品的中心敘事。日文版出單行本時又改題爲「鐵世界」，顯然這裡的鐵世界指的是作品中的德國城──一個以採礦、煉鐵、煉鋼、造炮產業爲主的「鋼城」（而法國城是一個以公共防疫衛生事業爲主的城鎮）。日文版取德國城作爲標題，而不是法國城。可見當時的日本譯者和讀者對作品中關於德國鋼城的描述更加感興趣。與此改題相呼應，日文版單行本還更換了封面。英文版本來的封面是蘇爾策教授辦公室內的布景，主色調爲綠色；而日文版的封面卻改爲德國鋼城秘密建造的巨型大炮，給人強烈的視覺衝擊，且色調爲紅色，令人聯想起德國城內煉鋼爐的火光。封面的改動顯然是配合標題的改動。

　　其次，日文版打亂重組了英文版的章節構成，去掉了英文版中的所有插圖。英文版忠實地保留了法文原著的 20 章劃分及各章標題，但日文版在連載時將原作拆成 39 小塊，分 39 次進行連載，每期連載時只以「佛曼二學士の譚（續）」爲標題，不僅沒有標出章節序號，而且原作中各章節的小標題也消失了。到單行本出版時，雖恢復了章節劃分，但卻改爲了 15 章，而不是英文版的 20 章。從筆者列出的英文版和日文版的章節對照表中還可以發現，日文版各章節的標題與英文版相比存在很大差異。此外，日文版還去掉了英文版中的所有插圖。至於日文版的封面圖，筆者發現其實是模仿英文版第 24 張插圖（英文版第 117 頁）繪成的，這說明日文版也是有能力保留、甚至改造英文版中的插圖的。原著中有許多涉及煉製鋼鐵、製造武器的科學知識和製作過程的描寫，這些抽象描寫多配有插圖進行直觀展示，因此插圖的存在其實對讀者理解這些抽象描寫有很大幫助。而日文版正文將這些插圖全部刪掉，說明日本似乎並不太重視作品中與科學有關的內容和要素。

章節	英：《The Begum's Fortune》（1879）	日：《鐵世界》（1887）
1	Enter Mr. Sharp	天來の一億五百萬圓
2	A pair of chums	マクス　ブラックマン 馬克、貌刺萬
3	Effect of an item of news	『余は決して一たひ定めたる時を變せす 余は決して一たひ命したる詞を再せす』
4	Two claimants	サクソン　ラテン 薩遜人種、羅甸人種
5	Stahlstadt	鍊鐵村

6	The Albrecht pit	炭酸瓦斯の淵
7	The central block	中央區
8	The dragon's den	『最早汝は此世に於て他に爲すへき事はあらす唯た尋常に死に就くの一事あるのみ』
9	P.P.C	煙草
10	An article from 'Unsere Centurie,' a German review	長壽村の結搆仕組
11	At dinner with doctor Sarrasin	紐育ヘラルドの警報
12	The council	一発の砲丸に苔ふる一片の手紙
13	News for the professor	桑港の共同相場會所
14	Clearing for action	侵入搜索
15	The exchange of San Francisco	覆命
16	A brace of Frenchmen capture a town	
17	Parley before the citadel	
18	The kernel of the nut	
19	A family affair	
20	Conclusion	

（三）情節內容的改動

日文版在情節內容上對原著也做了很大的改動。

首先是出場人物的改動。日文版序文後的〈凡例三則〉第 1 則稱：「改動人名、地名等無關緊要之詞，使國人易於稱呼」〔註8〕，例如將正面人物法國醫生 Sarrasin 譯爲「佐善」，將反面人物德國化學家 Schultze 譯爲「忍毗」，將英雄人物法國青年 Max 譯爲「馬克」，將 Frankville（法國城）譯爲「長壽村」，將 Stahlstadt（德國城）譯爲了「鍊鐵村」等，這些譯法均爲後來的中韓譯本所襲用。比起人名稱呼，更大的改動在於出場人物及其身份設定。比如原著中佐善的妻子在日文版中並沒有登場，佐善被改成了單身漢；原著中佐善的女兒是馬克的戀人（儘管篇幅並不多），最後故事也是以二人結婚結束的，但她在日文版中也沒有登場，因此馬克在日文版中也就沒有戀愛和結婚；還有原著中佐善的兒子是馬克的同學、好友、後來的戰鬥助手，但這一人物在日文版中也沒有登場。

〔註 8〕森田思軒，〈凡例三則〉，《鐵世界》（東京：集成社，1887 年），第 1 頁。

其次是故事情節的簡化。〈凡例三則〉的第 2 則稱：「至於有之無之少之都不影響正題的情節，因我厭惡情節偏離正題，遂將其一併刪去」〔註9〕，例如集中敘述馬克戀愛、結婚情節的英文版第 19 章（A family affair）和第 20 章（Conclusion）就被完全刪去。這說明日文版只關心故事的中心情節，其他被認為偏離了正題的餘枝末節則被大幅刪除或淡化。這種處理方式雖然使故事線索更加清晰，但卻喪失了原著的豐富性。

再次是「日本特有思想文化的混入」。〈凡例三則〉的第 3 則稱：「為混入日本特有的思想文化，多處進行肆意剪裁，因此不單單稱為譯，特意又加一述字，以明確責任之所在」〔註10〕，可見譯者不僅僅停留於「譯」出作品的情節，同時還有意識地要「述」入日本特有的思想文化。比如佐善的公開演說和忍毗的自言自語等處，譯者將其中諸多內容刪去，替換為日本的傳統觀念。這使譯本大大地日本化了。

（四）從小說趣味角度的關注

日文版單行本中，森田思軒作了一篇長達 10 頁半的序文，即〈鐵世界序〉，文中高度評價凡爾納的作品。

在介紹凡爾納作品之前，森田思軒先用了 5 頁左右的篇幅講述「世間群小說」的種種不足。他尖銳指出：「世間群小說陳陳相因，只是將利欲、爭鬥、飲食、燕遊、詭狙、戀愛幾種材料乘除調配而已」〔註11〕，認為「世間群小說」陳腐老套，讀來無趣。

然後進入凡爾納科學小說的介紹。他從創作素材的創新、故事敘述技巧的突破、驚人想像力的發揮等方面對凡爾納作品進行高度評價，說凡爾納作品「驅使嶄新之材料，挑起絕駭之情節」，「一掃二千年來小說天地之舊套，自創新類型」〔註12〕，認為凡爾納作品作為一種全新小說類型的出現給讀者帶來了全新的有趣的閱讀體驗。森田思軒還寫道：「他不僅反映文明世界之現實，而且常以科學世界之真理超前於文明世界之現實」〔註13〕，並列舉了潛艇、熱氣球、電話、毒彈等眾多具體實例（約 2 頁篇幅），讚歎凡爾納小說中種種天馬行空、卻又一一實現了的科學想像。

〔註 9〕森田思軒，〈凡例三則〉，同上。
〔註10〕森田思軒，〈凡例三則〉，同上。
〔註11〕森田思軒，〈鐵世界序〉，同上，第 1 頁。
〔註12〕森田思軒，〈鐵世界序〉，同上，第 6 頁。
〔註13〕森田思軒，〈鐵世界序〉，同上，第 8 頁。

最後半頁，森田思軒提及了該作品寫到的德法兩國的民族對立，他寫道：「此書作於普法戰爭之後，其意在大快法國人之心，竭力描寫德國人的刻薄嚴冷，足見其怨毒之深，不過這只是書外之事罷了。」〔註 14〕日文版將作品中德國的負面形象歸結於法國人戰敗後對德國的仇視、「怨毒」心理，對作品中表現的德國極端的民族主義、人種主義、帝國主義未加批判，甚至有為德國辯解之嫌，而且稱這些內容為「書外之事」，不願做過多關注和解讀。

可以說，日譯《鐵世界》最關注的是這部作品作為「科學小說」的閱讀趣味，主要是從小說趣味的角度接受這部作品的。所以，日文版雖也注意到作品中的科學性內容，但並沒有將其上升為「輸入文明思想」的層面；雖也注意到作品中的政治性內容，如國家民族間的對立，但對這些內容並沒有表現出太高的關注和熱情。

四、從日本到中國：包天笑譯本《鐵世界》

中國是該作品傳入東亞的第二站。包天笑根據日譯本轉譯為中文（文言文），以《科學小說 鐵世界》為題，於 1903 年 8 月（光緒二十九年六月）由上海文明書局出版，定價洋四角，是包天笑最早的譯作之一。與法文版、英文版、日文版先在報刊連載、後出版單行本的模式不同，中文版譯本是直接以單行本的形態出版的，並沒有經過當時盛行的報刊連載，這對流通範圍有一定影響。

但包天笑譯本出版後，還是受到了相當程度的關注。包天笑譯本在序文之後、目錄之前有一頁文明書局的告示，警告「不得私易書名改換面目翻印漁利，倘敢故違，一經該職商等查知，許即指名具稟本道，立即提案不貸，其各凜遵勿違，切切特示。」〔註 15〕但據相關記載，包天笑譯《鐵世界》出版之後，仍然出現了幾種內容相似的書在市面上流通，這些大多都是抄襲模仿包天笑譯本的偽作。這一定程度上說明了包譯《鐵世界》在當時讀者中的影響和受歡迎程度。

（一）翻譯渠道的確認

關於翻譯的底本和入手渠道，包天笑在卷首〈譯餘贅言〉中作了明確交代：「僕少肄法文，然不能譯書，此書由日本森田思軒本轉譯而來」，「癸卯[1903

〔註 14〕森田思軒，〈鐵世界序〉，同上，第 10～11 頁。
〔註 15〕包天笑，《鐵世界》（上海：文明書局，1903 年），目次前頁。

年]之春，我友吳和士君歸自東都，得此冊以饋包山[包天笑的號]，尤[尤]願公見而好之，囑爲譯出。」〔註16〕後來包天笑在《釧影樓回憶錄》中也對該書底本的入手經過作了記載：「除了《迦因小傳》外，我又從日本文中，譯了兩部小說。這兩部小說，一名《三千里尋親記》，一名《鐵世界》。……我所譯的兩部日文書，都是我的留學日本的朋友，從舊書攤拾來，他們回國時送我的。」〔註17〕

包天笑接觸到日文底本，是通過好友吳和士〔註18〕。吳和士在日本東京留學時在舊書攤購得森田思軒譯本，1903 年春回國，將其作爲禮物送給包天笑。而促使包天笑將其譯出的，則是另一位人物尤志遠〔註19〕。尤志遠，別號願公，是包天笑表兄。他見到此書非常喜歡，積極建議、囑託包天笑將其譯出，並且約定以後爲其潤色。於是包天笑立即著手翻譯，同年夏天翻譯完畢，7 月份作序，8 月份印刷並出版。不過包天笑譯完時，尤志遠已經去世，未能見到中文版《鐵世界》問世。

這部譯作使包天笑獲得了一筆相當豐厚的收入，據《釧影樓回憶錄》記載，《鐵世界》（約三四萬字）和另一部譯作《三千里尋親記》（約一萬字）使他從文明書局共得到一百元的版權費，這筆收入使他「除了（蘇州）到上海的旅費以外」，還「可以供幾個月的家用」〔註20〕，豐厚的報酬也在某種程度上說明了該譯作的受重視程度。

（二）外形方面的變化

外形方面最明顯的變化，是包天笑譯本對作品標題做的調整，他增加了一個副標題。關於作品的標題，日文版的封面、封二、正文開頭都只標「鐵

〔註16〕 包天笑，〈譯餘贅言〉，《鐵世界》（上海：文明書局，1903 年），第 2 頁。

〔註17〕 包天笑，〈譯小說的開始〉，《釧影樓回憶錄》（太原：山西古籍出版社，1998 年），第 218 頁。

〔註18〕 吳和士是包天笑的好友、同事，曾於 1902 年與包天笑等人組織吳中公學社，幷於 1904 年與包天笑等人擔任《吳郡白話報》的編輯。參見《〈吳郡白話報〉和創辦人王薇伯〉，《蘇州日報》第 B2 版，2015 年 5 月 22 日。

〔註19〕 尤志遠，名志選，號子青，別號願公，是包天笑二姑丈尤巽甫之子，即包天笑的表兄。他是吳縣當地有名的廩生，包天笑也受其教導之惠不少。參見包天笑，〈三位姑母〉，《釧影樓回憶錄 釧影樓回憶錄續編》（太原：三晉出版社，2014 年），第 14 頁。

〔註20〕 包天笑，〈譯小說的開始〉，《釧影樓回憶錄》（太原：山西古籍出版社，1998 年），第 220 頁。

世界」。但包天笑譯本的封面以及正文開頭均標「科學小說 鐵世界」，即沿用日文版主標題的同時，又加上了「科學小說」這樣一個標籤，且「科學小說」置於「鐵世界」之前，非常醒目。這個改動，更加強調、突出該作品作爲科學小說的性質，說明中文版更加關注作品中的科學性內容。包天笑譯本的封面只有「科學小說 鐵世界」七個字，沒有圖畫，不像日文版封面那樣有視覺衝擊。

在章節構成方面，包天笑譯本雖然仍然維持日文版的 15 章結構，各章節的內容也基本上一一對應，但不少章節的標題都有變化。從筆者列出的日文版和中文版章節對照表中可以發現，只有第 1、4、6、7、10 章的標題與日文版比較一致，第 5、12、13 章的標題對日文版作了小幅改動，而第 2、3、8、9、11、14、15 的標題則完全未按日文版譯出。

章節	日：《鐵世界》（1887）	中：《科學小說 鐵世界》（1903）
1	天來の一億五百萬圓	天外飛來之一億五百萬圓
2	馬克、貌刺萬	理想之長壽村
3	『余は決して一たひ定めたる時を變せす 余は決して一たひ命したる詞を再せす』	日耳曼森林中躍出之怪物
4	薩遜人種、羅甸人種	撒遜人種與羅甸人種
5	錬鐵村	嗚呼鐵血主義之錬鐵村
6	炭酸瓦斯の淵	炭酸瓦斯之淵
7	中央區	中央區
8	『最早汝は此世に於て他に爲すへき事はあらす唯た尋常に死に就くの一事あるのみ』	知我秘事者死忍毗之律令也
9	煙草	女兒花
10	長壽村の結搆仕組	長壽村之組織
11	紐育ヘラルドの警報	村民總會
12	一発の砲丸に苔ふる一片の手紙	百萬金之大炮答以一紙之手書
13	桑港の共同相場會所	桑港市會場之電報
14	侵入搜索	如石像如木偶如泥塑之忍毗
15	覆命	長壽村萬歲

從分量上來看，日文版正文爲 200 頁，每頁 12 列、30 行；包天笑譯本正文爲 118 頁，每頁 12 列、31 行。兩者排版幾乎相同，但包天笑譯本的頁數爲日文版的五分之三。表面上看分量似乎大幅減少，但包天笑是以簡潔凝練的

文言文翻譯的，譯出後分量有所減少也屬正常。比如另一部林紓與魏易以文言文合譯的明治暢銷小說《不如歸》，日文版正文爲 384 頁（1903 年版），林譯本正文爲 70 頁（1914 年版），大約只是日文版的五分之一，但仔細對照中日文本，會發現林譯本對日文原版的刪減程度其實並不嚴重〔註 21〕。由此可知包天笑譯本《鐵世界》並未對日文底本進行大幅刪減。不僅如此，筆者還發現不少包天笑進行自由發揮之處，例如包天笑譯本的正文開頭，首先對佐善到倫敦參加衛生會議時的住處進行了一段景物描寫：「夕陽明媚，萬木蔚然，門外繞以鐵欄，雜花怒放，闌內細草如氈，風景閒蒨可愛。中有斗室，明窗淨几，簾幕斜捲。」〔註 22〕然而，這段自然環境和場景布置的描繪，其實只是包天笑個人的想像發揮，因爲在日文版中並沒有此段文字（這一點倒是與當時翻譯界將原著中的自然環境描寫大段刪掉的普遍做法不同）。總之，包天笑譯本在內容、分量上並沒有明顯的減少，甚至有所增加。

　　包天笑在〈譯餘贅言〉中寫道：「此書由日本森田思軒本轉譯而來，然竊謂於原意不走一絲，可自信也。」〔註 23〕但從上可知，包天笑其實對日文底本進行了不少改動和發揮，他自信地認爲自己的譯作「於原意不走一絲」，其實並不符合實情。包天笑這樣的說法，可能給當時讀者一種錯誤的印象，使他們誤以爲包天笑所譯出的即是法國原著的原貌，這增加了中國讀者和原著之間的距離。而日文版譯者則特地作〈凡例三則〉，對翻譯的原則進行說明，並且明確指出「不單單稱爲譯，還特意加一述字，以明確責任之所在」，使讀者清楚日譯本與原著有何不同。在這一點上中文版和日文版截然不同，引人思考。

（三）科學啟蒙的強調

　　包天笑譯本卷首的〈譯餘贅言〉，相當於一篇序文，是包天笑在參照日文版序文的基礎上寫成的。但該文只有 2 頁篇幅，共有五段，第一段交代翻譯所據底本，第二段介紹凡爾納的科學小說，第三段談該作品中的德法兩國矛

〔註 21〕 林譯本《不如歸》是同時參照英文和日文譯出的，關於其翻譯底本的考證，可參見：鄒波，〈林紓轉譯日本近代小說《不如歸》之底本考證〉，《復旦外國語言文學論叢》第 2 期（2009 年）。筆者對中日《不如歸》文本也進行過詳細的比較分析，見拙稿：竇新光，〈日中韓三國における《不如歸》で描かれた日清戰爭と戰爭觀〉，《未名》32（2014 年 3 月）。
〔註 22〕 包天笑，《鐵世界》（上海：文明書局，1903 年），第 1 頁。
〔註 23〕 包天笑，〈譯餘贅言〉，《鐵世界》，同上，第 1 頁。

盾，第四段解釋作品中新名詞的翻譯原則，第五段敘述底本入手和翻譯經過。
這裡重點分析一下第二、三、四段的內容。

　　包天笑序文第二段是對凡爾納科學小説的介紹。首先，日文版序文中批
評當世小説陳腐無趣的長達 5 頁的前半部分，以及之後 2 頁介紹凡爾納小説
素材創新、故事敘述技巧方面的部分被包天笑刪掉，這說明包天笑對凡爾納
作品的小説閱讀上的趣味並不像日文版那樣關注。包天笑是直接從「科學」
角度切入來介紹凡爾納小説的。他寫道：「科學小説者，文明世界之先導也。
世有不喜科學書[者]，而未有不喜科學小説者。則其輸入文明思想最為敏捷。」
〔註 24〕這裡第一句應是日文版序文中「文明世界ノ事實ニ先驅セリ」一句的
翻譯，而後兩句則是日文版序文中沒有的，是包天笑自己的話。尤其是「輸
入文明思想最為敏捷」一句，最集中地體現了包天笑的觀念和翻譯意圖，即
借助「科學小説」這一「最為敏捷」的手段來達到「輸入文明思想」的目的
（這裡的文明思想主要指的是科學知識、科學技術、科學思想）。緊接著，包
天笑寫道：「且種因獲果，先有氏所著之《海底兩萬里》，而今日英國學士有
海底潛行船之製矣；先有氏所著之《空中飛行艇》，而巴黎學士有駕空中飛船
而橫渡大西洋者矣；即如本書所載毒瓦斯炮彈，而明年英國陸軍省有買美人
之毒彈者矣；以德律風開會議，而數年前比利時之皇后有安坐宮中而聽法國
大劇場之歌曲者矣。凡斯種種，不勝枚舉。呼嗚，我讀迦爾威尼之科學小説，
我覺九萬里之大圓小，我恨二十世紀之進步遲。」〔註 25〕他舉出這麼多具體
實例，以證明科學小説在「文明世界」中的「先導」作用。這段話基本上是
包天笑從日文翻譯過來的，只是最後的感歎部分，包天笑將日文版的「二千
年來ノ小説天地ヲ狹マシトシ」（覺二千年來小説天地之狹隘）改為了「覺九
萬里之大圓小」，包天笑所感歎的不是關於「小説」，而是關於「科學」。簡言
之，包天笑的序文只保留了日文版序文中與科學有關的內容，不僅將其原樣
譯出，而且還加入了自己的見解，進一步加以強調和突出。如果說日文版序
文最關注的是小説趣味的話，那麼中文版序文最關注的則是科學啟蒙。

　　包天笑譯文第四段，主要是交代作品中新名詞的翻譯原則。他的原則概
括起來大致有 3 點：第一是如果中國已有對應的名詞，則基本都改為中國式
的；第二是中國已有類似名詞但詞意不準確的，則按日語漢字詞譯出，如「瓦

〔註 24〕　包天笑，〈譯餘贅言〉，《鐵世界》，同上。
〔註 25〕　包天笑，〈譯餘贅言〉，《鐵世界》，同上。

斯」一詞；第三是其他中國沒有的、新輸入的「生名詞」，則「略附小注」，加以解釋。這部作品是科學小說，必然涉及大量與科學知識有關的名詞，包天笑對如何翻譯這些名詞的問題如此重視並特地進行說明，與其借科學小說「輸入文明思想」的翻譯目的是緊密相關的。日文版序文中也有說明翻譯原則的〈凡例三則〉，上一節中已做過分析，但它所關注的主要是人名地名的本土化、故事情節的簡化以及日本特有思想文化的混入問題。而中文版序文中關於翻譯原則的說明，所關注的主要是科學名詞以及科學知識的翻譯輸入問題。

此外，包天笑序文在第三段中也提到了作品中的政治性內容，他寫道：「是書之成在德法戰爭以後，其意欲大快法人之心，而書中描寫日耳曼人刻薄嚴冷之風不遺餘力，怨毒之於人亦甚矣哉。」〔註26〕這句話只是包天笑對日文版序文的照搬直譯，可見他對作品中所述法德兩國矛盾的看法受到了日文版的影響。不過他繼續寫道：「然我思之，我重思之，我剖之不痛剮之不覺之支那人，以傚虎倀狐媚於彼族者，何心耶？擲筆三歎，能無汎潤不已。」〔註27〕這句話是日文版序文中沒有的，是包天笑的個人感受。關於法德間的仇恨，日文版序文認為「只是書外之事而已」，但包天笑對這一句並沒有譯出，而是轉換為自己的言論。作品中戰敗後的法國人對德國在道義上嚴厲譴責、在行動上勇敢鬥爭，這使包天笑「思之」，「重思之」，「擲筆三歎」地展開了對國人的自我批判，批判國人「剖之不痛剮之不覺」、「傚虎倀狐媚於彼族」。

總之，中文版《鐵世界》特別重視作品中的科學性內容，被明確地作為「科學」小說翻譯引進，具備了更鮮明、更濃厚的科學小說的色彩。

五、從中國到韓國：李海朝譯本《鐵世界》

韓國是該作品傳入東亞的第三站，也是最後一站。李海朝〔註28〕根據中譯本轉譯為韓文，以《텰세계（鐵世界）》為題，1908 年 11 月 20 日由京城（今首爾）匯東書館出版，定價 25 錢。同中文版一樣，韓文版沒有經過報刊連載，也是直接以單行本的形式出版的。

〔註26〕 包天笑，〈譯餘贅言〉，《鐵世界》，同上，第 1～2 頁。
〔註27〕 包天笑，〈譯餘贅言〉，《鐵世界》，同上，第 2 頁。
〔註28〕 李海朝（1869～1927），號悅齋、怡悅齋，韓國朝鮮王朝末期、日帝統治初期著名新小說作家，與李人稙、崔瓚植合稱韓國「三大新小說作家」。

（一）翻譯底本的再確認

關於韓文版《鐵世界》的翻譯底本和翻譯路徑，李海朝並未像日本的森田思軒和中國的包天笑那樣進行明確交代，韓國學界長期以來一直誤認爲他是從森田思軒的日文版直接翻譯而來的。金秉哲在其重要著作《韓國近代翻譯文學史研究》（1975）關於韓文版《鐵世界》的底本考證一節中完全沒有提及中文版的存在，只與日文版對比後斷定「此書底本爲日本森田思軒譯《鐵世界》（1887）」〔註29〕，並且對目錄和部分文本比照後進一步指出「我國語翻譯並非日譯本的逐字譯，而是日譯本的所謂譯述。」〔註30〕金秉喆的這一主張影響頗大，被後來的多數研究者長期沿用。如韓國 2004 年推出的《韓國現代文學大辭典》中「李海朝」條目寫道：「李海朝自學日語，翻譯了《鐵世界》（1908）……等作品」；金旭東在其 2010 年著作《翻譯與韓國的近代》中寫道：「當然李海朝並非從法文原文直接翻譯，而是從森田思軒的日譯本重譯的」，甚至將小標題「科學小說」也誤當作是李海朝添加上去的：「李海朝在此書譯作的題目前面加上了一個叫作『科學小說』的小標題。」〔註31〕其實不然，上節已述，「科學小說」的標籤其實是中文版譯者包天笑首先加上去的。

但後來隨著中文版《鐵世界》也被列入底本檢討的範圍，主張李海朝從中文版譯出的見解開始出現。如崔元植注意到韓文版標題「鐵世界」前的標籤「科學小說」，日文版中是沒有的，只有中文版才有，因此他在《韓國近代小說史論》（1986）中首次提出李海朝從中文版譯出的可能性〔註32〕；金教鳳在論文〈《鐵世界》的科學小說性質〉（2000）中通過各國譯本章節目錄的對比進一步斷定：「李海朝以包天笑的中譯本爲底本是確鑿無疑的。」〔註33〕從下面列出的中文版和韓文版章節標題對照表（爲便於大家理解，筆者將韓文中的漢字詞以漢字標出）中可知，韓文版不僅保持了中文版的 15 章結構，而且各章標題都是對中文版的忠實直譯。

〔註29〕金秉喆，《韓國近代翻譯文學史研究》（首爾：乙酉文化社，1975 年），第 273 頁。

〔註30〕金秉喆，《韓國近代翻譯文學史研究》，同上，第 275 頁。

〔註31〕金旭東，《翻譯과 韓國의 近代》（서울：소명出版，2010 年），第 134 頁。

〔註32〕崔元植，《韓國近代小說史論》（서울：創作과 批評社，1986 年），第 40 頁。

〔註33〕金教鳳，〈《鐵世界》의 科學小說的 性格〉，《大眾敘事研究》5（1），2000 年，第 121～122 頁。

章節	中：《科學小說 鐵世界》（1903）	韓：《텰세계（鐵世界）》（1908）
1	天外飛來之一億五百萬圓	하늘로셔 날아온 일억오백만원（一億五百萬圓）
2	理想之長壽村	장슈촌（長壽村）리샹（理想）
3	日耳曼森林中躍出之怪物	일이만（日耳曼）삼림（森林）즁（中）의셔 괴물（怪物）하나이 뛰어나온다
4	撒遜人種與羅甸人種	살손인죵（撒遜人種）과 라전인죵（羅甸人種）
5	嗚呼鐵血主義之鍊鐵村	쇠에피흘쥬의（鐵血主義）로 련철촌（鍊鐵村）（쇠다로는 촌）을 건셜（建設）함이라
6	炭酸瓦斯之淵	탄산（炭酸）와스（瓦斯）의 바다
7	中央區	중앙구（中央區）
8	知我秘事者死忍毗之律令也	비밀사（秘密事）를 알면 죽이는 인비（忍毗）의 률령（律令）이라
9	女兒花	녀아화（女兒花）의 신긔（新奇）한 공효（功效）
10	長壽村之組織	장슈촌（長壽村）의 조식（組織）
11	村民總會	촌민（村民）의 총회（總會）
12	百萬金之大炮答以一紙之手書	백만원（百万圓）짜리 대포（大砲）를 편지（便紙）한 장（張）으로 갑는다
13	桑港市會場之電報	상항시（桑港市）회장（會場）의 뎐보（電報）
14	如石像如木偶如泥塑之忍毗	제용도 갓고 부처도 갓고 미력도 갓흔 인비（忍毗）
15	長壽村萬歲	장슈촌（長壽村）만세（萬歲）

　　那麼韓文版的正文是否也與中文版一致？李海朝在正文的具體翻譯過程中有無參照過日文譯本？筆者進一步對照中文版、韓文版和日文版正文，最終確認：李海朝的確是根據包天笑的譯本譯爲韓文的，並且沒有同時參照日文譯本。比如正文開頭的一段環境描寫，上節中已指出是包天笑的想像發揮，日文版中並無此段描寫，但韓文版正文開頭也有這段環境描寫，與中文版一致。韓文版中像這樣與中文版相同、而與日文版不同的細節還有很多，基本可斷定，韓文版《鐵世界》只參照了中文譯本。

　　韓文版《鐵世界》是從中文譯出的主張在韓國學界逐漸被越來越多學者所採納，不過仍有一些研究者在提到該譯作時錯誤地描述爲是從日文譯出的。因此，筆者認爲有必要在此重申和強調一下韓國《鐵世界》的正確翻譯底本：韓國李海朝譯本《鐵世界》（1908）是以中國包天笑譯本《鐵世界》（1903）爲底本譯出的，並且沒有同時參照日文譯本。不過，關於具體是以怎樣的渠

道獲得包天笑譯本的，李海朝並沒有作出明確交代。李海朝在中文版出現的
1903 年至韓文版譯出的 1908 年之前並沒有到過中國，筆者推測，李海朝有可
能是通過當時韓國國內經營中國書籍的書店購得包天笑譯本的。據記載，當
時輸入、經營中國書籍規模最大的機構是平壤的大東書館，共從上海採購輸
入了 3200 多種、合計 10000 多冊中國書籍〔註34〕，這些中國書籍的廣告也時
常出現在《皇城新聞》等報刊上〔註35〕。包天笑的譯本有可能是通過這一渠
道傳入韓國並最終到達李海朝手中的，但這仍需要進一步考證。

（二）外形方面的變化

與中文版相比，韓文版《鐵世界》在外形方面的變化主要有封面的美化、
漢字標記的消失等。

首先，韓文版《鐵世界》封面的精美石版畫令人印象深刻。但中文版封
面是沒有圖畫的，所以此處出現一個疑問：既然中文版的封面並沒有圖畫作
背景，中文版正文中也沒有一幅插圖，那麼韓文版封面的圖畫從何而來？難
道是從日文版的封面移植過來的？但比對日文版的封面便知，兩者所畫內容
風格完全不同，日文版封面畫的是一樽巨炮，而韓文版封面畫的是煉鐵村（德
國城）向長壽村（法國城）發射炮彈、長壽村民倉惶躲避的情景。雖然都出
現了炮，但日文版封面中此炮占據了大部分版面，對此巨炮進行近距離特寫；
而韓文版封面中此炮被置於遠處，只見一個小小的炮口。因此筆者認爲，韓
文版的封面石版畫是韓國人根據作品中的文字描述自己想像繪製而成的。而
且，這是一幅製作工藝比較複雜的彩色的石版畫，韓文版《鐵世界》花費這
麼多精力特地製作這樣一幅彩色石版畫作爲封面，說明該譯作是作爲一項很
重要的企劃被精心推出的。

其次，韓文版《鐵世界》除了封面標題「鐵世界」、正文首頁的標題「과학
（科學）소설（小說）텰세계（鐵世界）」以及正文中極個別地方使用了漢字
標記以外，其餘都是使用純韓文標記。進入東亞漢字文化圈的《鐵世界》文
本傳播到韓國時，漢字基本絕跡。其實當時韓國所通行的文體主要有兩種，

〔註34〕 김봉희，〈開化期 翻譯書 研究〉，《近代의 첫 經驗》（서울：梨花女大出版
部，2006 年），第 109 頁。

〔註35〕 例如韓國開化期重要報紙《皇城新聞》1909 年 6 月 16 日第 4 版第 6 段就曾登
載一則中國書籍廣告，羅列了《世界十二女傑》、《華盛頓》、《拿破侖》等 22
種歷史傳記作品的書名。

一種是保留漢字標記和漢文要素、韓文與漢文混用的「國漢文體」，另一種是排斥漢字標記和漢文要素的「純國文體」，韓國《鐵世界》所採用的文體屬於後者的「純國文體」。

另外，在分量上，有研究認為韓文版對中文版進行了大幅刪減，其理由是「包天笑用古文（而不是白話文）翻譯的漢譯《鐵世界》共有 118 頁，如果將其翻譯為韓文，應至少在 150 頁以上，但李海朝譯本只有 98 頁。」〔註36〕依此分析，韓文版似乎刪去了中文版至少三分之一以上的內容。不過，這一分析沒有考慮到中文版和韓文版的排版差異：中文版每頁是 12 列、31 行，而韓文版每頁是 16 列、38 行，韓文版排版顯然更加密集。因此筆者認為，韓文版確實對中文版進行了一定程度的刪減，但這種刪減的幅度並太大。那麼韓文版究竟刪去了中文版中的哪些內容？筆記將在下一節中講到。

（三）科學小說的外衣

韓文版《鐵世界》正文首頁的標題與中文版保持一致，主標題「鐵世界」前都附有「科學小說」的標籤。當時《皇城新聞》上還登載了李海朝《鐵世界》單行本的廣告：「本小說은 化學家의 構設宏傑과 經營慘澹이며 慈善家의 博愛事業과 衛生制度를 一一模寫하야 令人으로 可警可懼며 可喜可悅이오니 科學從事에 最要할 不啻라 新知識啓發에 有力한 者니 愛讀諸君子는 速速購覽하시오。」〔註37〕這則廣告也是將《鐵世界》作為科學小說進行介紹和宣傳的，尤其「科學從事에 最要할 不啻라 新知識啓發에 有力한（不僅對從事科學最為緊要、也對啓發新知識頗有助力）」一句，與包天笑序文中「其輸入文明思想最為敏捷」的觀點非常相似，顯然受到了包天笑科學啓蒙言論的影響。

從表面上看，韓文版《鐵世界》的確標榜為「科學小說」，先行研究也多將考察的焦點放在其科學小說的性質上。但如果從以下幾方面進一步分析，會發現與中文版相比，實際上韓文版《鐵世界》作為「科學小說」的性質並不強。

首先，雖然韓文版標題有「科學小說」的標籤，韓文版廣告也提到了作品的科學啓蒙效用，但這些只是照搬中文版的做法，而且照搬得並不徹

〔註36〕장노현，〈人種과 衛生：《鐵世界》의 啓蒙의 論理에 對한 再考〉，《國際語文》（58），2013 年，第 537 頁。

〔註37〕《皇城新聞》1908 年 12 月 10 日第 3 版廣告「科學小說 鐵世界」。據筆者調查，該廣告在半年內共在《皇城新聞》上至少連載了 56 次。

底。因爲韓文版「科學小說」的標籤只出現於正文首頁開頭，卻沒有出現在精美醒目的石版畫封面上；韓文版廣告中雖也提到了該作品的科學啓蒙效用，但只是一兩句而已，其篇幅難以與中文版序文中包天笑大段的類似言論相比。

其次，韓文版《鐵世界》所使用的文體是排斥漢字標記和漢文要素的純韓文體，而這並不利於科學知識的輸入和啓蒙。因爲新知識的輸入和新名詞（當時主要是先行學習西方的日本新造的漢字詞）的翻譯是密不可分的，而對於同屬漢字文化圈的韓國來說，如果不借助漢字，這些新名詞是難以翻譯和輸入的；即便用純韓文翻譯過來，若不加以漢字標記，也是難以理解和推廣的。如果韓文版《鐵世界》的翻譯目的在於「啓發新知識」、輸入科學知識、進行科學啓蒙，那麼它所採用的文體應該是當時的國漢文體（韓文漢文混用體），至少應在翻譯新名詞時輔以漢字標記或進行注解。但實際上，韓文版《鐵世界》正文中幾乎是看不到漢字標記的，僅有極個別的幾處在韓文之後用括號標記了漢字，但這幾處也都不是與科學有關的名詞。何況李海朝從小受傳統漢文教育，本人精通漢文，對保留漢字標記和漢文要素的國漢文體應感到更加熟悉和便利，但即便如此，李海朝還是選擇了採用純韓文進行翻譯。文體的如此選擇，與其所標榜的「科學小說」、「從事科學」、「啓發新知識」等似乎相悖。

最後，也是最重要的，對作品中科學名詞和科學知識的翻譯，韓文版的態度和處理並不是積極的。與中文版不同，韓文版沒有關於翻譯原則和方法的說明，正文中遇到科學名詞時，還經常去掉擴號內的詞意注解。而且筆者發現，遇到包含科學知識的內容時，韓文版常常直接略過不譯，比如第 11 章結尾，煉鐵村發射的炮彈從長壽村上空飛過，中文版中介紹了關於聲速的知識，解釋爲何大家先看見炮彈飛過、後聽到炮彈的聲音（第 86 頁），而韓文版則將這些內容刪去了（第 73 頁）。可見，韓文版《鐵世界》翻譯的重點並沒有放在「啓發新知識」、「輸入文明思想」上。

（四）政治小說的真面目

韓文版《鐵世界》雖然標榜是「科學小說」，但實際上更多地帶有「政治小說」的性質。之所以標榜是「科學小說」、穿上「科學小說」的外衣，應該是爲了避開當時的出版審查。其實當時韓國的譯者和讀者，主要是將這部作品作爲一部政治小說來接受的。

　　首先，韓文版《鐵世界》的封面其實別有深意，旨在表現武力威脅下的危機感。關於這幅封面的內容，先行研究基本將其忽略，並沒有進行分析探討過。但筆者認爲，這幅封面非常重要，其中隱含著深刻的寓意。韓文版封面所畫的是長壽村遭受煉鐵村武力威脅和攻擊、村民倉惶躲避的情景，非常有衝擊性。從煉鐵村飛來的炮彈，是作品中想像出來的未來武器，其威力巨大無比，一旦被擊中，整個長壽村將遭受滅頂之災。在畫面中，長壽村置於近處，村中人物場景等非常清晰，而煉鐵村被置於遠方，其村中人物場景模糊不清，這說明封面的作者應是將被攻擊方的長壽村視爲「自我」，而將攻擊方的煉鐵村視爲「他者」。還有一點值得注意，該封面所畫內容其實改變了原著中的本來設定。在原著中，煉鐵村發出的炮彈由於測算有誤，最終繞過長壽村上空而去，並沒有擊中長壽村；而韓文版封面中，煉鐵村發出的炮彈卻擊中了長壽村裏的建築，受驚的村民們倉惶躲避。筆者推測，韓文版唯獨選擇（並改變）原著中的這一場景，費心製作這樣一幅精美醒目的封面彩色石版畫，可能是想藉此向讀者傳達一種強烈的民族危機感。韓文版《鐵世界》出版於 1908 年 11 月 20 日，正值 1910 年日韓合併、韓國淪爲日本殖民地的前夜，此時韓國民族處於最危險的境地，受到步步加緊合併計劃的日本帝國主義的巨大武力威脅，民間各地的義兵鬥爭也在日本軍隊的鎮壓下紛紛受挫。韓文版封面所畫內容，應與這樣的時局有著密切的關係。

　　其次，韓文版《鐵世界》後來被日本統治當局查禁的結局也印證了這一點。1910 年 8 月 22 日，日韓合併條約簽訂，韓國成爲日本的殖民地，日本迅速設立朝鮮總督府，開始了在朝鮮半島長達 36 年的殖民統治。朝鮮總督府成立之後，立即實施大規模查禁韓國愛國啓蒙書籍的政策。據韓國開化期著名啓蒙思想家朴殷植所著《韓國痛史》中記載，有 14 種報刊、30 多種書籍合計數十萬冊被沒收焚毀，這些書籍主要是宣揚愛國主義和民族獨立、當時社會影響力較大的政治和歷史傳記類作品〔註38〕。1913 年 7 月，《鐵世界》也被朝鮮總督府列爲禁書，遭到沒收焚毀。韓文版《鐵世界》被查禁的主要原因，應該是因爲它帶有強烈的政論色彩，大力批判作品中的帝國主義思想，尤其是作品中馬克這一人物形象及其經歷極易引起韓國讀者的共鳴。馬克是作品中的關鍵人物，他的故鄉是普法戰爭後法國被迫割讓給德國的阿爾薩斯，在喪失家園後馬克組織了義勇軍抗擊德軍，但被鎮壓並受傷，後來作爲臥底潛入

〔註38〕朴殷植，《韓國痛史》（大丘：達成印刷株式會社，1946 年），第 268 頁。

忍毗的德國煉鐵村揭露破壞其秘密軍事計劃，被塑造為挽救法國長壽村的英雄人物。不難推想，在被日本吞併前後的特殊時局下，作品中的這一人物形象激發了韓國人的愛國主義精神，鼓舞了韓國人對日本殖民統治的抗爭意志，這引起了日本統治當局的注意和警惕。自 1908 年 11 月出版到 1913 年 7 月，韓文版《鐵世界》只在韓國流通了 4 年零 9 個月，最終遭遇了被查禁的命運。

六、結語

本文對法國凡爾納小說《鐵世界》在 19 世紀末 20 世紀初東亞中日韓三國的傳播過程進行了初步梳理，主要觀點總結如下。

《鐵世界》從西方到東亞的傳播路徑為「法文→英文→日文→中文→韓文」，日本是該作品傳入東亞的第一站（1887 年），中國是第二戰（1903 年），韓國是第三站（1908 年），日文譯本、中文譯本、韓文譯本以接力式的轉譯在東亞三國依次出現。

日文版關注的主要是閱讀小說的趣味，所以只將中心敘事保留下來，刪掉了馬克的戀情等次要情節和佐善的家人等次要人物。中文版和韓文版都表現出將作品工具化的傾向。中文版關注的主要是作品中的科學性內容，重視作品的科學啟蒙價值，強化了科學小說的色彩。韓文版關注的主要是作品中的政治性內容，弱化了作品的科學小說的性質，增強了作品的政論色彩，藉此批判帝國主義、宣揚愛國救國思想。可以說，《鐵世界》在近代初期東亞三國的翻譯傳播，日文版側重「趣味」，中文版側重「科學」，而韓文版側重「政治」。

《鐵世界》在近代東西方文學交流、東亞內部文學交流中是一個有著重要研究價值的傳播個案。通過本文的考察可以發現，中日韓三國譯者結合各自的社會文化背景，以不同的接受視角和目的對《鐵世界》分別進行了不同程度的刪添改造，使譯本不斷遠離了原著的本來面貌。但本文所作的考察只是初步的，還有許多問題沒有得到解決，筆者將在後續研究中進一步完善。

主要參引文獻

中文文獻

1. 王曉鳳，《晚清科學小說譯介與近代科學文化》，北京：國防工業出版社，2015。
2. 包天笑，《科學小說 鐵世界》，上海：文明書局，1903。

3. 包天笑，《釧影樓回憶錄》，太原：山西古籍出版社，1998。

4. 李艷麗，《晚清日語小説譯介研究（1898～1911）》上海：上海社會科學院出版社，2014。

5. 郭延禮，《中國近代翻譯文學概論》，武漢：湖北教育出版社，1997。

6. 陳平原，《中國現代小説的起點：清末民初小説研究》，北京：北京大學出版社，2005。

7. 樽本照雄，《新編增補清末民初小説目錄》，濟南：齊魯書社，2002。

日文文獻

1. 森田思軒，《鐵世界》，東京：集成社，1887。

2. 柳田泉，《明治初期翻譯文學の研究》，東京：春秋社，1961。

3. 谷口靖彦，《明治の翻譯王傳記 森田思軒》，岡山：山陽新聞社，2000。

4. 樽本照雄，〈包天笑翻譯原本を探求する〉，《清末小説から》（45），1997。

5. 藤元直樹，〈明治ヴェルヌ評判記—《鐵世界》編〉，《エクセルシオール》（4），2010。

韓文文獻

1. 李海朝，《텰세계（鐵世界）》，京城：匯東書館，1908。

2. 金秉喆，《韓國近代翻譯文學史研究》，서울：乙酉文化社，1975。

3. 유철상，《韓國 近代小説의 分析과 解析》，首爾：월인，2002。

4. 金旭東，《翻譯과 韓國의 近代》，서울: 소명出版，2010。

5. 金教鳳，〈《鐵世界》의 科學小説的 性格〉，《大眾敘事研究》5（1），2000。

6. 장노현，〈人種과 衛生：《鐵世界》의 啓蒙의 論理에 對한 再考〉，《國際語文》（58），2013。

7. 강용훈，〈李海朝의《鐵世界》〉，《概念과 疎通》（13），2014。

8. 崔瑞娟，《中韓 近代 科學小説 比較研究：쥘 베른의 〈海底旅行〉과 〈鐵世界〉를 中心으로》，山東大學碩士論文，2012。

其他文獻

1. Jules Verne,《The Begums Fortune》, Philadelphia : J.B. Lippincott and Co.,1880.

2. Jules Verne,《Les Cinq Cents Millions de la Bégum》, Paris : Hetzel, 1900.

（該文是日本學術振興會科學研究費資助項目「近代中日韓三國明治小説傳播史研究」（批准號：15J04686）的階段性成果）

作爲商業符碼的女作者
——民初《眉語》雜誌對「閨秀說部」的構想與實踐

馬勤勤

（中國社會科學院文學研究所）

　　甲寅十月初一，即 1914 年 11 月 18 日，一份取名爲《眉語》的雜誌在上海出現。該刊由上海新學會社發行，月出一號〔註1〕，自署高劍華女士主編、夫婿許嘯天協助編輯；其餘女編輯還有馬嗣梅等九人，是清末民初時期罕見的容納大量女作者作品的雜誌。《眉語》主要以發表小說爲主，輔以一些詩文和雜纂。上海因地緣優勢，歷來得風氣之先，晚清以來許多重要的小說雜誌都是最先出現在這裡的。然而，自宣統元年（1909 年）起，小說界突然陷入了一個低潮期，一直持續到民國二年（1913 年）〔註2〕。至民國三年（1914年），很明顯，沉寂五年的小說文壇突然活絡繁忙起來，創刊於上海的小說雜誌竟有九種之多〔註3〕。同時，或許由於辛亥革命失敗以後特殊的時代氛圍，或許是對前一年的「癸丑報災」心有餘悸，總之，此前激昂的政治熱情陡然失去準的；加之上海特殊的都市生活與市民文化，一時文壇驟變、消閒成風，小說雜誌也爲了迎合市場和讀者，大力推揚趣味性、休閒性和娛樂性。《眉語》就是在這樣的文學氛圍中誕生的。

〔註1〕查現存十八期《眉語》自署的出版時間，似乎非常規律地月出一冊。但事實上，自第 5 號《眉語》晚出半月之後，雜誌自署的出版時間都有問題。對此，參見馬勤勤：《隱蔽的風景——清末民初女性小說創作研究》（天津：南開大學出版社，2016）之「附錄二：《眉語》發刊時間推算表」。

〔註2〕參見謝仁敏：《晚清小說低潮研究》（上海：華東師範大學博士論文，2010）。

〔註3〕即《中華小說界》、《亞東小說新刊》、《小說叢報》、《禮拜六》、《好白相》、《小說旬報》、《眉語》、《十日新》、《朔望》。而此前五年，上海出現的小說雜誌只有《小說時報》和《小說月報》兩種。

　　與同期的暢銷雜誌如《禮拜六》和《小說月報》相比，《眉語》既無龐大
的出版背景，也沒有優秀的作者隊伍，可以說不具備任何在競爭激烈的小說
市場上奪取一席生存空間的籌碼。然而，該刊主持者卻以極強的商業眼光，
尋找到了市場的空白與增值點，提出「閨秀說部」這樣一種新奇的小說理念。
《眉語》一經問世，即大獲成功，一時銷量扶搖直上，屢次再版。1931 年，
魯迅在回憶舊上海文壇時，曾提到：「月刊雜誌《眉語》出現的時候，是這鴛
鴦蝴蝶式文學的極盛時期。後來《眉語》雖遭禁止，勢力卻並不消退，直待
《新青年》盛行起來，這才受了打擊。」〔註4〕

　　然而，對於這樣一份重要而又特殊的雜誌，學界目前的重視顯然不夠。
本文以最新蒐集的報刊資料爲核心，對《眉語》從創刊到停刊、及其餘緒和
影響做原生態的考察，還原雜誌主持者對「閨秀說部」的構想與實踐，進而
剖析該刊是如何從「女作者」這一商業賣點出發，逐漸擴散到對整個帶有情
慾化的「女性」符碼的使用，以及這一現象背後究竟蘊含了怎樣的文化心理、
市場邏輯、欲望結構和女性文學/小說增長的空間。

一、「閨秀說部」的構想與實踐

　　1914 年 11 月 14 日，即《眉語》正式出版的前四天，上海新學會社在《申
報》登出《閨秀之說部月刊〈眉語〉》的廣告：

> 　　　　踏青招涼，賞月話雪，璿閨姐妹，風雅名流，多有及時行樂。
> 然良辰美景，寂寂相對，是亦不可以無伴。本社乃集多數才媛，輯
> 此雜誌。錦心繡口，句香意雅，雖曰荒唐演述、閨中遊戲，而譎諫
> 微諷，潛移默化於消閒之餘，未始無感化之功也。每當月子彎時，
> 是本雜誌誕生之期，爰名之曰「眉語」。〔註5〕

可見，《眉語》與同期多種以休閒爲號召的文學雜誌一樣，將「遊戲」、「消閒」
作爲刊物的宗旨。同時，廣告中「譎諫微諷」、「潛移默化」和「感化之功」
一類的說明也未能免俗，在立意消閒的同時還要披上一件官樣文章的外衣。

　　然而不同的是，在本條廣告上方，有大號字體注明「閨秀之說部月刊」，
交代了刊物的自我定位；配合文中「本社乃集多數才媛，輯此雜誌」的說法，

〔註 4〕魯迅：〈上海文藝之一瞥〉，見《魯迅全集（四）》（北京：人民文學出版社，
　　　 1981），頁 294。
〔註 5〕載 1914 年 11 月 14 日～28 日之間的《申報》。

可以很快明白《眉語》是集合眾多「閨秀」創作的「説部」而成——此即本文所謂「閨秀説部」概念的由來與內涵。廣告最下方，又以特大號字體標示「高劍華女士主任本雜誌編撰」，進一步透露了刊物編撰者亦是女子。隨後，這段文字經過擴充，易名爲《〈眉語〉宣言》〔註6〕，刊在《眉語》創刊號上。於是，一份從編者到著者均是女性、以消閒爲旨歸，標榜「閨秀説部」的新型小説雜誌，就展現在了世人眼前。

　　清末民初時期，現代意義上的「小説」概念尚在形成期，不僅常與傳統的「説部」相互糾葛，有時還會將戲劇、彈詞等「説部」的「子概念」一併納入麾下。需要說明的是，《眉語》編者對「説部」與「小説」的概念與其間的分殊已經相當清晰，這從雜誌精心設置的欄目可見一斑。在《眉語》上，除了卷首的「圖畫」，只有四個欄目，依次爲：短篇小説、長篇小説、文苑、雜纂。「短篇小説」每期七至十篇，篇幅不定，短則兩、三頁，長則數十頁；「長篇小説」以章回體連載的形式刊出，每期二至五部；「文苑」主要發表詩詞、劇本、傳奇、彈詞等；「雜纂」多是一些史料性、故事性的筆記作品。自《眉語》創刊至第十八號終刊，這四個欄目從未改變。其中，「短篇小説」與「長篇小説」不僅位置靠前，而且每期都占雜誌四分之三以上篇幅。《眉語》雜誌卷首也赫然寫著「眉語小説雜誌第×卷第×號目錄」。此外，僅創刊號上，就至少有兩處稱該刊爲「眉語小説雜誌」，其一是列於封底的廣告〔註7〕；其二出自高劍華的「同學」李蕙珠〔註8〕。非常明顯，在《眉語》中，「小説」的地位顯係正宗；其餘「説部」著述，大概是爲了增強雜誌的多樣性，進一步突出「休閒」個性，以補小説之不足。

　　研究者指出，早期的「説部」概念，既包括闡釋義理、考辨名物的論説體，也包括記載史實、講述故事的敘事體。晚清以來，「説部」逐漸將論説體排除在外而專指敘事體，最終成爲「小説」之「部」〔註9〕。反觀《眉語》，其「説部」概念相當於敘事體的總和；而「小説」在雜誌中的重要地位，也完全符合清末民初「小説」在「説部」中日益獨大的發展趨勢。此外，《眉語》

〔註6〕《〈眉語〉宣言》，《眉語》第1卷第1號（1914年11月）。

〔註7〕〈快到眉語上來登告白，包你生意要更加發達了〉，《眉語》第1～4號（1914年11月～1915年2月）。

〔註8〕原文「同學高劍華君有《眉語》小説雜誌之刊，來索余近作」，見李蕙珠：〈倚蓉室野乘〉，《眉語》第1號（1914年11月）。

〔註9〕參見劉曉軍：〈「説部」考〉，《學術研究》第2期（2009年2月）。

所謂之「小說」，有自著、亦有翻譯，語體上文白兼備，實際是新興的短篇小說與傳統的長篇章回小說的合稱，與現代意義的「小說」概念已相去不遠。

在《眉語》創刊號上，刊登了「本雜誌編輯主任」高劍華和「編輯員」馬嗣梅、梁桂琴、顧紉茝的照片；而身爲男性的許嘯天和吳劍鹿，僅以「本雜誌襄理諸君」的身份出現，列於幾位女士之後。隨後第二號，「本雜誌編撰部諸女士像」增加柳佩瑜、梁桂琴和許毓華三人；到了第三號，又有孫清未、謝幼韞、姚淑孟加入。至此，「編撰部」的女性成員已有九人，加上前三號每期都以照片出現的編輯主任高劍華，《眉語》「編撰部」女作者「十人團隊」已然形成。從照片內容來看，諸女士或對鏡、或奏琴、或撫花、或閱報，還有身著西裝的柳佩瑜和戴著金絲眼鏡的高劍華。非常明顯，她們出身於中產階級家庭，個個文靜嫺雅，照應了《申報》廣告所謂之「閨秀」特色。同時，這些充滿細節的生活攝影使女作者們變得具體而眞實、可觸可摸，也有助於讀者大眾對《眉語》標榜的「閨秀說部」建立起一種信賴關係。

翻開《眉語》第一號，首先看到的是許毓華的短篇小說《一聲去也》；開篇之作即出自女作者，再次凸顯了刊物重視女性編撰主體的辦刊宗旨。《一聲去也》之後，是許毓華叔父許嘯天的短篇小說《桃花娘》。對比這兩篇作品，前者只有四頁出頭，而後者卻占足十五頁篇幅；細讀之後不難發現，許毓華的小說情節簡單、文筆稚嫩，遠不及許嘯天下筆老道、敘事曲折。事實上，許毓華既爲女子，又係許嘯天晚輩，若放在尋常報刊，無論如何也不會被委以雜誌開篇的重任。隨後，《眉語》第二號至第五號，首篇小說均出自女作者「十人團隊」，依次爲：柳佩瑜《蕭郎》、謝幼韞《他生未卜此生休》、高劍華《裸體美人語》、柳佩瑜《才子佳人信有之》。凡此種種，俱可折射出《眉語》雜誌對其標榜的「閨秀說部」一種昭告周知並自我認可的姿態。

與此同時，《眉語》著力渲染刊物「豔麗雅靜」、「錦心繡口」和「句香意雅」的「閨秀」特色，稱之「雅人韻士花前月下之良伴」、「春日怡情之伴侶」〔註10〕。「閨秀」一詞本是由品鑒女性的才學而來，《世說新語・賢媛》曾稱：「王夫人神情散朗，故有林下風氣；顧家婦清心玉映，自是閨房之秀。」可見，「清心玉映」乃「閨秀」最主要的特點，發諸於文，亦即《眉語》所說的「雅」和「靜」；同時，由於「清」則不厚、「秀」則力弱，因而又極易墜入

〔註10〕以上見《申報》廣告〈《眉語》第一卷第四號〉和《眉語》第1號之〈《眉語》宣言〉。

輕綺，形成脂粉氣，是爲《眉語》所謂「豔麗」和「錦繡」。由此可見，《眉語》在創刊之初對「閨秀說部」的定義，大體還未溢出「閨秀」本身的含義範疇；隨後，亦可見雜誌社爲這一概念付出的實踐與努力。第二號載有《眉語宣言・本社徵求女界墨寶宣言》的廣告：

> 筆歌墨舞，清吟雅唱，風流自娛，無強人同。凡屬蕙蘭清品、閨閣名流，深冀瓊瑤之報，聊結翰苑之緣，入社無拘文節，天涯盡多神交。乃發大願，於本雜誌第三號徵求女界墨寶彙作臨時增刊，或字、或畫、或詩、或文、或說部、或雜記。限於陰曆十一月内交社，並隨賜作者倩影，以便同付鑄印；發表之日，並當選勝地作雅敘，想亦我清雅姊妹所樂許也。〔註11〕

從廣告可知，雜誌社不僅設置了全由女作者組成的「編纂部」，而且還計劃組建一個招納多方「閨閣名流」的女性社團。較之傳統的才女結社，《眉語》對社員作品的文類預設顯然有了新擴充——「說部」赫然列於其間。這裡所說的「臨時增刊」，實質是女社員的作品集錦；而「發表之日，並當選勝地作雅敘」一句，也未脫傳統閨秀詩社雅集的痕跡。

但是到了第三號，本該刊出的彙集「女界墨寶」的「臨時增刊」，卻被換成集合「各界婦女之影片」的《中國女子百面觀》。對此，《眉語》有這樣的解釋：「至本志前次所徵女界墨寶，原擬在本號披露。然珠玉滿前，無從割愛，且收集甚夥，非此小冊子所能容納，擬另刊成帙，作新歲之贈品。」〔註12〕可是，到了「元旦出版」的第四號《眉語》及之後，卻再也未見有關「女界墨寶」的任何消息。據此推測，想必編者所謂「收集甚夥」大概只是臺面話；真實情況可能反而是應者寥寥，致使這一計劃不得不半路夭折。

既然無法徵集更多的閨閣社員，也就難以擴充女作者團隊，自然會導致《眉語》本身與其標榜的「閨秀說部」名實不符。於是，雜誌社採取了系列對策，使刊物上出現的作者至少「看起來」是女性。首先，是以一些「雌雄難辨」的女性化署名來湊數。目前，可以確定《眉語》上的部分小說爲男性代筆，如「梅倩女史」是顧明道〔註13〕，「馮天真」是馮太戀〔註14〕；但更多

〔註11〕 《《眉語》宣言・本社徵求女界墨寶宣言》，《眉語》第2號（1914年12月）。
〔註12〕 《《眉語》宣言》，《眉語》第3號（1915年1月）。
〔註13〕 明道：〈正誼齋隨筆・新情書〉，《小說新報》第5年第5期（1919年5月）。
〔註14〕 「馮天真」從《眉語》第10期開始，連載長篇小說《情素》。吳宣在《翼社》第2期（1917年2月）的《《情素》序》，稱「馮子太戀，其撰〈情素〉也，明心見性，善體於情」；亦可參見《翼社》第1期《〈情素〉說部序》。

時候，作者的眞實身份還是難以辨別。在清末民初，這種自署爲「某某女士」的現象並不鮮見；可《眉語》之獨特在於，「她們」不僅如此密集地登場，而且還不斷證明其女性身份的眞實性。例如第七號《箱籠閒煞嫁衣裳》之後，有「嚮英女史曰」的文末自評；十六號《雪紅慘劫》之前，又有「韞玉自識」的篇前小引；顧明道甚至同時化身爲「俠兒」與「梅倩」表演雙簧，「梅倩女史」的評語更是占盡三頁篇幅〔註15〕。又如，第六號刊登了章蕙紉的小說《妾薄命》，數頁後又有《章蕙紉女士所述之某婢》的補白，再一次暗示作者的性別身份。

此外，在《眉語》雜誌社所有的實踐與嘗試中，最特別、也最具價値的，是大量生產了女性第一人稱敘事的小說。中國古代除了幾篇文言小說外，第一人稱敘事幾乎絕跡；雖然清末民初受西方影響，出現這種小說類型，但也不多見。統計十八期《眉語》，短篇小說 154 篇、長篇小說 14 部，其中以女性爲第一人稱敘事的分別有 18 篇〔註16〕、2 部〔註17〕，占各自比例的 10% 以上。這個數字在當時的小說雜誌中，絕無僅有。同時，這些小說以「儂」（我、妾、余、予）爲敘事者，大多講述「儂」自己的故事；並不像古代第一人稱敘事的文言小說那樣，「我」只是記錄者和觀察者，而這恰是第一人稱敘事的關鍵所在。可以說，這些誕生於《眉語》、以女性爲第一人稱敘事的小說，不僅維護了該刊「閨秀說部」之「名」，而且對中國小說敘事模式的豐富也有很大貢獻。

總之，《眉語》女作者「十人團隊」的照片，集中出現於前三號，後十五期中，只有姚淑孟在十三號的「伉儷影」現身一次。同時，她們的小說作品，亦集中刊載於前三號；此後，除了第五號、第十二號偶而出現的柳佩瑜，持續發表小說的只剩高劍華一人。《眉語》後期，另一重要的女作者是第十號出現的徐張蕙如，十一號有她的照片登載。可見，《眉語》在第五號之後，可以確定的小說女作者其實只剩三人。同時，《眉語》堅持以女作者開篇的慣例，自第六號起，亦被打破。此後數期，大多變成許嘯天第一、高劍華第二的開

〔註15〕顧俠兒著、梅倩女史評：〈郎心妾心（上）〉，《眉語》第 16 號（1916 年 3 月）。
〔註16〕《一聲去也》（1 號）、《於今三年》（2 號）、《春去兒家》（3 號），《裸體美人語》（4 號）、《郎之血》和《儂胡薄命》（5 號）、《前度劉郎》（6 號）、《剩個淒涼我》和《不堪回首》（7 號）、《薄命憐儂甘作妾》和《沈珠》（9 號）、《杜鵑聲》（10 號）、《斷腸聲》（12 號）、《哭夫憶語》和《郎不儂妻》（13 號）、《劫後鴛鴦》（14 號）、《志士淒涼閒處老》（15 號）、《煙波埋愁錄》（16 號）。
〔註17〕《情素》（10～12、14～18 號）與《青燈紅淚錄》（11～12 號）。

場格局。事實上，從第五號起，《眉語》發生了很大變化，從中可以非常明晰地看出編者如何炒作作爲商業賣點的「女作者」，也可以進一步對其在小說市場上散發的能量與持久性進行評判和重估。

二、作爲商業符碼的「女作者」

很顯然，「閨秀說部」的新奇理念，出自《眉語》雜誌社精心策劃；除了《閨秀之說部月刊〈眉語〉》告白、以及具有發刊詞性質的《〈眉語〉宣言》之外，該刊在《申報》上持續登出的廣告，亦可概見對「閨秀」這一特殊作者團隊的反覆強調。在《第二號〈眉語〉出版》中，廣告右下角以圖畫加文字標註「閨秀之作」，並強調要「添聘女士多人主持筆政」〔註18〕；隨後《〈眉語〉第三號已出版》，又在版面最上方以十分端秀的大號字體醒目寫著「閨閣著作」〔註19〕。如果說，以上廣告中「女作者」作爲商業賣點的氣息還不算濃鬱，那麼，《眉語》第四號有了更加突出的顯露：

> 諸君有見元旦出版之雜誌乎？諸君有見閨閣著作之說部乎？諸君有見精美豐富之圖畫乎？諸君有見豔麗雅靜之文章乎？諸君有見春日怡情之伴侶乎？諸君有見印刷完好之冊籍乎？是惟我《眉語》矣。〔註20〕

其實，推銷理由的第一條，只是四號《眉語》的特殊之處，期待元旦各家小說歇業之時，搶佔更多市場份額；隨後五條，才是《眉語》的眞正賣點。列於榜首的即是「諸君有見閨閣著作之說部乎」。的確，中國古代女性幾不涉足小說創作，讀者大眾看到此處自然眼前一亮。況且，它又是佔據女性文化正統的「閨秀」，與歷來位處文化邊緣「說部」的結合品，如何不令人浮想聯翩？

《眉語》是商辦期刊，能否存亡取決於雜誌銷量，而銷量多寡又會直接決定一項重要的收入來源——廣告。對此，雜誌社有非常清晰的認識，在創刊號的封底，即以大篇幅登出《快到眉語上來登告白，包你生意要更加發達了》，試看其如何招攬廣告生意：

> 寶號買賣很好啊，請到《眉語》社來登告白，寶號的生意當更加興隆了，這是什麼緣故呢？<u>因爲《眉語》小說雜誌是女界有名的</u>

〔註18〕 載 1914 年 12 月 15 日～28 日之間的《申報》。
〔註19〕 載 1915 年 1 月 15 日～2 月 8 日之間的《申報》。
〔註20〕 《〈眉語〉第一卷第四號》，《申報》，1915 年 2 月 17 日～3 月 15 日之間。

> 人著的，裏邊的筆墨又有趣，又高雅，喜歡看的人很多。看書的人
> 多，看告白的人自然多了……況且這《眉語》都是女界的人看得多。
> 凡是首飾店、綢緞店、香粉店、藥房、書坊、眼鏡公司、衣莊，女
> 人用對象多的店家，在我們眉語雜誌上登了告白，生意包他發達。

可以看到，「女作者」作爲《眉語》雜誌的第一商業籌碼，不僅反覆被該社用來招攬讀者，甚至在「招商」廣告中，也被當成重要的策略加以運營和操作。

其實，讀者之所以對《眉語》感興趣，最重要的原因是裏面的小說出自閨閣；於是，小說對讀者來說，已然不再是一個純粹的文字消費品——因爲文本背後還隱藏著一個女作者，這才是激起他們獵奇心態、進而一探究竟的根源。於是，《眉語》前三號密集地展覽女作者「十人團隊」照片，事實上，已是將隱含在讀者閱讀空間中對女作者的窺視欲望導嚮明朗化。然而，圖像展覽畢竟只是一種「靜態敘述」，它提供給讀者的觀看空間狹小而有限；因此，第四號「文苑」欄刊載了許嘯天寫給高劍華的《新情書》十首，將二人幸福的婚姻生活毫無保留地展現在世人面前。「情書」十簡，將在外的許嘯天對妻子的牽掛與思念表現得淋漓盡致，有些語句至今讀來還覺露骨：「得芳翰，謹向緘口處三接吻以寄愛」（簡四）、「使吾妻寂寞，吾之罪也，返家後當勤捧玉人以補過」（簡十）等。相較於圖像，文字無疑更加具體可感，大大拓展了讀者的想像空間。

隨後的第五號，又有柳佩瑜的小說《才子佳人信有之》，進一步展示了「編輯主任」高劍華的私人空間。全文以寵物貓「雪嬋」爲敘事視角，描寫高劍華和許嘯天的婚姻生活。小說開頭，是一段闡明寫作意旨的短引：

> 儷華夫婦篤於情，鏡臺拾釵，晶案畫眉，閨幃間盡多韻事，旖
> 旋綿密，錦繡春光，不能爲閨外人漏泄一二也。顧夫人愛狸奴，所
> 畜名雪嬋，袞頭偎依，裙角追隨，伉儷間歡歡笑笑，固不能遁此瑩
> 瑩雙睛中也……〔註21〕

全篇以男女主人公的閨房之樂爲中心，筆法綺麗旖旋，如「郎攬而坐諸懷，俯頸與夫人接吻」、「郎君正於此時軟貼夫人香頸」、「匆匆拂拭，披衣起，納郎入房，回顧夫人，則猶紅裳牛袒，酥胸微露」。

如果說，在《眉語》前三號登載的女作者「十人團隊」在圖像選取上，還非常注意突出「閨秀」的形象和趣味；那麼，《才子佳人信有之》的刊出，

〔註21〕柳佩瑜：〈才子佳人信有之〉，《眉語》第 5 號（1915 年 3 月）。

似乎預示著這一特色的全面消解。作為《眉語》「金字招牌」的女作者，不僅淪為「消費」的對象，而且還與讀者閱讀空間中性文化的某種想像相結合，成為一種帶有情慾化的「女性」符號。事實上，這種傾向的出現，絕非偶然。《眉語》在創刊號封面，赫然登載了題為「清白女兒身」的大幅裸體美人畫；畫中人僅以一件薄紗蔽體，若隱若現，甚至胸部一側還顯露在外。之於此，高劍華的解釋是「偽君子以偽道德為飾，淫蕩兒以衣履為飾」，所以「裸體美人」代表著「天然之皎潔」和「天性之渾樸」〔註22〕。如此說明，倒也能與「清白女兒身」中「清白」二字呼應；但從另一個角度來說，這畢竟是一張大尺度的裸體照片，而且人物呼之欲出，給人以極強的視覺衝擊，一改晚清以來封面仕女圖大多形象性弱、敘事性強的特點〔註23〕。在總計十八期的《眉語》中，這樣的封面女性並非僅此一例。封面常常被看作是刊物的形象代言人，「裸體美人」的出現，的確構成了對整部《眉語》的某種隱喻：一方面，它暗示閨閣女子的率性天真，天然去雕飾；另一方面，它又將傳統文化中隱蔽的「女體」風景化、物品化、公共化，進而刺激讀者閱讀空間中情慾化的某種想像——也正是這一點，預示了《眉語》日後的發展與傾向。

另一富有深意的問題是雜誌的命名。對此，《〈眉語〉宣言》有曰：「每當月子彎時，是本雜誌誕生之期，爰名之曰『眉語』。」〔註24〕若按此，「眉語」的名稱並無深意，不過是對出版時間的強調而已。但是，唐慶增在清華讀書時，曾撰文評價《眉語》，稱「閱其名即足以令人作三日嘔」〔註25〕。事實上，「眉語」一詞本身就具有豐富的文化內涵。它本意是指會說話的眼睛，在古典詩詞中常用來指代女子以眉目傳情，是為「眉語兩自笑，忽然隨風飄」（李白《上元夫人》）。眉而能語，確實足夠動人；何況它還是一種無聲之「語」，女子特有的嬌羞，全在一顰一蹙之間。因此，《眉語》編者選取這個名字，是因為它本身與刊物分享著一種深層的「同質」關係——換句話說，他們計劃將《眉語》打造成一個女性化的公共情人，期待「她」能在小說市場上搖曳生姿，對讀者眉目傳情，以期青睞。

〔註22〕 高劍華：〈裸體美人語〉，《眉語》第4號（1915年2月）。

〔註23〕 自晚清以來，以仕女圖為雜誌封面的做法早已屢見不鮮，但這些圖畫大多還是將女主人公置於家庭、學校或花前月下等背景之中，人物較小，整個畫面的重點在敘事而不在展示人物的形象。

〔註24〕 見《眉語》第1號。

〔註25〕 唐慶增：〈出版物〉，《清華週刊》第147號（1918年10月31日）。

下面四幅圖畫來自《申報》上的四則《眉語》廣告，或許可對上文的判斷作進一步補充。可以看到，在第九號和第十二號中，「眉語」兩個字被大大地寫在女子的上身或裙子上——雜誌已徹底被「同構」成爲「女性」。而另外兩幅圖畫，更具深意：第十號「眉語」還只是一扇鏤空窗戶，後面站著一個手拿扇子、裝束傳統的仕女；可到了第十一號，「眉語」則變成一條被子，蓋在赤裸的女體上面，似乎在告訴讀者，翻開《眉語》，就等於掀開那個掩住女體的遮蓋，完全是一種色情化的露骨暗示。

（第 9 號廣告）

（第 10 號廣告）

（第 12 號廣告）

（第 11 號廣告）

綜上，《眉語》從最初的標榜「閨秀說部」，到負載「女作者」以性文化的某種想像，隨後又再次讓渡這一情慾化的「女性」符號，最終將雜誌導向一絲不掛的「女體」隱喻。事實上，這個結果不僅回應了《眉語》自創刊之初就表現出的對女性身體的興趣，而且還反映出相當深刻的現實原因和商業因素，從中亦可概見《眉語》編者在市場浮沉中的焦慮與不安。

三、從大獲成功到返歸平淡

憑著新奇的「閨秀說部」理念，以及對「女性」符碼的嫻熟操作，《眉語》一經問世，就大受歡迎，創刊號僅面世 20 多天，就已經再版〔註26〕。隨後，《眉語》不斷重印，這從《申報》廣告上可見一斑。例如，《眉語》第三號出版時，「一號三版、二號再版均已出書」〔註27〕；第七號面世時，「本雜誌自第一號起，已一律重印萬冊」〔註28〕；到了第十六號，「第一、二號五版又出」〔註29〕。至於《眉語》銷量，根據該刊宣稱，有「五千」〔註30〕和「一萬」〔註31〕兩種說法；結合雜誌的密集再版，也許此數字並不誇張。此外，還可從廣告價目上得到印證。《眉語》第一號《本雜誌告白例》，稱廣告價格全頁十二元、封面十二元、底面十元。這條《告白例》一直持續刊登到第四號，與同期的女性報刊如《女子世界》和《香豔雜誌》定價持平〔註32〕。但是，自第五號起，《眉語》開始刊登新的《廣告價目表》，價格大幅上漲，「特等」廣告已全頁六十元，是同期小說雜誌如《小說叢報》、《小說新報》和《中華小說界》的兩倍〔註33〕；當時能與之抗衡的，只有商務印書館的《小

〔註26〕 〈《眉語》第一號再版已出〉，《申報》，1914 年 12 月 5 日～13 日之間。

〔註27〕 見《申報》廣告〈《眉語》第三號已出版〉。

〔註28〕 〈材料最豐富趣味最濃鬱《眉語》〉，《申報》，1915 年 6 月 1 日～20 日之間。

〔註29〕 〈《眉語》第十六號出版，第一、二號五版又出〉，《申報》，1916 年 3 月 22 日～4 月 8 日之間。

〔註30〕 見《眉語》第 1～4 號之〈快到眉語上來登告白，包你生意要更加發達了〉。

〔註31〕 〈本雜誌特贈大幅裸體美人畫月份牌預告〉，《眉語》第 13～17 號（1915 年 12 月～1916 年 4 月）。

〔註32〕 與《眉語》同一年創刊的《女子世界》和《香豔雜誌》，其廣告價目均爲每期每全頁 12 元。見〈廣告價目〉，《香豔雜誌》第 1～12 期（約 1914 年 6 月～1916 年 6 月）；〈惠登廣告者注意〉，《女子世界》第 1～6 期（1914 年 12 月～1915 年 7 月）。

〔註33〕 同期，《小說叢報》、《小說新報》和《中華小說界》的「特等」廣告定價均爲一面三十元。見《小說叢報》之《廣告》、《小說新報》之〈廣告刊例〉、《中華小說界》之〈定價表‧廣告〉。又，《中華小說界》自 1915 年 7 月開始，「特等」廣告價格降到了一面二十二元。

說月報》〔註34〕。此外，也許是由於前來接洽廣告事宜的商家驟然增多，主持者又分身乏術，故而該社還聘請了一位「廣告經理人」，並刊載了他的啓事〔註35〕。

《眉語》用以刊載廣告的常規位置共有五處，即封二、目錄後、欄目夾頁〔註36〕、封三前、封底（封四）。此外，封三有時也會刊出半頁廣告，但更多還是登載該刊自己的啓事。翻檢《眉語》可以發現，前四號每一期的外來廣告僅有兩面，都在欄目夾頁；但第五號的廣告明顯增多，變爲七面，且封二、封底這樣的「特等」位置也用來刊登廣告了。或許，這也是本期制定新《價目表》的原因之一。儘管價目大幅提高，但第六號出現的廣告不減反增，飆升至十四面；隨後的第七、八號大體保持了這個趨勢。可以說，《眉語》至此已是巔峰；第七號廣告稱「本雜誌自第一號起，已一律重印萬冊」〔註37〕，正值此時。可惜這樣的勢頭並未持續太久，第九號廣告陡然下降到六面，回覆到第五號的水平；此後數期一直到終刊，廣告面數均在這個數字前後輕微浮動，沒有大的改變。

非常有趣的是，上文提到的《申報》上的四幅廣告圖畫，亦可對這一趨勢做補充印證。據筆者蒐集的資料，《眉語》前八號廣告很少出現圖畫，偏向素淨雅致；自第九號起，《眉語》連續四期在廣告中「化身」女性，而此時，雜誌的廣告數量卻陡然下降。另，倘若按照次序閱讀四幅圖畫，可以非常清晰地感受編者越發焦慮的內心——簡言之，在第十號，與《眉語》發生「同構」的，還只是一個穿著衣服的傳統仕女；而到了十一號，則變成裸體美人。或許，此時《眉語》的光景已大不如前，雜誌社只好用色情手段來吸引讀者眼球。也許是收效甚微，至第十二號，編者又拋出當時常見的促銷手段——贈物，稱購書即贈「精印美術明信片畫三張，香豔美麗，幸勿交臂失之」〔註38〕。隨後第十三號，小張「明信片」又進化成「長二尺、寬尺餘之大幅裸體美人名

〔註34〕《小說月報》在1910年創刊時，「特等」廣告一面爲三十元，到了1914年才漲至一面六十元。

〔註35〕見《廣告價目表》之後的〈王厚餘啓事〉，載《眉語》第5、6號（1915年3月、4月）。

〔註36〕指「短篇小說」、「長篇小說」、「文苑」和「雜纂」四個欄目前加一彩頁，正面以毛筆字書寫欄目名稱，反面用來刊載廣告。

〔註37〕見《申報》廣告〈材料最豐富趣味最濃鬱《眉語》〉。

〔註38〕《〈眉語〉第十二號，附送/現賣美術畫三張》，《申報》，1915年11月17〜12月12日之間。

畫」〔註39〕，一直維持到雜誌終刊，再未翻出新奇花樣。

究其原因，《眉語》最初打出「閨秀說部」的旗號，調動了讀者的獵奇心態，這也是《眉語》最初大獲成功的原因。但事實上，當時有能力寫作小說的女性寥若晨星，也就導致了「閨秀說部」注定名實不符。從讀者一面來說，初見此刊也許不免驚豔；然而幾期之後，很快發現不過如此，也就不像之前那樣趨之若鶩了。此後，儘管《眉語》苦心經營、努力嘗試，盡可能賦予「女性」符碼以更多的含義，甚至不惜導向香豔與露骨的「女體」隱喻；然而勝勢難續，返歸平淡可以說是它必然的命運。

四、停刊、餘緒、影響

後期的《眉語》引入情色化的「女性」符號，希望吸引讀者眼球；但是，這種做法不僅沒能挽回雜誌的頹勢，反而引起通俗教育研究會的注意，以一紙禁令，徹底斷絕了《眉語》在市場上流通的可能。

通俗教育研究會於 1915 年 7 月由湯化龍提議設立，旨在「改良小說、戲曲、講演各項普通人民切近事項」，以期「挽頹俗而正人心」〔註40〕。同年 9 月 6 日，該會成立；隨後，在 12 月 27 日第三次大會上，時任小說股主任的魯迅報告了兩項決議：一爲勸導改良及查禁小說辦法案；一爲公佈良好小說目錄案〔註41〕。此後，小說股的工作大體圍繞著這兩項進行。

關於《眉語》的查禁，始於 1916 年 7 月 5 日的小說股第二十一次會議，稱該刊「尚在審核中，一俟審核完竣，再行決定」；隨後，第二十三次會議又說「《眉語》一書，現經覆核，認爲應禁；究竟應否禁止，可俟下屆股會決議」；到了第二十四次會議，則會員一致主張禁止〔註42〕。隨後，呈報教育部咨內務部查禁，呈文曰：

> 經本會查得有《眉語》一種，其措辭命意，幾若專以抉破道德
> 藩籬、損害社會風紀爲目的，在各種小說雜誌中，實爲流弊最大。

〔註39〕 見《眉語》第 13～17 號之〈本雜誌特贈大幅裸體美人畫月份牌預告〉，以及《申報》1915 年 12 月 14 日～1916 年 1 月 1 日之間的〈《眉語》十三號特贈大幅裸體美人畫月份牌預告〉。

〔註40〕 〈呈擬設通俗教育研究會繕具章程預算表懇予撥款開辦請鑒文並批令〉，《教育公報》第 2 年第 4 期（1915 年 8 月）。

〔註41〕 〈第三次大會會議〉，見《通俗教育研究會第一次報告書》之《記事》（北京：京華印書局代印，1916 年 6 月）。

〔註42〕 以上詳見《通俗教育研究會第二次報告書》之〈股員會議事錄一・小說股〉。

查是項雜誌，現正繼續出版，亟應設法查禁。理合抄錄本會審核報
告，連同原書十八冊呈送鈞部，擬請咨行內務部轉飭所屬嚴禁發售，
並令停止出版，似於風俗人心不無裨益。〔註43〕

9月7日，教育部經過復議，正式批准通俗教育研究會遞交的查禁《眉語》雜
誌的申請，並咨令內務部予以執行〔註44〕；9月25日，內務部正式對全國下
達了嚴禁印售《眉語》的訓令〔註45〕。

以上大概是《眉語》被查禁的全過程；但是，即便教育部一紙禁令，《眉
語》的影響也沒有真正消歇；此後一年，它不斷地變換各種身份，繼續在出
版市場上與讀者見面。

1916年下半年，新學會社又推出「小本小說」系列和短篇小說集《說腋》。
自9月6日起，《申報》連續五日登載了《許嘯天先生及高劍華女士之名著》
的廣告，對它們予以推銷。從廣告可知，因「許嘯天先生及其夫人高劍華女
士，為當代小說名家」，因此出版社「重懇二君撰著」，連同他人佳作數種，
合而為「小本小說」系列，共十三種，大多是在《眉語》上連載過的長篇小
說。與「小本小說」同時出版的，還有《說腋》一書，廣告稱：

本書系集短篇小說而成，敷辭綺旎，設患風流，每冊刊載七八
篇至十餘篇不等，每篇自為起迄。忙裏偷閒，讀之最宜，現已出至
第十六冊。其中太半出諸許嘯天先生及其夫人高劍華女士之手筆，
情文並茂，裝作袖珍本，船唇車腹，攜帶便捷，每冊價僅一二角。

可見，與「小本小說」不同，《說腋》主推的是「每篇自為起迄」的短篇小說；
據後來通俗教育研究會的審核報告可知，「內有多篇即係從《眉語》中抽出複
印者」〔註46〕。

由此可知，此次新學會社推出的「小本小說」和《說腋》，不過是對《眉
語》短篇、長篇小說加以分類，進而整合成新的單行本和小說集。而且，從
廣告中「敷辭綺旎，設患風流」、「忙裏偷閒，讀之最宜」等詞句，也不難看

〔註43〕 〈呈教育部請咨內務部查禁《眉語》雜誌文並指令〉，見《通俗教育研究會第
二次報告書》之《文牘二・發文部》。

〔註44〕 〈咨內務部據通俗教育研究會呈請咨禁《眉語》雜誌請查照文〉，《教育公報》
第3卷第11期（1916年10月）。

〔註45〕 〈訓令通俗教育研究會準內務部咨覆《眉語》雜誌已通行嚴禁文〉，《教育公
報》第3卷11期（1916年10月）。

〔註46〕 〈呈教育部聲明〈說腋〉一書與已禁之《眉語》相類請咨內務部查禁文〉，見
《通俗教育研究會第三次報告書》之《文牘二・發文部》。

出與《眉語》宗旨的一脈相承之處。可見,「小本小說」和《說腋》不過是對《眉語》的「二次販售」。不同的是,出版者摒棄《眉語》「文苑」和「雜纂」兩個欄目,只選了最有商業價值的小說;同時,隨著頁數減少和開本變小,再加上舊文重印,成本也相應縮減。由此,似可再次印證《眉語》在當時受歡迎的程度,亦可領略許嘯天和高劍華的商業眼光。

1917 年,這兩種出版物又一次引起通俗教育研究會的注意。在小說股審核的著作中,有六種出自新學會的「小本小說」;其中《苦盡甘來》嚴禁印售,《太可憐》、《長恨》和《鳳姨》列入「下等」,另有「中等」的《儂之心》和《婉娜小傳》〔註 47〕,態度頗為不一。對此,時任小說股代理主任的高步瀛曾說:「本會前者禁止《眉語》雜誌,係就其編輯體例立論,非謂其中所列之小說皆必須禁止。」〔註 48〕對於《說腋》,則主張全體查禁——「《眉語》雜誌,經本會呈請禁止後,又有摘取其中短篇小說用單行小冊出版者,亦應再行禁止。」〔註 49〕隨後,股員一致同意,當即呈報教育部請咨內務部查禁,呈文曰:

> 本會近查坊間販售小冊一種,名曰《說腋》,係雜誌性質,詳加審核,與本會前次呈請鈞部咨禁之《眉語》雜誌,雖名目與形式不同,而內容實大同小異,且內有多篇即係從《眉語》中抽出複印者,顯係將已禁之書易名復售,似此有意蒙混……〔註 50〕

一周以後,教育部經過復議,正式批准通俗教育研究會查禁《說腋》的申請,並咨令內務部予以執行〔註 51〕。

不知是由於《說腋》被禁,還是許嘯天夫婦在《眉語》停刊時就如《禮拜六》一樣心存「一俟時局平定,商市回覆,紙源不虞匱缺,當定期續出」〔註 52〕

〔註 47〕 此六種小說,除《太可憐》見《小說股第一次審核小說一覽表》,其餘俱見《小說股第二次審核小說一覽表》。

〔註 48〕 〈小說股第三十九次會議〉,見《通俗教育研究會第三次報告書》之《股員會議事錄一‧小說股》。

〔註 49〕 〈小說股第三十五次會議〉,見《通俗教育研究會第三次報告書》之《股員會議事錄一‧小說股》

〔註 50〕 見《通俗教育研究會第三次報告書》之〈呈教育部聲明《說腋》一書與已禁之《眉語》相類請咨內務部查禁文〉。

〔註 51〕 〈咨內務部據通俗教育研究會呈請咨禁《說腋》一書請查照文〉,《教育公報》第 4 卷第 7 期（1917 年 5 月）。

〔註 52〕 見《禮拜六》第 100 期之〈中華圖書館啟事〉。

的心願；1917 年的 4 月，他們又推出一部摹仿《眉語》的雜誌，名曰《閨聲》。
出版預告說到：

> 以綿密之思想，撰哀感之說部，惟女子為能盡其能事。至文書
> 之雅靜，陳義之正當，圖畫之精美，裝訂之華麗，尤足珍愛。翰苑
> 雅士，璿閨名妹，幸賜教正，出版在即，特此預告。〔註53〕

廣告先渲染了女子撰寫說部的獨特之處，隨後又在上方以特大號字體為刊物
定位，即「女界撰作之小說雜誌」；其下是一句詩意的宣傳語——「一片閨人
笑語聲」，寥寥七個字，就向讀者展示了一個極具吸引力的小說世界。幾天之
後，《閨聲》第一集面世，出版廣告中「閨人著作，香豔高雅」幾個大字，同
樣十分醒目〔註54〕。很明顯，這是在摹仿《眉語》「閨秀說部」概念。可見，
時隔幾年，《眉語》主持者仍對這一曾經為他們帶來無限成功的商業籌碼記憶
猶新，並試圖以《閨聲》雜誌，來重建往日輝煌。然而，人事有代謝，《閨聲》
終究無法複製《眉語》的成功，一期之後便宣告停刊〔註55〕。至此，《眉語》
的餘緒和影響才算真正終結。

五、結論和餘論

在《眉語》創刊伊始，將雜誌定位為「閨秀說部」，表示執行從編者到作
者均為女性的辦刊宗旨。事實上，不僅女作者「十人團隊」在三期之後大多
消失不見，就連高劍華為雜誌「編輯主任」的說法，也值得商榷。其實，《眉
語》自第七號起，開篇小說大半出自許嘯天；而高劍華發表於《眉語》的小
說，亦有夫君的代筆之作〔註56〕。另外，雜誌封面的「眉語」二字，也大多
由許嘯天親自撰寫。封面是一個刊物的縮影，「許嘯天署」的頻繁出現，似乎
暗示著他作為真正主持者的身份，已正式浮出水面。

〔註53〕〈女界撰作之小說雜誌《閨聲》〉，《申報》，1917 年 4 月 4 日～6 日。

〔註54〕〈《閨聲》小說雜誌一集出版〉，《申報》，1917 年 4 月 8 日～20 日之間。

〔註55〕此後《申報》上再不見《閨聲》的出版信息。至 1918 年，〈高劍華女士書例〉
廣告的末尾說「女士主任之《閨聲》小說百餘頁插圖，十餘幅，願贈閨友，
索者附郵票十分」，可見《閨聲》因為滯銷，作為禮物贈送，見《申報》，1918
年 11 月 23 日～27 日之間。

〔註56〕高劍華發表於《眉語》的唯一長篇小說《梅雪爭春記》，可證明是許嘯天的代
筆之作；因新學會社 1916 年 7 月出版的單行本《梅雪爭春記》，正文與版權
頁均署「許嘯天」著。

　　因此可以說，《眉語》仍是一本由男性主導的女性報刊，其中可以非常明顯地看出男性主體的文化權利關係和消費位置。首先，從「閨秀說部」的定義來看，似乎別出新意，強調女作者小說獨特的寫作特色。然而事實上，這種「特色」不過是「錦心繡口」、「句香意雅」，尚未脫胎傳統閨秀詩詞的評價體系。此外，《眉語》的「孿生姐妹」《閨聲》也在廣告中說「以綿密之思想，撰哀感之說部，惟女子為能盡其能事」，又將這一性別「差異」與文化中對女性的某種定型化想像結合在一起——即女子的細膩多情、柔弱善感。可見，這看似凸顯女性「主體」特色的標語旗號，不僅沒有一絲女性的自省與自覺，而且還在不斷重複傳統性別觀念對女性角色的定義。

　　再從「女作者」本身來說。自《眉語》創刊伊始，「閨秀說部」就作為了雜誌的第一賣點登場。仔細品味這四個字，「說部」是其次，重要的是「閨秀」；也就是說，編者不斷地在強調一個性別化了的小說寫作主體。而這個做法不過是為了滿足讀者的獵奇心態與窺視欲望，對他們來說，與其說是在讀小說，不如說是對那個隱藏在文本背後的「女作者」感興趣。因此，小說和女作者之間，開始出現了一種奇妙的「互動」與「互文」——《眉語》已不再是純粹的文字消費品，而是更加本質的對「女作者」的消費。

　　走筆至此，筆者立即想到了晚清的重要女性報刊《女子世界》。其實主編丁初我之所以對「女文學士」如此看重〔註57〕，也不過因為「文學」具有無限的啟蒙能量與新民效應；而對於女性讀者的啟蒙，女作者的言說無疑是一種親近、容易接受的方式。可見，「女文學士」的提出，是為了達成救國偉業的「啟蒙資本」——因此，她首先被定義成了一個民族國家的主體，而不是一個性別的主體。

　　從「啟蒙」到「商業」，實質是一場關於女性「意義」的爭奪戰。但問題的關鍵不在於它的終極目標是新民救亡還是市場牟利，而在於它向我們訴說了一個清晰的事實——清末民初「女作者」進入文壇的方式，都是在主導/被動的性別關係之下，先被符碼化、資本化，再根據不同的目的加以重新定義與使用。這似乎是一個頗為悲觀的歷史事實。但是，筆者並不打算用一種「陰

〔註57〕丁初我在〈《女子世界》頌詞〉（第 1 期）中，提出由女軍人、女游俠、女文學士「三足鼎立」的「女子世界」構想。隨後，他又撰〈女文豪海麗愛德斐曲士傳〉（第 2 年第 1 期）和〈中國之女文學者〉（第 2 年第 4、5 期合刊），進一步呼籲「女文學士」的現身。

謀論」去譴責男性；也不打算以今天的「後見之明」來俯視百年前的人和事。事實上，女性早已在數千年的傳統中被深深地打上「次文化」的烙印，女作者在清末民初的文壇境遇，不過是出版市場對傳統性別秩序的再折射。可是，歷史的面向從來都是豐富而非單線的，就在這種看似消極的圖景背後，其實也蘊含著新的衝動和可能，並爲女性文學的增長提供了新的空間。

　　例如，女性不涉足小說創作已有千年，而《眉語》標舉的「閨秀說部」，爲女性與小說的結緣打開一個重要缺口。同時，它單獨向女作者發出邀請致意，在清末民初男性一統天下的小說文壇格局中，意義不可謂不重大。即使《眉語》後期使用許多假冒的「女作者」來充數，仍然在社會心理層面上爲女性登上小說文壇做了充分鋪墊。更有意義的是，不管出於有意栽花還是無心插柳，《眉語》刊載了大量女性第一人稱敘事的小說，在中國小說敘事模式的豐富與轉型中，堪稱重要一環。此外，上述圖景促使我們再度思考，爲什麼小說女作者會大量出現於被稱爲「逆流」的「鴛蝴派」小說大行其道之時？爲什麼她們進入文壇需要借助大眾文化產品的生產製作和消費方式？在商品經濟規律的作用下，這些身爲閨秀、學生、教師或職業作家的「女作者」們，對這一現狀究竟是被動接受，還是主動合謀？《眉語》代表的是一個時代的女性縮影，不僅在女性小說史上具有重要的象徵意涵，更有助於我們釐清女作家在民初通俗文壇上的角色與位置。

主要參考文獻：

1. 夏曉虹：《晚清女性與近代中國》（北京：北京大學出版社，2004）
2. 黃錦珠：《女性書寫的多元呈現：清末民初女作家小說研究》（臺北：里仁書局，2014）
3. 馬勤勤：《隱蔽的風景——清末民初女性小說創作研究》（天津：南開大學出版社，2016）

（原刊《中國人民大學學報》2015 年第 5 期）